U1014509

心理罪3

教化场

雷米 —— 著

重庆出版集团 重庆出版社

图书在版编目（CIP）数据

心理罪. 教化场 / 雷米著. — 重庆：重庆出版社,
2021.8
ISBN 978-7-229-15862-0

Ⅰ. ①心… Ⅱ. ①雷… Ⅲ. ①推理小说–中国–当代
Ⅳ. ①I247.5

中国版本图书馆CIP数据核字（2021）第106860号

心理罪：教化场
雷米 著

策　　划：华章同人
出版监制：徐宪江　秦　琥
责任编辑：朱　姝
特约编辑：王晓芹
营销编辑：史青苗　刘晓艳　刘　娜　王广超
责任印制：杨　宁
书籍设计：重庆出版社艺术设计有限公司
插图绘制：西索千寻 1340989801@qq.com

出　　版：重庆出版集团　重庆出版社
（重庆市南岸区南滨路162号1幢）
发　　行：重庆出版集团图书发行公司
印　　刷：北京盛通印刷股份有限公司
邮购电话：010-85869375/76/78转810
重庆出版社天猫旗舰店
cqcbs.tmall.com
全国新华书店经销

开　　本：880mm×1230mm　1/32　　印　　张：12.25　　字　　数：312千
版　　次：2021年8月第1版　　印　　次：2021年11月第2次印刷
定　　价：49.80元

如有印装质量问题，请致电023-68706683
版权所有，侵权必究
投稿邮箱：bjhztr@vip.163.com

自序

我的宇宙

2015年，《心理罪》系列小说第一季的收官之作《第七个读者》首次出版时，从未给自己的作品写过序的我，用一篇《命运光轮》作为这本书的序言。时隔7年，方木的故事仍旧在市场上长销不衰，并且，又将有装帧更加精美、内容更加丰富的新版《心理罪》面世。所以，我还想说点什么。

走上写作之路纯属偶然。即使由现在的我回望2006年4月的那个下午，仍然不知道是什么样的力量驱使我在空白word文档上敲下“第七个读者”这几个字。最初，我只是把文字当作自己与世界交流的方式，甚至是打算束之高阁的自言自语。然而，当方木这个人物引起越来越多读者的关注时，我才发现，他势必会离开我一厢情愿的约束，迈动双脚，走到阳光之下。

的确，是我赋予他生命，并任由他在纸面上横冲直撞。每当一位读者看到他的故事，并愿意接受他成为记忆中的一部分的时候，就会有一个全新的宇宙对方木打开。他就活在你们的世界里，和你们呼吸同样的空气，沐浴同样的阳光。

说实话，我很嫉妒方木。他可以自由穿梭于不同的头脑中，并在那些世界中被描绘成各种模样。他既可以徜徉于江南烟雨中，也可以跋涉在东北风雪里；既可以向弱者伸出援手，也可以对恶龙拔出利剑。方木是跨越了15年时空的存在，而我，只能做自己的囚徒。

很不甘心。因为，我也想去那些宇宙去看一看。

是的，宇宙。

彼此独立，茁壮生长，在相互碰撞的一瞬间，会爆发出璀璨的光芒。

同时，会不会又诞生出一个新的宇宙呢?

我曾经说过，我是一个不会保持沉默的人。只要还有话想说，我就不会停止去敲击键盘。即使在这彻底改变我的生活的5年中，我也没有放弃写作的想法。只要你们还在等，我就一定会回来。因为，我真的想做一个可以写很久的作者。因为，文字是我的堡垒、我的盔甲。我可以勇敢地做一个小小房间中的堂吉诃德，面向那些看不见的风车。文字永远具有治愈的力量。它是我和现实世界之间千丝万缕的联系，也是灵魂的栖身之所。更何况，在我身后，还有他们。

方木。邰伟。米楠。邢璐。边平。韩卫明。赵大姐。魏炯。岳筱慧。顾浩。苏琳。姜庭。姜玉淑……

以及，其他可能出现在你们宇宙中的人。

那里浩瀚无垠，充满未知，也充满各种可能。那些令我，也令你们意难平的人，实在不应该在某个时空中沦为无名之辈。

没错。我不会让他们沉睡于那些世界中。折叠空间也好，穿越虫洞也好，他们一定会跨越宇宙的边界，来到我的身边，来到你们的身边。

这是我的野心，也是命运中的必然。叹息之墙并非牢不可破。当他们在空中听到异样的声响，那座桥梁已经慢慢浮现出形状。

如果你想看到米楠和岳筱慧一同出现在犯罪现场；

如果你想看到邰伟和顾浩在二十年后对坐而饮；

如果你想看到赵大姐和姜玉淑在晾衣绳的两侧打开同一面床单；

如果你想看到方木和苏琳在深渊的边缘彼此凝望……

欢迎你来到雷米的宇宙。我的宇宙。

2021年7月　于沈阳

目录

自序
我的宇宙 I

引子
教师节 001

关丽拉起秦老师的一只手，声音甜美：“秦老师，首先祝您节日快乐。今天我们还给您带来了一份特殊的节日礼物——”她朝人群中一指，“就是特意来看望您的学生。”

第一章
孤儿院 005

“我能不能知道……”周老师斟酌了一下词句，“你为什么要资助廖亚凡？为什么单单是她？”

第二章
重逢 023

“哦？”方木一扬眉毛，似笑非笑地看着郃伟，“会告发我么？”

第三章
悲悯 037

“不。完全不需要任何费用，”姜德先急忙说，“我免费给你辩护。相信我，我能保住你一条命。”

第四章
天使堂 047

周老师蹲下身子把她抱起来。“是的。”他环视那些期盼的脸庞，“你们，每个人，都是天使。”

第五章 059
罗家海的故事

“罗家海，我恐怕要违背我的承诺了。”方木慢慢地说。

第六章 067
方向

他失声叫道：“我知道你是谁了！你是——”

第七章 071
审判

“那么请你告诉我，以一个普通公民的身份，你对被告人罗家海是否持同情之心？”整个审判庭忽然变得鸦雀无声，所有人的目光都集中在方木身上。

第八章 079
地下迷宫

工作人员已经拉开左面那扇门，回过头来说：“跟紧点，刚才就有一个警察跟丢了，半个小时都没走出去。”

第九章 093
越狱

田队长目瞪口呆地看着，他很清楚，眼前发生的是C市有史以来最严重的一起交通事故；他更清楚，C市有史以来第一个脱逃的在押犯罗家海已经在路口的那一侧消失得无影无踪了。

第十章 101
巧合

任何人都可能在不经意间流露出内心的真实情感，即使是一个训练有素的律师也不例外。

第十一章
教化场 113

罗家海坐在一群名字怪异的人中间，气氛一时有些沉闷。Q小姐给他倒了一杯茶，罗家海道谢后端到嘴边，犹豫了一下却没敢喝。

第十二章
痕 121

直到父亲的房间里传出平稳、均匀的鼾声后，杨展才让自己的耳朵离开了房门。他还穿着白天的衣服，丝毫没有即将就寝的样子。

第十三章
Q小姐的故事 127

“就好像——所有的人都在看着我，而我，赤身裸体。”说完这句话，Q小姐再也无法控制自己的情绪，失声痛哭起来。

第十四章
伤痛的演出（一） 133

“对。我们都要彻底摆脱过去，”Z先生的声音虽低，但是不容辩驳，“这就是我们聚在一起的理由。”

第十五章
伤痛的演出（二） 141

孩子没有听到母亲在身后发出一声震耳欲聋的惨叫，他的大脑已是一片空白，只是死死地盯住上方巨大的黄色毛绒身体。与他对视的，是一颗破碎不堪的头颅。

第十六章
仪式 153

虽然两起案件在抛尸地点、作案手段、被害人特征上都毫无相通之处，但是现场的那种仪式感却如此相似。这究竟是自己的错觉，还是确有关联？

第十七章
车祸重现 163

四名身着白大褂、抬着担架的救护员匆匆登场，他们把“昏迷不醒”的小于抬到担架上，小伙子的一只手软弱无力地垂下来，随着救护员的动作来回摇摆着。而此时，一个让人意想不到的角色出现了。

175
第十八章
迷失与证明

从古至今，任何仪式都是一种情绪的象征，那么，这个仪式究竟在象征什么？

第十九章
伤童 183

方木隐隐觉得两者之间还是有些牵连，它们的背后仍然是两个神秘的仪式，虽然这两个仪式的内容还不得而知，但仪式的“复仇”和“证明”的象征意义，却让方木深信不疑。

第二十章
工具 191

“我觉得……”鲁旭摇头笑起来，“……我觉得我当时就光着屁股站在台上，杨博士指着我说，这小子的家伙不好使——我就像他展示自己睿智的一个工具一样。”

201 第二十一章
回忆

不知为什么，周老师的目光一下子黯淡下来。“不一样。”他看看西方越来越低的太阳，喃喃地说，“我和你不一样的。”

207 第二十二章 J先生的故事

照片上的场景各异，主角都是一个衣着寒酸的老人，看年纪已经接近六十。J先生把几张照片摆在眼前细细端详，几分钟后深深地呼出一口气。

第二十三章 他和“她” 213

方木不由得转过头去看着乔老师的遗像。如果你能听到我的心声，告诉我，我该怎么做？

就在此时，衣袋里的手机响起来。

223 第二十四章 挽回

方木一边心不在焉地应付他，一边随手翻看着手里的名单，忽然，他的眼睛瞪大了。

“郑霖在不在？”

第二十五章 失乐园 233

“只是搭档？”T先生激动地站起来，“从我们知道教化场的那一刻起，我们的命运就已经连在一起了。否则我们也不会冒着那么大的风险去救罗家海！”

251 第二十六章 跟踪

“你小子这下可以大显身手了。”边平终于开口了，“还记得那个玩具熊里面的头发么？是罗家海的。”

第二十七章 259

H 先生的故事

突然，他跳起来，端起面前的托盘就朝自己的脑袋狠狠地砸了下去。茶壶和茶杯乒乒乓乓地滚落到地上，滚烫的茶水也泼了他一身。

第二十八章 265

实验

如果这个假设真的成立的话，那么这个互助杀人组织的其他人，会不会也与这个心理实验有关呢？

第二十九章 273

折翼天使

她是天使堂里年龄最大的孩子。其他的孩子对拆迁的后果只是懵懵懂懂，廖亚凡却知道天使堂一旦解散对她而言意味着什么——她将再次失去一个可以暂时栖身的地方。

第三十章 283

枪

几个特警队员应声而动。方木低下头，一边拭去鲁旭嘴边不断外涌的血沫，一边喃喃自语："没事……没事……你一定要坚持住……"

第三十一章 297

捐赠者

方木疲惫地闭上眼睛。黄润华一定掌握着很多秘密，可惜，他永远也说不出来了。

第三十二章 307
斯金纳的箱子

“你的意思是……”方木突然感到一阵恶心，“用训练来培养人类的个性进而影响行为——就像训练动物一样？”

第三十三章 319
所谓命运

话筒那边一阵沉默。良久，罗家海低声说：“我觉得不对劲，我和其他人，可能被Z先生利用了。”

第三十四章 337
绝路

方木无语，沉默着点燃一支烟，看着她慢慢地穿上外套，突然说道：“罗家海死了。”

第三十五章 347
计中计

“对了，有件事忘记告诉你了。”杨锦程对陈哲充满揶揄地一笑，“周振邦没死，前天我们还在一起聊过天。”说完，他就把面如死灰的陈哲扔在办公室里，转身出去了。

第三十六章 365
尘土归尘土

他更没看到杨展手里握着一支转轮手枪。满脸泪痕的杨展无声地抽噎着，通红的双眼里漫出无尽的绝望与仇恨。

尾声 373
一些城市背面的镜头

空无一人的操场上，夜色正一点点吞噬着红土跑道和塑料草皮。校园东北角的秋千架下，一个小小的身影若隐若现。

引子

教师节

午后的城市依然雾气蒙蒙。空中似乎飘浮着不明质地的尘埃，轻浮，却很有质感。将城市分割得七零八落的公路上，宛如钢铁洪流般的车队缓缓前行，仿佛也被这沉重的空气压得不堪重负。这个被工业重度污染的城市正呈现出一天中最懒散的景况。

此时，洪流中的一滴水偏离了原有的方向，沿着立交桥陡然急转而下。穿越了如蛛网般错综复杂的街道后，停在了一座老式三层建筑前。

写有“C市电视台‘圆梦’栏目组”的车门被猛然拉开，几个人跳下面包车，手脚利索地忙碌起来。

一个面容姣好的年轻女子边用手拢着头发，边问司机：“是这里没错吧？”得到肯定的答复后，又回头问导播：“跟秦老师约的是几点？”

“两点。”导播翻看着手里的录制计划，“老太太说要先收拾一下屋子，免得乱七八糟的太难看。”

女子看看手表。“嗯，差不多了。咦，小罗呢？”她四下张望着，随后走到车前，敲敲车窗。

“下来啊，你还愣着干吗？”

一个面色阴郁的年轻人坐在车里，目不转睛地看着面前这座三层建筑。听到女子的呼唤，他深吸一口气，拿起放在后座上的一束黄菊花走下了面包车。

女子已经握着话筒在楼前摆好了姿势，嘴里叨叨咕咕地练习着台词。看见小罗还是站在原地不动，她不耐烦地挥手示意他站在自己身边。

导播示意开始录制后，女子的脸上迅速出现了职业化的笑容。

“观众朋友们，我是圆梦栏目组的主持人关丽。我们现在就在小罗的初中班主任老师——秦老师家的楼下。过一会儿，我们就要带着小罗去看望他一直想见到的秦老师。”她把话筒递到小罗面前，“小罗，今天是教师节，在这样一个特殊的日子里，你即将看到曾改变你命运的恩师，请问你现在激动么？”

小罗面无表情地盯着镜头，半晌才从牙缝里挤出两个字："激动。"

关丽对小罗的表现很不满意，脸上却依然是一片笑容："嗬嗬，小罗同学大概是太激动了。即将看到多年未见的恩师，我想无论是谁都无法用语言来描述这种心情。那么好，就请观众朋友们跟随我们的镜头，一起去拜访这位可亲、可敬的好老师吧。"

随着导播的一声"停"，关丽脸上的笑容也无影无踪，她皱着眉头对小罗说："小罗，你刚才的表情太硬了，你得表现出那种迫不及待、兴奋无比的心情。别紧张，放开点。"

小罗没有搭话，全身僵直地握住那束花，一动不动地盯着楼上。

"还有这花，黄菊花……"关丽撇撇嘴，"算了，现在也没时间换了。"

她挥挥手："好了，上楼吧。"

穿过狭窄、肮脏的楼道，一行人停在了三楼左侧的一扇铁皮门前。导播示意要拍一组进门的画面。一切准备停当后，关丽的脸上又恢复了笑容，抬手敲门，摄像机也随之运转起来。

"谁啊？"一个苍老的女声在门的另一边响起。

"我们是电视台的，请问秦老师在家么？"

门开了。一个瘦小枯干的女人出现在门旁，脸上的笑容显得有些僵硬，眼角的余光不时偷瞄着镜头。

"快请进，快请进。"瘦小枯干的女人说。

这是一套老式的两居室，室内的物件虽旧，但是都摆放得整整齐齐。大家都站在客厅里，本来就狭窄不堪的客厅显得更加拥挤。秦老师看着一脸堆笑的关丽和闪动着红光的摄像机，一时间有些不知所措。

关丽拉起秦老师的一只手，声音甜美："秦老师，首先祝您节日快乐。今天我们还给您带来了一份特殊的节日礼物——"她朝人群中一指，

“就是特意来看望您的学生。”

小罗从摄像师身后走了出来，手里还捧着那束黄菊花。他站在秦老师的面前，默不作声地上下打量着秦老师。

不是事先说好了首先来一个热烈的拥抱么？关丽使劲瞪着小罗，作出一个“上去”的手势。

小罗没有理会她，忽然开口问道：“您是秦玉梅老师？”

秦老师被小罗的举动弄得莫名其妙：“是啊，你……”

“造纸厂子弟初中的？”

“是啊，你是哪一届的学生？”

小罗的表情忽然放松下来，他甚至笑了笑：“我不是您的学生。您认识沈湘么？”

秦老师眉头微蹙，好像在记忆深处竭力寻找一个遗忘已久的名字。“沈湘……沈湘……”忽然，她脸色大变，“你……你是……”

小罗没有回答，只是把手上的花束向前一送，秦老师下意识地伸手去接，还没等她碰到那束鲜花，就看见小罗从花束后面抽出了一把刀。

紧接着，她就感到一个冰凉的物件插进了自己的腹部。

第一章

孤儿院

方木从银行的柜台里接过一张凭条，上面清楚地记录着800块已经汇入这个账户。方木草草地浏览了一下，随手把它撕得粉碎，丢进了垃圾桶。

走出银行的大门，方木看看手表，已经快3点了。他犹豫了一下，决定不回厅里。与其坐在办公室喝茶水到5点，还不如在外面转转。

上了车，方木才发现这忽然多出来的两个小时让自己有些茫然，该去哪里呢？他把手搭在方向盘上，目光投向远处林立的高楼大厦。那些硬冷、色泽暗哑的建筑此刻在一片黏稠的灰色雾霭中若隐若现，天空显得比往日更低，似乎在缓缓压榨这城市所剩无几的汁水。

没来由地，方木想起了某种果实，甜美，鲜艳，又脆弱易碎。他收回目光，发动了汽车。

半小时后，汽车停在了城郊的一条小路边。方木跳下车，走到路边的一个院子前。

这是一个占地面积约800平方米的院落，透过铁栅栏，能看见一栋二层楼房矗立在院子中央。院子里被细心地分割成几个区域，正对着楼房的是一大片空地，摆放着两架秋千和几排水泥长凳。几个五六岁的孩子在互相追逐奔跑着。一个40多岁的中年妇女抱着一个只有几个月大的孩子，一边晒着并不存在的太阳，一边提心吊胆地看着在她脚边绕来绕去的孩子。

空地两边是划分整齐的菜地和花圃。绿叶配以鲜花与果实，一派生机盎然的样子。即使在这昏黄的天色下，仍然让人感到由衷的愉快。方木手扶着栅栏，脸上不由得露出微笑。

眼角的余光中忽然出现了一个小小的身影。方木转过头，看见一个10岁左右的孩子正以和他毫无二致的姿势，手扶着栅栏朝里面张望着。

孩子注意到方木正在观察他，也回过头来。那是个小男孩，头发有些卷，脸上的肤色白皙，但是脏得厉害。身上穿着拖拖拉拉的校服，一个大大的书包歪歪扭扭地挂在肩膀上。方木冲他友善地笑了笑："放学了？"

男孩慌慌张张地躲开方木的目光，过了一会儿，又偷偷地瞄着方木。

方木觉得好笑，索性转过脸来认认真真地看他。男孩显得更加不知所措，他红着脸扭过头去，小小的鼻尖上开始渗出汗水。

小男孩紧张的样子让方木觉得亲切，他决定逗逗这个孩子。方木扫了他的书包一眼，忽然板起面孔喝道："贺京，你的作业写完了么？"

男孩吃了一惊，他退后一步，上上下下地打量着方木，眼中满是疑问："你……你怎么知道……"

方木笑了："我当然知道。"

男孩一脸惊惧地看着方木，恍然大悟般从肩上卸下书包，书包的侧面用黑色签字笔写着"贺京"两个字。

"原来你看到了这个。"男孩咧开嘴笑了，然而，那笑容却宛如一个孩童在捉弄自己的同伴，"其实我不是贺京。"

说完，男孩就一转身，跑掉了。

方木一愣，刚要开口，就听见身后有人叫他。

"方警官，你来了？"

方木回过身，是那个抱着小孩的中年妇女，她朝男孩消失的方向看了看："怎么，你认识那小孩？"

"嗯？"方木很吃惊，"赵大姐，那孩子不是这里的么？"

赵大姐摇摇头："不是。也不知道是谁家的孩子，没事就到我们这儿来转悠，也不进来，就站在外面看。我一出去跟他打招呼，这小孩就跑了。"

"哦。"方木若有所思地点点头，"周老师在么？"

"在。"赵大姐一指身后的院子，"在菜地里干活呢，我去叫他？"

"不用。"方木忙说："我过去就行。"

一个头发花白的老者挽着裤脚，蹲在菜地里忙活着，双手沾满了泥土。听到脚步声，他抬起头来，丝丝笑意随即爬上脸庞。

“你来了？”

“嗯，周老师，您好。”方木在他身边蹲下，“忙什么呢？”

“嗬嗬，给果苗松松土。”

“这是什么苗？”

“草莓。自己种的，味道不一样。你上次不是也尝过了么，不错吧？”

方木的嘴里立刻泛起一阵酸甜的味道，他咽了一口唾沫：“还行，就是稍微有点酸。”

“哈哈哈。”周老师大笑起来，“你吃到的已经算好的了。这帮小兔崽子，等不及熟就往下摘。”

他费力地站起来，看得出由于蹲的时间过长，脚有些麻。方木急忙扶住他。

“哎呀，没事。我手上有泥，别弄脏你的衣服。”

方木没松手，一直把他扶坐在水泥长凳上。周老师伸直双腿，右手在大腿上不停地揉搓，发出一阵哼哼哈哈的呻吟。

“周老师，腿不舒服？”

“‘文革’时这里受过枪伤，天气一变就会酸痛。哦，谢谢。”周老师接过方木递过来的香烟，点燃了深吸一口，美美地吐出来。

方木也点燃一支烟，边吸边看着空地上的孩子们不知疲倦地奔跑、追逐。

“今天下午没上班啊？”周老师问道。

“哦，去银行给你们汇款了。反正回去也没什么事，就过来看看。”

“嗯。”周老师扔掉烟头，转过头来很认真地对方木说，“我替亚凡谢谢你。”

“应该的，周老师。”方木忙说，“您一个人撑起这么大个孤儿院，也够难为您的。”

周老师笑笑，又问道：“还是要替你保密？”

“对。”方木点点头，“一直到她读完书，找到工作为止。我现在工资不高，每个月暂时只能拿出这些。不过如果亚凡需要钱，您可以随时通知我。”

“我能不能知道……”周老师斟酌了一下词句，“你为什么要资助廖亚凡？为什么单单是她？”

方木盯着眼前袅袅升起的烟雾，半晌，他低下头：“对不起，周老师。”

“嗬嗬，这没什么。”周老师拍拍他的肩膀，“每个人都有自己的秘密。你帮助廖亚凡，总不会出于恶意。嗬嗬，说曹操，曹操就到了。”

门口处，一个背着书包的女孩子正走进来。方木有些慌乱，起身要走，却被周老师按住了：“她又没见过你，怕什么？”

他朝女孩挥挥手：“廖亚凡！”

廖亚凡仿佛受到惊吓一般猛然停下了脚步，看清是周老师在叫她，顺从地走了过来。

“周爷爷好。”廖亚凡向周老师微微鞠躬，又把目光投向方木，不知道怎么称呼，就冲他点了点头。方木眯起眼睛，微微颔首。

“放学了？”周老师笑眯眯地打量着廖亚凡，“作业写完了么？”

“在学校就写完了。”廖亚凡笔直地站在周老师面前，一只手反复地摸着书包带。

“嗯，好孩子。晚上记得帮一楼的小勇补习一下数学。哦，对了，喜欢这个新书包么？”

廖亚凡的脸上露出了羞涩的笑容：“喜欢。”

“哈哈，那就好。快回去休息吧。”

廖亚凡红着脸答应了一声，转身轻快地跑掉了。可是她并没有像周老师嘱咐那样回去休息，5分钟后，廖亚凡就把一个盛满土豆的大铝盆端到院子里，一个接一个地削起皮来。

算起来，廖亚凡应该16岁了。她的五官酷似其母，不用仔细分辨，方木就能从她的眉眼中看出孙梅当年的模样。只是她的表情沉静淡然，带着同龄少女脸上罕有的忧戚。别的女孩都在家里吃零食、看电视、上网聊天的时候，她却要守着一盆土豆准备几十个人的晚饭。从她熟练的动作来看，廖亚凡应该经常参与这种繁重的劳动。想到这里，方木的心里有些微微的疼痛。毕竟，他和廖亚凡被剥夺的童年有关。

有时，廖亚凡的动作会忽然停下来，就那么拿着刀子和土豆，呆呆地盯着前方几米的地方，几秒钟后，又埋头奋力削皮。而后再次发呆。偶尔抬头的时候，会遇见方木一直盯着自己的目光。方木冲她笑笑，廖亚凡并无回应，而是心慌意乱地低下头去。

放学的孩子们陆陆续续地回到孤儿院，院子里逐渐热闹起来，各种年龄段的，健康的、残疾的孩子们在院子里走来走去，大声嚷嚷着。有的在高声谈论学校里发生的事情，有的在追讨白天被抢走的糖果，还有的拖着鼻涕蹲在墙根下傻笑。

廖亚凡已经削好了所有的土豆，端着盆子走进了小楼。楼顶的烟囱，正冒着越来越浓重的黑烟。很快，院子里开始飘出土豆熬白菜的香味。周老师拍拍手上的泥：“小方，留下吃饭吧，虽然简单，但是也别有风味。”

方木摇摇头，他不能想象跟廖亚凡同桌进餐该是多么尴尬的事情。虽然她完全不知道她妈妈救过两次的人的模样，也不会记得她宛若公主般站在C市师范大学男生二舍的走廊里的时候，身边匆匆而过的某个无动于衷的男生，但是方木仍然无法说服自己以一个资助者的心态去面对这个女孩。

正当他要给自己的婉拒寻找借口的时候，手机很合时宜地响了。

“方木，你在哪儿？”边平的声音很急。

“外面。怎么了？”

“15分钟之内赶到宽田区造纸厂宿舍！”

方木刚想问问具体情况，电话就被挂断了。他不敢耽搁，匆匆跟周老师告别后，就跳上吉普车，拉响警笛，疾驰而去。

宽田区是本市的旧城区，曾经是重工业企业的集中地。环保意识还没有在城市中盛行之前，这里曾经一片繁荣。随着城市的不断扩大、工厂的迁出，宽田区逐渐变成被高度城市文明遗忘的角落。随处可见的平房和三层小楼已经显得和城市格格不入。但无论在新城区还是旧城区，人们的好奇心是一样的。

此刻，一栋三层老式楼房前已经被围观者围得水泄不通。加之周围横七竖八停放着的警车，想开车靠近实在是很难。方木把车停在了很远的地方，小跑过去。

楼前被警戒线圈出了一片空地，或穿便装，或着警服的人们在空地上不停忙碌，表情凝重。方木把警官证别在胸前，掀起警戒线钻了进去。边平正在和一个身穿武警制服的警官交谈，看见方木，挥挥手示意他过来。

“这是我们处里的方警官，”边平给两人介绍，“这是特勤支队的段警官。”

方木向段警官伸出手去，感到对方的手粗糙、强硬，很有力度。

“我简单介绍一下案情，”边平指指三楼，“今天下午，市电视台带着一名观众来到三楼301室录制节目。这名观众自称叫罗家海，据说想要在今天——也就是教师节——看望自己的老师。结果他进入室内后就动刀刺了自己的老师，这女的目前伤势不明，不过根据现场目击证人的描述，估计已经死了。麻烦的是家里还有一个女孩，9岁左右，初步推断已经被劫持——这也是迟迟没有展开强攻的原因。”

此刻，一个警察拿着高音喇叭开始喊话：“屋里的犯罪分子听着，你已经被包围了，放下凶器，释放人质，立刻投降，这是你唯一的出路。我再重复一遍……”

方木看看楼上，窗户紧闭，没有任何回应。

“劫匪提什么要求了么？”方木问边平。

“没有，什么要求都没提。所以我们打算派个人上去跟他谈谈，要搞清楚他的目的，同时寻找机会制服他。”边平看看方木，“我准备派你去。”

方木一下子愣住了，忽然感觉嘴里很干，他直直地看了边平几秒钟：“我？”

“对。”边平的回答简短，但是很坚决。

方木把目光转向他身边的段警官，似乎想从他那里得到确切的答复。可是段警官的表情同样迷惑，还夹杂着一丝不信任。

边平也察觉到了段警官的惊讶，转过头对他说：“老段，这是我们处里最棒的小伙子。”他朝方木挥挥手：“去吧，去那边准备一下。”

方木像个木偶一样被带到一台指挥车前，一个女警手脚麻利地把无线耳机装在他身上，另一个警察挽起他的裤脚，把枪套扎在他的脚踝上。方木茫然无措地任由他们摆布着，目光落在不远处的边平身上。他正在跟段警官说着什么，段警官微蹙着眉头，不住点着头，等他回头再看方木的时候，目光中已经有了几分期许。

“准备得怎么样了？”他问在方木身边忙碌的警察们，得到肯定的答复后，段警官从腰里拔出一支64式手枪。

“会用么？”

方木点点头，接过手枪，动作熟练地开保险、拉套筒，子弹上膛后，把枪插进了脚腕上的枪套里。

边平也走了过来，上下打量了一下方木后，说道：“现在咱们说说计划。计划一共有三个。计划一：你尽量说服他投降。计划二：寻找机会制服他，如果时机允许，你可以开枪击毙他；计划三：对面的楼上埋伏了狙击手，但是无法锁定他，怀疑他和人质躲在里面的房间里。如果你觉得没有把握说服他或者制服他，就想办法把他引到南侧房间的门口，距离窗户越近越好。剩下的事交给特勤队来处理。”边平顿了一下，“有什么问题么？”

方木想了想，觉得脑子里有一万个问号，可是又不知道问什么，就摇了摇头。

“好，去吧。”边平在他肩膀上用力捏了捏，“谈判的要领我就不跟你再啰嗦了，你自己小心。”

方木点点头，深吸一口气，刚要转身，段警官又叫住了他。

段警官蹲下身子，拔出方木的手枪，又把子弹全退出来，摊在手心里细细挑拣着，最后选出三颗装入弹夹，然后拉套筒推弹上膛。

“三颗足够了，多余的子弹也没用，万一遇上臭弹更麻烦。另外，枪一响，我们的人就会冲进去。”

段警官的话并没让方木感到踏实，相反，他把只有三发子弹的手枪插进枪套里的时候更加紧张，尽管他知道段警官的话非常有道理，还是觉得腿有些发软。

走廊里埋伏着十多名特警，方木脚步僵硬地从这些荷枪实弹的壮汉中间穿过，能感到一束束诧异的目光投射在自己脸上。的确，他看起来并不像气定神闲的谈判专家，完全是一个初出茅庐的大学生的模样。

2004年，某市发生一起人质劫持事件，由于处理失当，犯罪嫌疑人在被击毙前割断了人质的颈动脉和气管。有鉴于此，其他城市的公安机关也开始重视突发性应急预案的制定。由于目前仍然缺乏专业的谈判人才，今天这个场合只能让公安厅犯罪心理研究室的人来试试。

脚下的楼梯覆盖着积攒了多年的油泥，踩上去有些粘脚。走廊里光线昏暗，方木仿佛穿行于模糊不清的梦境，在完全不真实的场景中一步步走向301室。他在那扇锈迹斑斑的铁皮门前站了几秒钟，在这段时间里他的脑子里一片空白，既不知道该说什么，也不知道该做什么。身旁两个手握79

微冲的特警彼此望了望，这个细小的动作被方木眼角的余光捕捉到，他感到有些尴尬，清了清嗓子，伸手去推门。

铁门伴随着一阵难听的吱嘎声缓缓打开，面前是一个狭长的客厅，客厅中央俯卧着一个女人，身下是早已凝结的一摊血。她的身边扔着一架摄像机，似乎还在转动。方木站在门口，缓缓将门开至最大，确认门后无人后，他小心翼翼地向前走去，走到那个女人身前，方木蹲下身子，一边观察周围的动静，一边把手指放在女人的脖子上。

指尖传来的冰凉触感和僵硬让方木肯定了自己的判断，这个女人已经死了。既然死了，就没必要再对她过多地关注。方木站起身，环视了一下周围，开口说道："朋友，你在哪儿？"

话音刚落，方木就听到正前方一扇紧闭的门里传来一阵"呜呜"的声音，似乎是从被塞住的嘴里发出来的。方木的心一下子提到了嗓子眼：劫匪和人质就在那个房间里。

方木定定神，冲着紧闭的房门高声说道："出来谈谈好么，有事好商量。"说完，他就屏气凝神，死死盯着房门，等待着对方的回应。

几秒钟，也许是几分钟后，房门慢慢地打开了。

走在前面的是一个双手被捆在身后的女孩，看年龄应该不超过10岁。女孩头发散乱，脸上布满泪痕，一双因恐惧而圆睁的眼睛充满泪水。看见地上的女尸，女孩拼命扭动起来，被枕巾塞住的嘴里发出呜呜的声音。

她的身后站着一个男人，一只手勒着女孩的脖子，另一只手放在女孩背后，无法判断手上的凶器种类。方木目测了一下对方的身高，大约1.75米，短发，看起来很年轻。男子脸颊瘦削，双眼布满血丝。方木本以为会看到一双狂暴、焦虑的眼睛，可他的眼神平静，毫无光泽，这让方木感到不安，因为那眼神背后是一种求死的决绝。

一个人，如果连死都不怕，那就没什么可怕的了。

"罗家海？"

罗家海没有回答，而是上下打量着方木。

方木发现罗家海也在观察自己，他稍稍挺直了身子，叉开双腿，同时举起双手，五指张开："你看，我没带武器。谈谈好么？"

罗家海的视线回到方木的脸上，默默地看了几秒钟之后，开口问道："你是警察？"

方木放下手，点点头："是。"

罗家海的表情有些放松下来，眼神中似乎多了一些好奇。方木忽然明白边平为什么让他来跟罗家海谈判，报案人说罗家海是一个尚未毕业的大学生，如果找一个年龄较大的警察来跟他谈，罗家海会感受到压力和不信任。方木看起来和罗家海年龄相当，这在某种程度上可以消除对方的戒备心理。

"警察"这个词却让那个9岁的女孩在绝境中看到了莫大的希望，她又拼命扭动起来，盯着方木的眼神中饱含乞求，这目光的含义很明显：救救我！

方木注意到女孩身上被撕破的白色T恤衫上有纵横交错的血迹，他急忙上下打量了一下女孩，想弄清女孩是否受伤以及伤势如何。罗家海注意到了方木的目光，他慢慢地摇摇头，低声说："她没事，那是她妈妈的血。我没碰她。"他顿了一下，嘴角牵出一丝苦笑，"她不会有那种味道。"

方木一下子愣住了。味道，什么味道？

罗家海没有理会方木的错愕，而是低下头，耳语般轻声对女孩说："别挣了，你妈妈已经死了。你现在对她做什么都没有用。"

女孩惊恐地偏过头去，似乎想远远地躲开他，同时又把征询的目光投向方木。

方木点点头："照他说的去做。"

女孩终于停止了挣扎，但是却没有停止哭泣，泪水成串地从脸上滑落下来。

方木看了女孩几秒钟，抬起头对罗家海说道：“我有个建议，你把她嘴里的东西拿出来好么？”

罗家海似乎感到意外：“什么？”

方木指指自己的鼻子：“人哭泣的时候，鼻黏膜会出现水肿，形成鼻塞。你又塞住了她的嘴……”他又指指因为不断抽噎而脸色涨红的女孩，“……她会憋死的。”

罗家海低头看看女孩，表情复杂，似乎在反复权衡，最后对女孩说：“我把它拿出来，你不要叫，好么？”

女孩拼命点头。罗家海把另一只手从女孩的身后拿出来，方木看到了那只手上攥着一把血迹斑斑的刀子。罗家海用拿刀的手拽掉了她嘴上的枕巾，另一只勒着女孩脖子的手也松了一下。

之前女孩其实一直靠着罗家海的挟持才能站立，突如其来的顺畅呼吸和松弛却让她的身子彻底瘫软下来。罗家海急忙撑住女孩的双臂才不至于让她滑落在地，而此时，一直顶在女孩背后的刀子也离开了她的身体。

方木耳朵里的无线耳机忽然传来段警官清晰的声音：“兄弟，动手！”

突然接收到的指令让方木的大脑在一瞬间一片混乱：冲上去夺刀？还是拔枪直接击毙他？方木正犹豫不决之时，罗家海已经扶起了女孩，刀子也重新顶在了她的脖子上。

“靠！”耳机里，段警官懊恼地骂道。

方木却不后悔，相反，他很庆幸自己刚才没有贸然行动。罗家海肯听从自己的建议，那么说服他投降也是有可能的。

想到这些，方木的心里略感轻松。他冲罗家海笑笑：“谢谢。谈谈吧，你有什么要求？”

“要求？”罗家海似乎对这个问题没有准备，他愣了几秒钟，摇了摇头，“我没有要求。”

这个回答同样出乎方木的意料，两个人的谈判由于缺少筹码似乎已经无法进行下去。方木想了想，决定冒一下险。

“那，现在跟我出去好么？”方木尽量作出漫不经心的表情，试探着问道。

罗家海盯着方木看了几秒钟，眼神却渐渐迷离：“出去？”

他略低下头，目光茫然地在周围扫过：“就这样结束么？”

方木决定再冒一个险：“彻底了结这个麻烦，不好么？”

罗家海忽然笑了：“了结？怎么了结？”他顿了一下，“就是我去死，对么？”

方木的心猛然揪紧了。谈判中最忌讳让对方出现这种破罐破摔的心理，这很可能导致劫匪孤注一掷，与人质同归于尽。

“这不一定。你想得太多了。”

罗家海苦笑着摇摇头：“我学过点法律。你姓什么？”

方木被问得猝不及防：“什么？”

“你大概是最后一个跟我交谈的人，我总得知道如何称呼你吧。”

“哦，我姓方。”方木的脸色平静，手心里却开始渐渐冒汗。罗家海的话语中已经透露了求死的决心，必须想办法让他平静下来，让他觉得事情还有回旋的余地。

“方警官，你也许没带武器，但是我知道就在附近的什么地方，肯定有一支狙击步枪在瞄准我的脑袋。也许下一秒钟，我就会脑浆迸裂。但是我想让你知道，我不是坏人。的确，我杀了人。那是她该死。但是我没祸害这个女孩，她也不会有那种味道。我希望这一点可以证明：我不算坏人。”

味道。他第二次提到了味道。

方木看着罗家海的眼睛：“你所说的味道，究竟是什么？”

罗家海摇摇头：“算了，你不必知道，我也没时间去讲故事。我杀了人，我也没打算活着离开这里。哦，你不必紧张。”他看到方木的脸色大变，甚至笑了笑，“我不会伤害这个女孩。但是她在我手里，你们就暂时不会开枪打死我，不是么？”

罗家海收敛了笑容，郑重其事地道：“请给我最后一点时间，允许我在被打死之前，还有思念的权利。”

说完，他就把视线从方木脸上挪开，盯着面前的空气，眼神重新变得迷离、涣散。

方木眯起眼睛，忽然，他开口问道：“红色衣服的女孩，有什么味道？”

罗家海猛地抬起头来，脸上的表情惊惧而惶恐。

方木知道自己猜对了，他提高了声音：“她是谁？”

罗家海的刀子一下子指向了方木：“你认识我？你到底是什么人？”

方木刚要开口，耳机里忽然传来了段警官的声音：“兄弟，引他往前走两步。”

方木心头一凛，他知道对面楼上就有一支85式狙击步枪瞄准这里。他偷偷抬起右手，掌心朝向窗户（战术手语，意为停止）。

段警官的声音很严厉：“不行！人质看起来很虚弱，不能再拖下去了。上面下达了命令，立刻击毙劫匪！”

罗家海完全没有注意到方木的手势，他死死盯着方木的眼睛：“你怎么知道这件事？”

方木举起一只手示意他冷静：“现在不是讨论这个的时候。你只需要知道一件事：我相信你不是个坏人，你所做的一切，是情有可原的。如果你愿意，我非常想知道这件事的来龙去脉。”

罗家海的眼中盈满泪水，手里的刀子也剧烈颤抖起来：“他们毁了她的一生，她才22岁啊……”

“方木，执行命令！”耳机里传来边平的声音。

方木分寸大乱，如果现在就击毙罗家海，那么关于那个女孩和某种味道的秘密就会永远封存，而这可能涉及另一个人——也许就是那个女孩的生命安全。

罗家海已是泪流满面，这个全身血迹斑斑的杀人凶手此刻哭得像一个委屈的孩子："为什么要毁掉我们……我们不奢求什么……我们只想平平静静地生活……"

他哭得几乎全身瘫软，身子前后晃动着。在对面楼顶的狙击枪瞄具里，罗家海青筋毕露的脖子时而进入射击范围，时而隐藏在墙壁后。

"兄弟，引他向前走一步就行。"段警官的语速缓慢，似乎在全神贯注地瞄准。

方木明白罗家海此刻的状态会让对面楼顶的人认为他已经情绪失控，他顾不得引起罗家海的怀疑，扭过头对着窗户拼命摆手。

"方警官，我投降。我只求给我一个说出真相的机会，我和沈湘，不想背负这样一个罪名离开这个世界……"罗家海终于停止哭泣，他放下刀子，"孩子给你，我跟你走。"

接着，他把手插在女孩的腋下，扶着她向方木走了过来。

方木本能地迎着他伸出手去，突然，一个念头电光石火般在脑海里闪现：罗家海已经处在射击范围内！

不！方木已经来不及作任何手势阻止狙击手，心一横，他一个箭步挡在了窗户前！

"靠！"耳机里传来一声又惊又怒的喝骂。

方木闭上眼睛，一瞬间，似乎已经听到了7.62毫米口径的子弹撕破空气的呼啸声、击穿玻璃的碎裂声、打进肉体的钝响，他甚至感受到了子弹穿透自己身体的灼热……

什么都没有发生。5秒钟后，方木睁开眼睛，额头上已是冷汗涔涔。

他冲罗家海勉强笑笑："走吧，我们离开这儿。"

刚走出门口，埋伏的特警就一拥而上，罗家海被迅速架到楼下，押上警车。方木只来得及说一句“别打他”。女孩被紧急送往附近的医院，随即，大批刑侦人员进入现场开始勘查。

方木全身酸软，不得不扶着楼梯扶手慢慢沿阶而下。身边有忙碌的警察匆匆跑过，不时有人在他身上拍打一下：“好样的！”

突如其来的放松让方木彻底没了力气，他几乎是一步步挪出了楼门。大门外，面色凝重的边平和段警官正等着他。

边平既没有表扬他，也没有苛责他，只是淡淡地说了句：“辛苦了，上车休息一会儿吧。”

方木不敢多说话，答应了一声就蹲下身子，解下枪套递给段警官。

段警官接过枪套，盯着方木看了几秒钟，忽然伸出拇指和食指，中间留了不到2毫米的空隙。

“0.2秒。”他顿了一下，“0.2秒。如果我的反应慢了0.2秒的话，你就被我打死了。”

方木虚弱地笑笑，低声说：“谢谢。”

第二章

重逢

睡了一个好觉之后，方木第二天很早就来到了公安厅。可是还有比他更早到的人，刚进办公室，方木就被告知去边平处长的办公室。

边平一脸疲惫，双眼布满血丝，看起来昨晚熬了一夜。方木看看烟灰缸里塞得满满的烟头，正琢磨是什么案子让见多识广的边平挠头的时候，无意间瞥见了桌上的几张照片，其中一张正是昨天下午横卧在客厅里的那具女尸。方木一下子明白了，是罗家海那件案子。

边平捕捉到方木的目光，知道他已经猜到了自己的意图，索性开门见山："这小子有点意思。"

方木抽出一支烟递给边平，帮他点燃后又给自己点了一支。

"案子在分局？"

"是啊。"

"罗家海交代了么？"

"没呢。"边平揉着脖子，"昨晚分局连夜突审他。可是这小子只承认杀人，犯罪动机什么的一概不说。不过分局把他的底细摸得差不多了，说出来你可能不信，他身上也许还有命案。"

"什么？"方木吃了一惊，"是不是那个穿红衣服的女孩？"

边平停下了手上的动作，抬起头专注地看着方木："这也是我想问你的问题，你怎么知道有个穿红衣服的女孩？"

"我也是猜的。"方木顿了一下，"通过罗家海眼球的运动。"

"哦，说来听听。"

"一般情况下，如果一个人的右手为习惯手，那么当他沉思的时候，视线朝向左上方，是想起了经历过的事物，如果朝向右上方，是在想象未曾见过的事物。如果眼球转向左下方，意味着他在想象声音，如果眼球转向右下方，意味着他在回忆某种视觉片断或者其他身体的感受。"

"红色呢，怎么猜出来的？"

"通过罗家海的表情肌。通常，人们在回忆红色事物的时候，由于会唤起他的紧张情绪，从而会导致表情肌僵硬。另外，如果回忆起黄色的事物，除了表情肌僵硬，他的脸上还会出现厌恶、不安的表情。”方木说得有些快，略略喘了口气，“昨天，罗家海似乎陷入沉思之中。而我事先看到他把刀子拿在右手。他的视线先是朝向左上方，接着眼球转动到右下方，表情肌僵硬，但是面色平和。我估计他在想一个女性，所以就冒了一个险，推断他在想一个身穿红色衣服的女孩。”

“嗯，”边平若有所思地点点头，“我想他当时思念的的确是个女孩，不过穿的不是红衣服。”

“什么？”方木瞪大了眼睛。

“一周前，J市工业大学有三名学生失踪，是罗家海和两个分别叫沈湘和桑楠楠的女生。”边平顿了一下，“沈湘当时穿一套白色的连衣裙，桑楠楠穿黄色T恤衫，黑色短裤。”

方木想起罗家海当日所说的话：

“……我和沈湘，不想背负这样一个罪名离开这个世界……”

他当时想的，应该是这个叫沈湘的女孩子。

白色连衣裙……红色……

方木的眉头一下子皱紧了，他抬起头，面对边平征询般的目光，缓缓说道：“被血染红的白色连衣裙。”

“我也是这么想的。”边平的脸色变得凝重，“这两个女孩，至少有一个可能已经死了。”

方木想了想，问道：“我们能做什么？”

“你先别急。”边平把桌上的液晶显示器转向方木，“看看这个。”

正在播放的是一段视频，从内容上来看是某个电视节目，方木想起曾经在现场看见一部还在转动的摄像机。

“这是现场那部摄像机录下来的？”

“是啊，”边平舒舒服服地躺在沙发上，“你先看，我眯一会儿，昨晚熬了一夜了。”

前十几分钟的录像内容都很正常，和平常电视里看到的节目并无两样，只是方木发现罗家海的脸色始终阴沉，想来是为自己即将要做的事情感到忐忑不安吧。播放到罗家海忽然拔刀刺向秦老师的时候，场面十分混乱，摄像机的镜头变得摇摆不定，音箱里也传来秦老师的惨呼和电视台工作人员的惊叫声。始终晃动的画面让凝神观看的方木感到头晕目眩，好在这种晃动只持续了十几秒钟，随后画面里的事物就陡然上升，然后翻转，静止不动了。

应该是摄像师逃跑前将摄像机扔在了地上，方木不得不歪着脖子看着显示器，想到刚才边平揉脖子的样子，不由失笑。

画面上出现了一双穿着水绿色短裤的腿，随后就是一阵尖叫，同时还隐约可辨罗家海粗重的喘息声，那双腿的主人转身跑进了正对着镜头的一扇门，哐的一声关上了。罗家海的下半身出现在镜头里，他几步奔到门前，飞起一脚，木门应声而开。正对着门的是一张床，女孩正拿起几本书，边歇斯底里地尖叫，边向罗家海身上扔去。罗家海很轻易地把女孩按倒在床上，粗暴地撕扯着女孩的衣服。

女孩很快就没了力气，软弱无力的两只手轻飘飘地拍打在罗家海的身上。罗家海把女孩的T恤衫拉到胸部以上，又去撕扯女孩的短裤，很快，短裤就被拉到了膝盖处。罗家海半跪起身子，压住女孩的双腿，开始解自己的裤带，解到一半，他的目光似乎落在了女孩尚未发育的胸部上，动作停了下来。

罗家海低垂着头，看不清他的表情，却能感觉到他全身都在颤抖，女孩拼尽最后一点力气抽出了双腿，仿佛失去知觉的罗家海随着她的动作滑落到床边，又跌坐在地板上，背靠着床垫，忽然用手揪住自己的头发，号啕大哭起来。

方木眯起眼睛，盯着哭得全身颤抖的罗家海。

忽然，罗家海伸出一只脚踢向房门，房门重重地关上了。镜头里只剩下昏暗的客厅和那扇紧闭的门。

接下来的一小时内，画面上始终没有出现新的事物，只能隐约听见警笛声和警方的喊话，直到方木看见自己出现在画面里。

看完这段视频，方木向后靠在宽大的座椅上，点燃一支烟。

显然，罗家海要强奸那个女孩，可是后来又放弃了。从他突如其来的痛哭来看，这种放弃似乎出于一种真心的悔悟。

“我没碰她……她不会有那种味道……”

从这句话来看，罗家海的强奸行为带有明显的报复意味，而那种味道，肯定与性行为有关。

方木正在冥思苦想，桌上的电话机刺耳地响起来。他正在犹豫要不要接听的时候，边平一跃而起，疾步走到桌旁接起了电话。

“喂，是我……嗯……知道了。”

边平放下电话，转头对方木说：“分局打来的，要你过去一趟，据说罗家海指名要见你。”他顿了一下，“也许，你还能看见自己的故交。”

来到分局后，方木被直接领到了审讯室。几个人坐在一面大单向玻璃前，都在观察审讯室里的动静。听到身后的脚步声，一个高个子转过头来。

方木停下了脚步，一丝微笑浮上面庞。

是邰伟。

邰伟却不如方木那般热情，只是紧锁的眉头稍稍松动。他上下打量了方木几眼，开口问道：“来了？”

邰伟的冷淡让方木有些不知所措，他点点头，随便拉了把椅子坐下。

“我长话短说。”邰伟一副公事公办的样子，“一周前，J市工业大学有三名学生失踪。分别是罗家海、他的女朋友沈湘和比他们低两级的桑楠楠。经我们调查，桑楠楠曾和沈湘发生过口角，所以我们初步断定，罗家海和沈湘劫持了桑楠楠。而罗家海只身来到这里杀人作案，更让我们肯定之前桑楠楠的失踪属于暴力劫持。”

方木想了想：“我能做什么？”

“罗家海归案后始终一言不发，今天早上被我们逼急了，说只跟你一个人谈。我们想知道沈湘和桑楠楠在哪里，生要见人，死要见尸。这也是我们从J市跑来这里的目的。”邰伟顿了一下，“这案子由我负责。”

方木没有作声，扭头看着审讯室墙上的单向玻璃。罗家海低垂着头，手脚都被铐在椅子上，整个人看起来似乎缩短了不少。

方木站起身来：“打开他的手铐和脚镣。”

分局的警察看看邰伟，邰伟挥挥手，意思是“照他说的做”。

警察掏出钥匙，边跟方木往审讯室走边说：“兄弟，你自己当心点。”

“放心吧，没事。”方木走到审讯室门口，忽然转身，手指着邰伟说：“不过，你这次，可别再溜号了。”

大家都莫名其妙地看着邰伟，邰伟的嘴角浮现出一丝不易察觉的微笑，目光变得柔和。

方木也笑笑，拉开审讯室的门。

罗家海耷拉着脑袋坐在椅子上，一动不动。方木以为他睡着了，警察给他解开手铐和脚镣时，罗家海忽然伸手抚摸另一只被勒出红印的手腕，才知道他一直醒着。方木想了想，叫人送一瓶矿泉水进来。

把水递到他手里的时候，罗家海低低地说了声“谢谢”。拧开瓶盖后，只抿了一口，就把瓶盖拧好，放在面前的桌子上。

方木点燃一支烟，隔着桌子凝望着他，几分钟后，又把眼前的烟盒推过去。

罗家海抬起眼睛，摇了摇头：“谢谢，我不吸烟。”

方木微微颔首，默不作声地继续吸烟。

两个人对坐在桌子两端，中间是慢慢旋转、消散的烟雾。一个盯着眼前的矿泉水，另一个透过烟雾盯着对方。沉默，既像等待，也像较量。

方木知道，单向玻璃的另一侧，所有人都在焦急地等待罗家海开口。其实他很想告诉邰伟少安毋躁。从目前的情况分析，结合罗家海的言行，沈湘和桑楠楠很可能都死了。找到她们的时间无论早晚，都已无力再挽回些什么。

方木更感兴趣的是整件事的来龙去脉。味道究竟是什么意思？为什么要杀死秦老师？沈湘和桑楠楠究竟与这件杀人案有什么关系……

吸完一支烟，方木缓缓问道：“你要见我，是有什么话要对我说么？”

罗家海没有马上回应，隔了几秒钟才抬起眼睛，方木没有躲闪，迎着他的目光回望过去。罗家海的眼神疲惫，带着深深的绝望与哀伤。

“方警官，如果我说我不是坏人，你相信么？”过了好一会儿，罗家海低声问道。

“我无意评价你的人品，不过我宁愿相信你是好人。”方木略略提高声调，“但是你杀了人。每个人犯错后都会给自己寻找借口。你如果想让我相信你是好人，就要说服我。”

说完，方木屏气凝神地看着罗家海，等待他剖白心迹。可是罗家海又垂下头去，不动了。

方木原以为能顺利让罗家海开口，可是罗家海的再次沉默让方木有些意外。他定定神，决定换个方式。

“沈湘很漂亮吧？”方木重新点燃一支烟。

透过面前袅袅上升的烟雾，方木清楚地看到罗家海的肩膀抖了一下。

“你很爱她对么？”方木决定趁热打铁，“我想，她也很爱你。”

罗家海的肩膀抖动的幅度越来越大，整个人仿佛是一片在秋风中瑟瑟战栗的叶子。

方木移开目光，盯着审讯室的角落，仿佛自言自语般说道：“喜欢白色的人往往内心向往着纯洁。他们生活井然有序，喜欢干净整洁。”方木掸掸烟灰，“沈湘一定帮你洗过衣服，整理过宿舍吧？”

罗家海猛地一挥胳膊，面前的矿泉水瓶被扫到单向玻璃上，又扑通一声落在地上。

“你别说了！”他冲方木歇斯底里地大吼。

方木平静地看着他，罗家海的双眼盈满泪水，灰白色的嘴唇哆嗦着。

方木缓缓，却清晰无比地说道：“沈湘，已经死了，对么？”

眼泪哗地从罗家海的脸上流下，他低下头，把脸埋在手掌中，无声地痛哭起来。

方木静静地等待。几分钟后，罗家海的情绪稍稍平复了些，他又开口说道：“这样一个向往纯洁、喜欢干净整洁的女孩子，现在只能躺在一个无人知晓的地方，慢慢地肿胀变形，腐烂、发臭，也许身上还覆盖着大团的蛆虫。”

罗家海的号哭刚刚转为抽泣，听到方木的话，哭声又骤然猛烈。

方木的声音平淡，却有一种残忍的力量：“你曾经说过，不想和沈湘背负着杀人犯的罪名离开这个世界。我想，沈湘也同样不想以那么令人作呕的模样说再见。所以，”他顿了一下，“告诉我，她在哪儿？我保证，我们会善待她的遗体。”

罗家海拼命点头，却哭得上气不接下气，说不出话来。方木捏着行将熄灭的烟头，屏气凝神地盯着罗家海，虽然表面上看起来依然平静如初，可方木却感到自己的心脏跳得像急促的鼓点一般。

罗家海终于停止了哭泣，他一边喘息，一边断断续续地说道：“J市红园区，钢材市场附近，有一个废弃的厂房，沈湘，还有桑楠楠，就在二楼的一个工具房里。”

方木暗暗吐出一口气，转头看了一眼单向玻璃。他知道，在另一边，邰伟正在跟J市的同事联系，火速赶往那个地点。

这几句话好像耗尽了罗家海全身的力气，他彻底瘫软在椅子里，用手捂着脸，任由泪水顺着指缝缓缓流淌。

方木也觉得疲倦，他清楚眼前这个人很可能杀死了两个人，可是他看起来跟那些涉世不深、敏感脆弱的男大学生没什么两样。尽管对这两起案件还有很多疑问，方木也不忍心继续追问下去了。

他朝单向玻璃打了个手势，很快，审讯室的门开了，两个警察走了进来。

“带他回看守所吧。改天再审。”

两个警察应了一声，给罗家海戴好手铐，几乎是拖着他走向门口。快出门的时候，罗家海忽然挣扎着喊了一声：“方警官！”

方木示意那两个警察先等等。罗家海哑着嗓子，脸上是乞求的表情：“等你们找到沈湘了，我……我能再看看她么？”

方木盯着他看了几秒钟，慢慢点了点头。

目送罗家海被押走，方木却忽然没了力气，他坐在椅子上，又抽出一支烟，正伸手去拿打火机，肩膀后伸出一只手，“啪哒”一声打着了手里的打火机。

方木凑过去点燃了烟，回头一看，是邰伟。

邰伟拉过椅子在方木身边坐下，看看方木，忽然笑了。

“你小子，果真有两下子。”

方木吐出一口烟，不置可否地笑笑。

“你觉得那两个女孩还有可能活着么？”

方木犹豫了一下，摇摇头：“几乎不可能。罗家海完全是一副已经绝望的架势。”

邰伟叹了口气："我也是这么想的。"

"你不着急回去么？"

"不着急。"邰伟懒散地靠在椅背上，"人都死了。早回去一天半天的也没什么意义。"

方木把烟头在烟灰缸里按灭："走吧，我请你吃饭。"

分局附近的一家小饭店里，方木和邰伟相对而坐。等待上菜的时候，两个人都默不作声地抽着烟，似乎无话可说。

还是方木打破了沉默："结婚了？"

邰伟一口茶水呛在了嗓子里，他一边用餐巾纸胡乱地抹着下巴，一边问道："你怎么知道？"

方木笑着指指邰伟左手的无名指，那里有一道浅浅的环状戒痕。邰伟的脸有些红，用力在戒痕上蹭了几下，似乎想把它蹭掉。

"呵呵，你媳妇一定挺厉害，不过很依赖你。"

邰伟来了兴趣："何以见得？"

"我估计你上班的时候就把戒指摘掉，下班回家的时候再戴上，可见你还是挺怕你媳妇。以你的性格，能让你这么老实的，当然是个厉害媳妇。"方木笑笑，"不过这说明你媳妇很在乎你们的婚姻，她很依赖你。恭喜你了。"

邰伟的眼中弥漫起少见的温情："嘿嘿，就是跟小孩似的，连睡觉都得拉着手。"

似乎因为和方木分享了隐私，邰伟的话也多了起来。这个叼着香烟、大口喝酒的人，也是那个郑重其事地把一颗子弹送给方木的警察。

这让方木感到熟悉而亲切。

推杯换盏间，方木知道邰伟结了婚，升了职；赵永贵调到分局做了局长；当年参办孙普一案的警察有的升职，有的调任，也有的牺牲。

方木告诉邰伟自己毕业前参加了公务员考试，现在省公安厅犯罪心理研究室工作，顶头上司正是乔教授的学生边平。

熟人碰面，话题多围绕着共同的回忆，而回忆往事，并不都是一件令人愉快的事情，这是一个无法回避的事实。方木和邰伟之间，似乎除了孙普的案子，也没有更多的共同语言。

“我有的时候会开车去J大，去南苑五舍，去篮球场，去体育馆，也去那个地下室。”邰伟有些喝多了，微眯着眼睛看着窗外，一侧面孔在唇边升起的烟雾中若隐若现，“什么也不干，就是坐着。有时会觉得那年发生的事情都是一场梦。如果不是亲身经历，很难想象会有那么凶残的人。”他轻声笑笑，“你救了我的命，说起来，我还没好好感谢你呢。”

方木低着头，良久，轻轻地说：“不用。”

邰伟也似乎无意继续这个话题，他转过头：“你怎么样，干得不错吧？”

“还行，就是有时候闲得无聊。其实当初想去市局的，后来是边平处长硬把我要过去的。”

邰伟嘿嘿地笑起来：“你还嫌清闲？你要是去了市局你就知道了，累得你喘不过气来。”他转头看着窗外，脸色慢慢阴沉下来，“你到底还是做了警察。是为了乔教授么？”

方木低头喝了一口酒，没有回答。

邰伟轻轻地叹了口气：“其实我还是那个想法，你不适合做警察。”

方木不置可否地笑笑，又为自己点燃一支烟。

“考没考虑过换个职业？”

“没有！”这次方木回答得斩钉截铁。

“没有！”邰伟清楚地记得当初他问方木是否打算做警察的时候，他也是这么回答自己的。同样的答案，结果却截然相反。说不清犯错的是自己，还是眼前这个依然面色苍白、目光锐利的人。

邰伟试着缓和了一下自己的语气："将来有机会，还是换个工作吧。"

方木好一阵没有说话，忽然抬起头问道："你从什么时候开始觉得我不适合做警察？"

邰伟盯着他看了几秒钟："从地下室那件事开始。"

"哦？"方木一扬眉毛，似笑非笑地看着邰伟，"会告发我么？"

邰伟收敛了笑容："我不会。永远不会。我也同样永远不会认为你会是一个好警察。"

"什么是好警察？"方木反问道。

邰伟被问住了，愣了好久才说："我不知道。但是你肯定不是。你是一个无法对案件置身事外的人，你对它总是倾注了太多的个人情感。如果某一个案件无法用法律来解决，或者你不想用法律的方式解决的时候，你就会用你自己的方式。"他顿了一下，"我知道，就在昨天，你差点用自己为罗家海挡住一颗子弹。"

方木始终低着头，良久，他掸掸烟灰："我不觉得这样有什么不对。"

邰伟摇摇头："你会害死你自己。"

方木忽然嘿嘿地笑起来："我不是还活得好好的么。"不等邰伟开口，他就举起杯子，"不说了，喝酒！"

旧友聚会在心照不宣的回避中以一场大醉结束。两个人摇摇晃晃地回到分局的时候，J市那边的信息也反馈回来。在罗家海指示的地点发现了沈湘和桑楠楠的尸体，初步确定两人的死因都是失血性休克。不同的是沈湘的致命创口在腕动脉，而桑楠楠则是身中20余刀。具体情况需要法医作进一步检验方可确定。分局和J市的刑警在案件的管辖权上发生了小小的争执，双方都认为本地才是主要罪行发生的地点。协商的结果是：邰伟一行人先行返回J市，待主要证据搜集完毕后再确定由谁来管辖罗家海一案。

告别的时候，方木冲已经醉眼蒙眬的邰伟指指左手的无名指，这家伙迷迷糊糊地一挥手，也不知是否明白了方木的意思。

目送吉普车消失在街角，方木看着那团扬起的灰尘发了一阵呆。回过身，只见分局门上的警徽在正午的阳光下发出耀眼的光芒。方木把手遮在额前，静静地盯着警徽，感觉它在一点点变大，最后竟有了铺天盖地的架势。

我真的不适合做警察么？

第三章

悲悯

杨锦程疲惫地从办公桌前抬起头来，感到脖颈后面一阵酸痛，一个原本舒筋展骨的懒腰伸了一半就不得不放弃。他弓着背，盯着显示器发了一会儿呆，端起一杯早已冷透的茶一饮而尽。

喝干茶水的杯子拎在手里仍然沉甸甸的，杨锦程反复端详着它，想到它不菲的身价和在研究所里独一无二的地位，不由得笑了笑。

他站起身来，在办公室里来回踱了几步，走到门边的时候，顺手拉开门走了出去。

一出门，杨锦程脸上的疲态就荡然无存，他看起来又是那个永远精力充沛，宽厚又不失精明，风趣又不失威严的杨主任。

杨锦程沿着装饰考究的走廊慢慢地走，之所以慢，不是因为年纪，而是想让所有人都感受到他的从容淡定。身边不时有人停下来鞠躬，又匆匆走掉。杨锦程看着两侧的落地玻璃窗，虽然已经快晚上8点半了，可是灯火通明的办公室里依旧有不少研究员在忙碌着。眼前的繁忙景象让杨锦程感到心满意足，他像一个正在检阅军队的元帅一样，在井然肃立的队伍前信步前行，独自享受着超脱其外的优越感。

巡查了几个工作室，拍了若干人的肩膀，也接受了若干恭维后，杨锦程慢慢踱回了自己的办公室。坐到那张全研究所最宽大、最舒服的椅子上，刚才还消失得无影无踪的疲惫又一点一点地回到了他的身上。杨锦程用一种几乎是蜷缩的姿势坐了很久，直到他把一只有些酸麻的手臂无力地放在桌面上。

手指碰到了鼠标，显示器“啪”的一声自动开启。杨锦程的脸渐渐被青白色的光照亮。他目光散漫地盯着越来越亮的显示器，忽然，他好像想起什么似的，坐正身子，点击“我的电脑”，进入硬盘分区，轻车熟路地连续点击后，一个位置很深的文件夹被打开。杨锦程毫无必要地在空荡荡的办公室里扫视了一圈，飞快地输入一串密码。接着，他就把脸凑近显示器，目不转睛地看着。渐渐地，杨锦程脸上浮现出一丝丝微笑。那微笑从嘴角到双颊，在杨锦程的脸上一点点蔓延，最后，似乎每一根眉毛上都跳动着喜悦。

他挨个察看着这些文件，每次读取一个新文件的时候，杨锦程的脸上就会呈现出一种奇怪的表情，好像迫不及待看到一件自己早已熟悉的东西。他似乎在跟自己玩着捉迷藏。一边问自己这个很精彩吧？一边拼命遗忘那些早就烂熟于心的图片和文字，以使自己在打开下一个文件的时候发出自欺欺人的惊呼：哇，这个更精彩！

杨锦程乐此不疲地玩着这个游戏。似乎这是他的命，他的魂，似乎杨锦程的后半辈子，就指望它了。

晚上10点半，杨锦程的银灰色本田车缓缓驶入“智·苑”小区。这是本市的一片高档住宅小区，就像它的名字一样，业主们也以高级知识分子居多。杨锦程停好车，匆匆向自家单元走去。还没走到楼下，就看见一个小小的身影坐在楼前的台阶上，杨锦程正嘀咕着这是谁家孩子，怎么这么晚了还不回家，单元门前的声控灯就亮了。

杨锦程愣住了，这不是自己的儿了杨展么？

他疾步走过去，推推杨展的肩膀：“哎，怎么在这儿睡着了？”

杨展迷迷糊糊地抬起头来，盯着杨锦程看了半天，似乎没认出这是自己的爸爸。杨锦程抓着他的胳膊把他拎起来，边掏钥匙边问：“你的钥匙呢？又丢了？”

杨展“嗯”了一声，伸手去揉眼睛。他的书包带勒在手肘处，胳膊抬不起来，不得不侧着头。杨锦程抓起书包用力一拎，把书包带马马虎虎地提到儿子的肩膀上。迷迷瞪瞪的杨展被父亲的动作弄了一个趔趄。他很快站直了身子，乖乖地跟着父亲走进电梯。

18楼的寓所里，杨锦程脱掉鞋子，把西装扔在沙发上，刚要舒舒服服地休息一会儿，就听见电话铃骤然响起。

他小声咒骂了一句，起身拿起了听筒。

“您好……对，我是杨展的爸爸……哦，贺先生，您好……什么？不会吧……您儿子的书包多少钱……嗯，好的，我会搞清楚……嗯，对不起，改日我会登门向您道歉。再见。”

杨锦程扔下听筒，转身大吼一声：“杨展！”

杨展在门口慢慢站起身来，他还是刚进门时的样子，既没有放下书包，也没有脱鞋，但是也没有丝毫逃跑的意思。

杨锦程像拎小鸡一样把儿子拎到客厅中央，几下把书包拉下来，拿在手里细细端详着。

这是一个普通至极的书包，上面印着色彩俗艳的奥特曼。质量很差的针织物表面已经磨起了毛，到处是大大小小的墨水渍。

“这是你的书包么？”杨锦程抖着手里的书包，里面的书本和文具盒稀里哗啦地摔出来。

杨展低着头不说话。

“说话！是不是？”杨锦程在儿子的肩窝上用力搡了一下。

杨展小声说：“不是。”

“为什么逼着人家跟你换书包？嗯？你知道你的书包值多少钱么？这个呢？”杨锦程狂怒地把书包往地上一摔，“你是不是有病啊？”

杨展忽然抬起头来，表情平静，他甚至笑了一下：“你认识我的书包么？”

杨锦程被问住了，随后他的五官就扭曲在一起。

“啪！”一记重重的耳光甩在杨展的脸上。

杨展小小的身子被打得横飞出去，又扑通一声摔在地板上。余怒未消的杨锦程冲过去，一把拎起杨展又要开打。

杨展的鼻子和嘴里淌着血，他在父亲的手里无力地挣扎着，拼命扭过头去，冲着客厅的墙上喊着：“妈妈……妈妈……”

凄厉的喊声让杨锦程的手停在了半空，他不由自主地看向那面墙。妻子在黑像框里盯着他和儿子，那双温柔的眼睛里似乎带着祈求。

杨锦程松开手，杨展扑倒在地板上，蜷缩起身子小声哭泣，嘴里还含混不清地嘟囔着："妈妈……妈妈……"

杨锦程垂着手站在原地，大口喘息着，等到呼吸渐渐平复了，他用手一指："回房间去！今晚别吃饭了！"

杨展一骨碌爬起来，飞快地向自己的房间跑去，"砰"的一声关上了房门。

孩子没有开灯，就在黑暗的房间里静静地坐着，不时吸吸鼻子。他早就不哭了，脸上的泪水干了，脸蛋紧绷绷的。坐了一会儿，他小心地抚摸着肿胀的脸，能清晰地感受到几个隆起的指印。

孩子表情平静，既没有委屈，也没有愤恨，只是慢慢地摸着自己的脸，同时倾听着客厅里的动静。

终于，他听到沙发嘎吱一声，好像有人站了起来，接着，就听见父亲沉重的脚步声。那声音一直延续到父亲的房间里，随着关门声彻底消失了。

孩子没动，还是警惕地听着，直到他确信父亲已经睡下了。他顺着床沿滑到地板上，爬进床底，不一会儿，就抱着一个小铁盒钻了出来。

孩子打开盒子，背靠着床坐在地板上。盒子里面是各式各样的食物，大多是吃剩下的。有几块干面包、碎成小块的米饼、半截香肠、拆开的饼干，还有几个果冻。孩子借着窗外的月光在盒子里挑挑拣拣，选出几样塞进嘴里咀嚼着。他吃得不急不缓，十分从容，目光始终盯着房间的某个角落。

吃完之后，孩子又把小铁盒塞进床底，拍拍身上的灰尘，准备睡觉。脱衣服的时候，他的手在衣袋里摸到了一串硬硬的东西。孩子把它掏出来，那是两把拴在一起的钥匙。孩子把钥匙摊在手心里摆弄着，忽然站起来拉开窗户。

午夜清冷的空气让孩子清爽无比，他做了一个深呼吸，一扬手，把手里的东西抛向了夜空。随即，他就把头探出窗外，可是楼下黑洞洞的，什么也看不见。只是听到了一声轻微的“叮”。孩子有些失望。他漫无目的地打量着面前的黑夜。对面那栋楼里，有几家还亮着灯，透过薄薄的窗帘，能看见还有人在走来走去。

一丝微笑展现在孩子的脸上，他爬上窗台，只穿着内裤的小小身体仅能蜷缩着。他抱起肩膀，静静地看着对面楼上的点点灯光。

案件管辖权争议很快得到了解决。J市警方放弃了对案件的管辖，将由C市警方负责本案的预审和移送起诉。方木得知这个消息之后，跟边平说自己想跟进这个案子。边平同意了。

在方木看来，罗家海的动机十分奇怪。从本案来看，一共有三个被害人。其中，沈湘的死因极像自杀，而桑楠楠和秦玉梅的死毫无疑问是由罗家海造成的。桑楠楠身中20余刀，而秦玉梅也死状甚惨。从表面上来看，这两起案件的起因似乎都是仇恨。而驱动罗家海跨越两地实施两起杀人行为的内在动因究竟是什么？此外，罗家海一再强调的“味道”究竟是什么，如果这味道的源头是性，那么，那是一个怎样的故事？

方木从分局调阅了本案的部分预审材料。材料显示，罗家海归案后对自己的罪行供认不讳，但是拒绝交代自己的作案动机。这也意味着罗家海已经抱定了必死的决心。他的刑罚后果虽然是死刑无疑，但是根据中国刑法的规定，如果是由于被害人的过错而导致行为人激愤犯罪的话，有可能被判处死缓。假设罗家海的杀人行为确实情有可原，那么他实际上放弃了自己免于一死的最后机会。

从一个一心求死的人嘴里，想得到真相是一件很难的事情，可是方木还是打算试试，而且罗家海跟他也确实有约在先。

所有与案件有关的物证都被移送至本市，其中包括两个死者的尸体。要求罗家海指认尸体那天，方木也在市局。他站在殓房门口，远远地看着罗家海从走廊尽头被两个警察押了过来。

罗家海脚步踉跄，之所以跌跌撞撞，是因为他脚步过急，脚上又戴着沉重的脚镣。他一路伸着脖子，神态焦急，走到殓房门口的时候，眼泪已经落了下来。

他看着方木，嘴唇哆嗦着，似乎想说点什么感激的话。

方木有些尴尬，其实他并没有履行让罗家海再见沈湘一面的承诺，今天只是例行公事，让他指认尸体而已。眼看着他被两个警察推进殓房，方木想了想，拉住其中一个说："一会儿指认完了之后，在保证不破坏尸体的前提下，让他多待一会儿。"

很快，殓房里传出了沉闷却撕心裂肺的哭声。那个警察很给面子，足足15分钟后，两眼通红的罗家海才被带出来，脸上是一副混合着痛惜和如释重负的表情。

罗家海用衣袖擦擦鼻子，径直冲方木走来，直截了当地说："我们谈谈吧。"

方木盯着他的眼睛看了几秒钟："好吧。"

"但是我有个条件。"

方木点点头："你说。"

"我们谈话的时候，不许有第三人在场，也不能进行录音或者录像。而且我们谈话的内容，不要让任何人知道。"

"好的，这不难做到。"

为了排除罗家海不必要的担心，方木没有去审讯室，而是把谈话安排在三楼一间小会议室里。在一楼大厅里等电梯的时候，电梯门刚刚打开，就听见身后传来一阵急促的脚步声。

“等等！”

一个拎着公文包的中年男子匆匆跑过来，方木以为他也要搭乘电梯，就伸手按住了电梯按钮。

“请问，你是罗家海先生么？”中年男子并不急着进入电梯，而是面对罗家海急切地问道。

“我是。你……”罗家海看起来有些莫名其妙。

中年男子松了口气，他一边用手背抹去额头上的汗水，一边从公文包里掏出一个律师证：“我是恒大律师事务所的姜德先律师，我听说了你的案子，希望能做你的辩护律师。”

原来是来拉业务的律师，方木又好气又好笑，同时也有点纳闷。这个人他听说过，姜德先是本市赫赫有名的律师，案源多得应接不暇，怎么会为这样一件发挥空间极小的案子主动找上门来呢?

律师界有一个不成文的规律：刚刚出道的律师往往会接受一些刑事案件，尤其是死刑案件的委托，希望通过成功的辩护来打出自己的名号。而姜德先早就不需要这种成名的方式了。

罗家海苦笑了一下：“谢谢你，不用了。我不需要律师。”

“你需要。”姜德先的语气坚决，“按照刑事诉讼法的规定，死刑案件必须有律师介入……”

“死刑”这两个字似乎刺激了罗家海，他的脸一下子阴沉下来，“对不起，我不需要。我也没有钱支付给你。”

“不。完全不需要任何费用，”姜德先急忙说，“我免费给你辩护。相信我，我能保住你一条命。”

“不用！”

“给你自己一个机会，小伙子。想想你的家人，想想你的女……”

方木不得不怀疑姜德先的职业素养，跟一个几乎必死的人探讨家人与亲情，毫无疑问是在他的伤口上撒盐，而罗家海也在这种刺激下丧失了理智。

“滚！”

他向姜德先猛扑过去，却忘记自己的脚上还戴着脚镣，刚迈开一步就跌倒在地上。姜德先吓得倒退了两步，脸色煞白。

负责看管的两个警察急忙七手八脚地把罗家海按住。罗家海一边挣扎，一边破口大骂：“滚，滚开！别想用我们来为你自己沽名钓誉……滚！”看那架势，似乎要从姜德先腿上咬下一块肉才罢休。

好几个警察闻声上来帮忙，看见一个警察抽出了警棍，姜德先又跳过来大声说：“我警告你们，不要对我的当事人使用暴力。否则……”

方木一边让那个警察把警棍收起来，一边毫不客气地推开姜德先：“他还不是你的当事人呢，你先闭嘴！”

罗家海很快就被制服了，一个警察死死按住他的肩膀，抬起头来对方木说：“对不起，方警官，我看我们得把他带回去了。”

其实不用他说，方木也知道今天的谈话是不可能的了，他无奈地点点头，示意他们先把罗家海送回看守所去。

目送罗家海被两个警察架出了正厅，方木转过身来，却看见姜德先也向门口的方向张望着。大概是感到方木正在看着他，他回过头来。四目相对，方木在他眼中看到了一丝未及消退的神情。须臾，他的眼神又重新恢复了职业性的冷漠。

姜德先律师冲方木点点头，转身走了。

方木想了想，继续留在分局也没什么意思，也起身向门口走去。

刚刚走出正门，就看见一辆黑色的奥迪A6汽车从面前疾驰而过，坐在驾驶室里的，正是姜德先。方木看着它像一条矫健的鲨鱼一般迅速融入城市的车水马龙之中，微叹口气，走向自己那台吉普车。

上车，发动，方木却迟迟没有踩下油门。很快，他发现自己在回忆姜德先的眼神。那是一种在律师脸上很少出现的神情。

那就是，悲悯。

第四章

天使堂

周老师笑眯眯地翻拣着方木拎来的几个纸袋：“嗬，还真没少买！”

方木的脸有些红：“我不太会买东西……”他看着周老师展开一条牛仔裤，“……希望亚凡能够喜欢。”

“嗯，你想得比我周到。”周老师把衣服叠好，放进纸袋里，“亚凡也的确到了爱美的年龄了。不过以后还是少给她送这些东西，这里的孩子，最好别染上虚荣的毛病。”

方木点点头：“一定。”

“那，一会儿亚凡回来了，你亲自交给她？”

方木急忙摆手：“还是你给她吧。”

“我？恐怕也不合适。”周老师掂掂手里的纸袋，“这丫头鬼着呢，一眼就能看出这不是我给她买的。小赵，小赵。”

赵大姐举着两只满是泡沫的手走进来：“什么事？”

“把这个交给廖亚凡，就说是你买给她的。不过别一次给她，分几次给。”

赵大姐凑过去在纸袋里瞄了几眼，抬头冲方木笑笑：“呵呵，还挺时髦的。”她指指斜对门的一个房间，“小方，现在我倒不出手来，你帮大姐拿到房间里去。”

方木应了一声，拎起几个纸袋走了出去。

赵大姐的房间不大，又是阴面，所以光线很暗。方木一进门，就闻到一股强烈的雾气。他环顾一下，把纸袋放在了一张小小的单人床上。

房间里陈设简单，只有一张床，一个五斗柜，一张桌子和两把椅子。五斗柜上点着两盏长明灯，中间是一只香炉，厚厚的香灰中，几炷香忽明忽暗，烟雾缭绕。香炉后面，一张男孩子的脸在黑相框里冲方木咧嘴笑着。

方木凑到五斗柜前，凝神注视着男孩的照片。他看起来不会超过10岁，眼神里有一丝羞涩和故作老成的神态。从嘴角略带些许调皮的笑容来看，拍照者应该是他的亲人，也许就是赵大姐本人。

“那是赵大姐的儿子。”不知什么时候，周老师也走了进来。他站在方木身边，凝视着面前这张照片。

方木朝门口看看，低声问道：“这孩子……多大？”

“8岁。”

“因病？”

“不，自杀。”

方木吃了一惊：“自杀？”

周老师点了点头，眼睛始终盯着照片，良久，他长叹一声，从五斗柜上拿起几支香，在长明灯上点燃，插进了香炉里。刚刚有些淡薄的雾气一下子又浓烈起来。

傍晚的时候，周老师再次挽留方木吃晚饭，这次他没有拒绝，还自告奋勇帮助赵大姐削土豆皮。赵大姐最初觉得过意不去，说什么也不让方木动手，在方木的再三坚持下才同意。不过方木削了三个土豆后，赵大姐就说什么也不让他干了。

“你削的皮也太厚了，浪费的都够炒盘菜了。”

方木无奈，只能去干最没有技术含量的活——洗土豆。

“怎么老吃土豆啊？”方木把一个个洗好的土豆泡在水里，面前的水盆里很快就摞起了两层。

“没办法，这东西便宜啊。”赵大姐拢拢头发，“老周买下这么一大片地做孤儿院，手里的钱已经不多了。再说，社会捐助也少，像你这样定期捐助的，更是少之又少了。那么多孩子的生活费、学杂费、医疗费，不省着点怎么行？”

“嗯，也是。”方木点点头，“周老师太不容易了。”说到这里，方木四下看看，小声问赵大姐：“我怎么从来没见过周老师的夫人呢？”

“嗐，我问过他，这老头没结过婚，单身大半辈子了。”

“嗬！”方木不由得心生敬佩，“看来这老先生把一生都奉献给这群孩子了。”

“是啊，那是个了不起的人。”赵大姐向院子里望去，周老师正坐在花坛上，面前是一个正在抹眼泪的小女孩，周老师摸着她的头，和颜悦色地说着什么，小女孩不住地点头。

“他特别会开导人，不管遇到什么烦心事，只要跟老周聊上一会儿，就什么烦恼都没有了。”赵大姐回过头来，轻轻地说道，“这辈子能遇上这么个人，还能一起共事，不知道是几世修来的福气。”

方木笑笑，不由得又转过头去，太阳的大半已经沉落至地平线以下，周老师背对夕阳，整个人的侧面被镀上一层金色的细边，在愈加深沉的暮色中，竟透着隐隐的光。小女孩已经不哭了，泪痕交错的脸蛋上正呈现出甜甜的微笑。

一个少女忽然从门口跳进来，调皮的表情在脸上刚刚绽开，就因为厨房里的陌生人而瞬间收敛了。

是廖亚凡，身上穿着新牛仔裤。她看清正在洗土豆的是方木，“呀”的一声就转身跑掉了。

赵大姐笑骂道：“这孩子，毛毛愣愣的。”

毛毛愣愣的廖亚凡很快就回来了，新牛仔裤已经被一条旧运动裤取代。她一言不发地把装满土豆的水盆拖到自己身前，埋头清洗起来。

方木有些尴尬，就起身走到水池边洗了洗手，又在原地站了一会儿，转身去了院子里。转身之前，听见廖亚凡低声对赵大姐说：“赵姨，谢谢你。”

院子里似乎一下子多了很多孩子，他们大多瘦弱，衣着简陋，可是脸上无忧无虑的表情和那些依偎在父母怀里的孩子们毫无二致。这大概是一天中，孤儿院里最热闹的时候。刚刚放学的孩子们毫不吝啬地挥霍着今天最后一点精力。而那些有残障，只能留在院里的孩子们则毫无保留地向归来的伙伴们表达自己积攒了一整天的热情。到处都是欢笑、吵闹和来来回回的追打。

方木坐在花坛上慢慢地吸烟，感到说不出的放松。他的目光掠过那些在身边飞奔而过的孩子们，鼻子里是扬起的细细尘埃。他记得自己小时候也是在这样粗粝的土地上享受那些莫名其妙的快乐。没想到，在游戏室、网吧遍地都是的今天，奔跑同样会给孩子们带来如此的狂喜。

方木注意到在花坛的另一侧，一个小小的孩子正透过鲜花与青草注视着他。从他痴肥的脸庞和歪斜的眼睛来看，这是一个智障儿童。

孩子发现方木也在看着他，呵呵笑起来，同时伸出一只手向他用力地一挥。

方木笑笑，也冲他摆摆手。那孩子仿佛受了鼓励一般，又是一挥手。

如是几次，方木意识到这孩子其实在跟他玩猜拳游戏，同时发现他只有两根手指。方木想了想，每次都张开五指，做出“布”的手势。

于是“剪刀”的主人就很开心，连续的胜利让他兴高采烈，甚至跑到花坛里打个滚再迫不及待地爬起来，继续跟对面那个永远只会出“布”的家伙玩下去。

天色一点点黑下来，花丛中，孩子的身影越来越模糊，方木渐渐看不清他的手了，只听见对面兴奋不已的“咯咯”的笑声。

忽然，方木意识到有人在自己旁边。转过头去，黑暗中，廖亚凡站在几米开外，静静地看着他。

“吃饭了。”几秒钟后，她轻轻地说。

晚餐很简单，白菜熬豆腐、土豆丝、辣椒酱和白米饭。方木被安排在周老师的身边，他的对面就是廖亚凡。

廖亚凡自己并没有急着吃饭，而是怀抱着一个1岁左右的残障儿童，一口一口地喂他吃饭。她让孩子靠在自己的怀里，右手拿着勺子，左手捏着一块手绢，随时准备擦拭孩子嘴角流下来的菜汤。趁他咀嚼的工夫，廖亚凡就舀上几口饭菜塞进自己嘴里。

看得出来，方木肯留下来吃饭，周老师还是挺高兴的。也许是对饭菜的过于简单感到抱歉，周老师特地倒了两杯白酒，算是补偿。

酒是好酒，就连方木这样不懂品酒的人，也能感到入口之后的绵软醇厚。周老师见方木意犹未尽地咂嘴，笑了笑说："五粮液。"

"嗬，我还真没喝过这么好的酒。"

"那我再给你倒点。"

"不用不用。"方木急忙摆手，"我一会儿还得开车。再说，这么好的酒，你留着招待贵客吧，给我这样的门外汉喝了也是白喝。"

周老师端起酒杯，细细地抿了一口，在嘴里含了好一会儿才咽下去。

"唉，那时候，喝五粮液就跟喝水似的，根本尝不出味来。"他转动着手里的杯子，"现在喝酒的机会少了，反而喝出它的香醇来。看来回味一件事情的最好时机，恰恰是失去它的时候。"

"呵呵，"赵大姐嘴里含着饭，闷声闷气地笑起来，"你老先生有钱的时候，恐怕没把这玩意儿放在眼里吧？"

"嘿嘿，是啊。"周老师放下酒杯，眼盯着天花板，"现在想起来，那时候真是糟蹋钱啊。"

"周爷爷，"一个小男孩眼疾手快地从汤盆里挑出一块肥肉片塞进嘴里，边嚼边说，"你过去很有钱么？"

"是啊。"

"有多少钱？"

"哈哈。"周老师笑眯眯地用手在空气中划拉一把，"很多很多钱。"

"那你坐过飞机么？"另一个小女孩问。

"坐过啊。"

"好玩么？"

"好玩啊。可是爷爷第一次坐飞机的时候，可把我吓坏了。那么大的铁家伙，忽地一下子就飞起来了。我心想，它要是掉下来，我可就完蛋了。"

孩子们笑起来。

"那你去过外国么？"有一个小女孩问道。

"去过啊。"

"去过美国么？"

"去过。"

"美国什么样？"

"美国挺好。不过我还是喜欢咱们国家。"

"为什么啊？"

"因为美国没有我的这些小宝贝啊。"周老师伸手刮刮小女孩的鼻子。小女孩皱着鼻子笑了。

"给我们讲讲外国吧，周爷爷。"

"外国有什么好讲的。"

"讲讲吧，讲讲吧……"孩子们七嘴八舌地央求着。周老师看着十几双期盼的眼睛，也来了兴致。

"好。那我就来说说我去过的一所大学吧。这所学校叫哈佛大学，是世界上最好的大学之一。那时候，我每天都去一座最高的白色楼房里听课……"

孩子们听得津津有味，其中，廖亚凡听得最认真，甚至忘记给怀里的孩子继续喂饭了。她的脸色微红，眼神中有一种如梦如幻的憧憬，似乎既向往，又嫉妒。

她已经完全具备一个成年人所具有的思考能力了。方木想。

廖亚凡不可能不把自己目前的生活处境和周老师嘴里天花乱坠的描述进行对照，她又恰恰处于最容易产生幻想的年龄。然而，现实就是这么残酷。方木的目光落在廖亚凡穿的那条旧运动裤上，心里一阵刺痛。

怀里的孩子因为长时间受到冷落，不满地哇哇大叫起来。如梦初醒的廖亚凡急忙舀起饭菜往他嘴里塞，一不小心呛到了孩子。那孩子撕心裂肺地咳嗽起来，周老师也停止了讲述，急忙指示赵大姐快去照料一下那孩子。廖亚凡把孩子交给赵大姐的时候，双眼还在紧盯着周老师，似乎希望他继续讲下去。

然而周老师此刻更关心的是那个孩子，等那孩子吐出一块土豆，停止咳嗽之后，他也忘记刚才讲到了什么地方，只是挥挥手让大家快点吃饭。廖亚凡有点失望，慢慢地把饭碗里剩余不多的饭菜一点点扒进嘴里。

吃过晚饭后，周老师又泡了一壶茶，拉着方木坐下来聊天。孩子们各自找地方写作业、做游戏。廖亚凡端起一大盆用过的碗筷，跟着赵大姐走进了厨房。

茶也是好茶。方木一边细细品尝，一边暗自揣摩周老师过去的身份和职业。也许是因为晚饭喝了点酒，周老师谈兴甚浓。

“如果将来条件好点了，我就在这里建一个图书室……那里专门修一个女生宿舍……”

周老师边说，边用手在院子里比画着，似乎眼前已经是一片整齐明亮的楼房。

方木笑着听他说，并不插嘴。周老师说着说着，忽然自己也扑哧一声笑了。

“说得跟真的似的，”他摇摇头，“也就是想想罢了。能让眼前这帮孩子接受教育，健康地踏入社会，我就烧高香了。”

方木想了想：“您办这个孤儿院，花了很多钱吧？”

“嗯，”周老师点点头，“我这大半辈子的积蓄，都在这里了。”

方木在心里暗暗算了算。800多平方米的院子，加上这栋二层小楼，已经是一笔很大数目的钱，再加上所有人的吃穿住行和其他费用，即使有万贯家财，估计也所剩无几了。

“怎么不寻求一些社会捐助？”

“呵呵，有好多人要给我投资，捐助这些孩子们。”周老师笑了笑，“我没答应。因为他们无一例外地要求我们配合他们搞一些宣传。常常是一只手拿着钱，另一只手端着摄像机。”

“如果……”方木斟酌着词句，“……能解决一些实际困难，大不了就配合他们表演一下。”

“不。”周老师声音低沉，但是语气坚决，“他们要孩子们摆出一副受人恩惠的谦恭模样。的确，他们出了钱，但是我不能让我的孩子们从小就有低人一等的感觉。”

周老师把头转向方木：“你应该知道，一个人的童年境遇，将会对他的一生产生巨大的影响。”

他的目光移向那些小小的、亮着灯光的窗户：“他们已经被人遗弃，我要做的，是尽量减少这种经历可能带来的伤害。希望在他们走入社会之后，能够忘记这段遭遇。”

方木明白了，周老师创办这家孤儿院，看来并不仅仅是为了让那些被遗弃的儿童能活下去，他的目标是让孩子们以一个完整、健全的人格重返社会。这让方木对身边这个貌似平庸的老头不由得充满敬意。

“我……能为您做点什么？”

“哈哈哈……”周老师大笑起来，重重地在方木肩膀上拍了几下，“你已经帮了我很多了。”

“我没做什么。”方木木讷地说，脸有些红。

“不。你是唯一一个给我资助却不求回报的人。”周老师看着方木的眼睛，非常认真地说，“我曾经对所有人都失去了信心。而你，帮助我重新找回了它。”

方木的脸更红了。其实，他的回报在数年前就已经得到，那是一个人的生命。相比之下，自己现在的资助是多么微不足道。

他把目光投向那栋二层小楼，它已经完全被夜色包裹起来，那些从小小的窗户里流出的微弱的灯光，仿佛一双双温暖的眼睛，有些调皮地看着方木和周老师。

方木心里一动：“周老师，我有个建议。”

“嗯，你说。”

“您得考虑给这个孤儿院起个名字。”

“起名字？为什么？我又不想大事宣传这里。”

“不是为了宣传这里。”方木认真地说，“是为了那些孩子。如果它叫孤儿院，那么恐怕这些孩子永远都不会忘记自己是从孤儿院里走出来的。”

“有道理！”周老师很兴奋，“你接着说。”

“这些孩子要么有残障，要么被遗弃，还有父母双亡的，他们对自己的出身肯定充满自卑，”方木顿了一下，“要让他们长大成人后，仍然对在这里的生活保有一份愉快的回忆的话，我们就需要给这里起一个温馨、有归属感的名字。”

周老师站了起来：“呵呵，小方，没想到你的心思这么细密。”他把双手拢在嘴边：“集合了，集合了，大家都出来。”

片刻的沉寂之后，小楼里轰轰隆隆地开始热闹起来。

成群的孩子们陆续从楼里跑出来，赵大姐和廖亚凡也跟在后面，边走边在围裙上擦着手。

周老师站在花坛上，示意大家都围拢过来。

“刚才，我跟方叔叔商量了一下。”他指指方木，“我们要给我们的家起一个名字，大家说好不好？”

孩子们高兴起来，七嘴八舌地说好。赵大姐也抿着嘴笑，看来无论周老师要做什么，她都会支持。

“那大家说，起个什么名字好呢？”

人群顿时安静下来，每个孩子都皱着小眉头冥思苦想着，就连那些智障儿童也学着其他孩子，做出一副绞尽脑汁的样子。片刻，各种名号在人群中此起彼伏地响起来：

“爱心小学！”

“希望孤儿院！”

“明天会更好福利院！”

“周爷爷慈善院！”

孩子们彼此讨论着，争执着，坚称自己起的名字是最好的。周老师笑呵呵地看着大家，时而鼓励那些胆怯的孩子发言，时而抬头看着夜空沉思。

“我看就别争论了，老周，这孤儿院是你一手建立起来的，就以你的名字命名好了！”赵大姐一挥手，“就叫周国清福利院。”

孩子们噼噼啪啪地鼓起掌来。

“不。”周老师的目光从夜空中缓缓收回，他的脸上是一种郑重而温和的表情，嘴角微笑依旧。

“天使堂。”他轻轻地说。

一瞬间，所有人都安静下来，似乎都被这三个字迷住了。赵大姐的双手举在胸前，仿佛是一个鼓掌的动作被定格了。

“天使堂……”赵大姐喃喃地说，脸色竟微微红了起来，“天使堂……”

一个个稚嫩的声音在各个角落里越来越响亮：

“天使堂……”

“天使堂……”

似乎每个人都在认真地反复咀嚼、回味这三个字，享受它们在唇齿间吐露的快感，更享受它们深深蕴含的美好意味。

一个小小的女孩拉拉周老师的裤脚：“周爷爷，你的意思是说，我们都是天使么？”

周老师蹲下身子把她抱起来：“是的。”他环视那些期盼的脸庞，“你们，每个人，都是天使。”

方木忽然觉得眼前异常明亮起来，似乎真的看见无数可爱的小天使，他们正拍打着洁白的翅膀，歪着头，露出世界上最纯洁的微笑。

第五章

罗家海的故事

我和沈湘是大学同学。最初认识她的时候，她并没有给我留下很深的印象。因为她是一个沉默寡言的女孩子，上课的时候也总是坐在最后一排，和其他人离得远远的。说来很好笑，整个大学一年级，我都没有注意过她。有时在路上遇见了，竟然会想不起她究竟是不是我的同班同学。第一次接触是在大一下学期经济学原理期末考试的时候。我对这门课没什么兴趣，也没怎么复习。正急得抓耳挠腮的时候，沈湘提前交卷了，走到我桌前的时候，她的手在桌子上按了一下，手抬起来之后，桌面上留下一个小纸团。我急忙攥在手里，偷偷打开一看，是两道论述题的答案。因为她的帮忙，我这门课勉强通过了考试。男子汉大丈夫，受人恩惠自然要知恩图报。所以我去约她，想请她吃饭，结果请了两次，她都拒绝了。有一次，我回校的时候，看见沈湘一个人拎着一个大大的塑料袋在路上走。我就上去帮忙，心想总得还她一个人情才好。谁知我接过她手中袋子的时候，沈湘显得非常紧张，几乎是向后跳了一步，似乎想躲开我一样。我有些奇怪，但是也没多问，和她边聊边往女生宿舍走。沈湘不肯跟我并排走在一起，在我身后两米开外的地方跟着——你可以想象那是一幅多么令人尴尬的景象。我想早点送她回宿舍，就加快了脚步。谁知道那塑料袋不结实，“哗啦”一声破了，滚出至少50块香皂和大大小小的几十瓶浴液。我吃惊极了，问沈湘你是不是想开小卖店啊？沈湘一声不吭，但是能看见眼泪在她眼眶里转来转去。那副焦急的模样，就好像我破坏了她什么珍贵的东西。她蹲在地上，用手把那些香皂啊浴液啊什么的拢到怀里。你想想，她那么瘦，能拿起几瓶？于是我把书包里的东西都掏出来，好歹算是装上了大部分，另一些用破裂的塑料袋兜起来，总算帮她带回了寝室。第二天，沈湘把洗得干干净净的书包还给了我，书包上还带着淡淡的薰衣草香气。我背着这样的书包，忽然感到这个女孩很特别。从此我就开始注意她。而且我知道，她也在注意我。有时候回过头去，会看见她的目光飞快地躲开。慢慢地，我开始得到一些关于她的信息：沈湘不爱与人交往，在学校里没有朋友，每天都是独来独往的。她的长相普通，也不爱出风头，在学校里，是很不起眼的那种类型。唯一与众不同的，就是她非常爱洗澡，每天都要洗一次，即使学校的锅炉房坏了，没有热水，她也会用冷水洗澡。而且，她的生活费除了必要的日常开支外，几乎都用来买洗涤用品了，女同学们都说她有洁癖。

这样的一个女孩子，自然引起了我的兴趣。而且，我总也忘不掉眼泪在她眼眶里打转的样子。我断定她是一个孤独的、需要关爱的女孩子。于是我决定追求她。你可能觉得她仅仅帮助我作过一次弊，我就要拿爱情回报她，这是不是太傻了。可是我当时就是这么想的，而且我得承认，她的确吸引了我。尽管这种爱情有些同情和好奇的成分，但是我不后悔，甚至现在，我也不曾后悔过。

有一天上课的时候，我故意迟到了，走进教室以后，径直向后面走去。果真，她就坐在最后一排，身边一个人都没有。我到现在也忘不了她当时的样子，紧张得好像随时准备跳起来逃跑一样。我冲她点点头，好像还笑了一下，就坐下来了。可是沈湘像被人点了穴一样，僵硬地坐着，一动都不敢动。其实我也紧张，就拿出书本，假装听课。可是总有一种若有若无的香气往我鼻子里钻，我朝她那边看看，同时吸了吸鼻子。沈湘的脸上马上呈现出一种死灰一般的颜色，真的，我毫不夸张，青里透黑那种。我吓了一跳，嘴里脱口而出：好香啊。可是她一听到这话，面若死灰的脸立马晴朗起来了。她扭过头来看了我一眼，好像有些怀疑，可是一遇到我的目光，又低下头去。过了一会儿，她的脸上竟透出些红晕来。我胆子也大了一些，没话找话：你用什么香水，怎么这么香啊？沈湘没有回答我，而是在笔记本上写了几个字：真的很香？我用力点点头，沈湘盯着我看了几秒钟，笑了。

从那天开始，沈湘成了我的女朋友。我很快发现，她真的很爱洗澡。而且自从我们相恋以后，她经常要我陪她去洗澡。可是每次去浴室的时候，她都左顾右盼，一副心神不宁的样子。我追问了她好几次，她才告诉我，每次去洗澡，或者去购物的时候，都会感觉有人在跟着她。我留神观察过几次，并没有发现什么可疑人物。可既然是她的男朋友，保护她就是我义不容辞的责任。所以当别的恋人们在花前月下卿卿我我的时候，我却百无聊赖地坐在浴池的门口等她。而且每次她擦着湿漉漉的头发出来，总要先问我一句：香不香？她对这个问题似乎有着一种无法遏制的狂热，每天都要问我好几遍。我有一次被问烦了，随口开了一句玩笑：不香，很臭。她的脸一下子变得像纸一样白，二话不说，扭头就回了寝室。结果半夜的时候，我接到她室友的电话，说沈湘发高烧了。我赶忙送她去医院。路上，她的室友告诉我，沈湘回到宿舍后就一头扎进卫生间洗澡，那时已经没有热水了，就用凉水哗哗冲洗。那可是11月份啊。折腾到半夜就发起了高烧。这件事以后，我就再不敢提半个臭字，她再问那个问题，我就说香。不过说实话，她身上的确经常是香喷喷的。

你也知道，现在的大学生谈恋爱，往往谈不了几天就直接上床了。我和沈湘也发生过性关系，但那是一年以后的事情了。你也许觉得有些奇怪，的确，我们从接吻，一直发展到实质性的关系，经历了长期的甚至是艰苦的拉锯战。在别人看来顺理成章的亲昵，在我们之间似乎是一场你死我活的战争。我到现在仍然清楚地记得我第一次把手伸进沈湘衣服里时的情形，她几乎昏了过去。即使她的头拼命地向后仰，我还是清楚地听到她的牙齿在咯吱作响。我当时真傻，误以为那是一个少女情欲勃发的表现。第一次做爱是我生日的时候，在同学的出租房里。我们喝了很多红酒，吃了一块大蛋糕。夜幕降临的时候，对于将要发生的事情，我们都心照不宣。我先洗了澡，她走进浴室的时候，脸色有些发白。我赤条条地在床上等了她好久，还不见她出来。我担心她煤气中毒，急忙拉开浴室的门，结果发现她蹲在花洒下呜呜地哭，我急忙把她抱出来。她几乎哭得不省人事，完全没顾及自己身上一丝不挂，只是蜷缩着身子躲在被子下痛哭。我以为她不同意，一边哄她，一边要帮她穿好衣服。忽然，她一把扯掉我刚刚给她穿上的内衣，翻转过身子抱紧我，拼命地亲吻我。我哪经受得住这个，也气喘吁吁地把她压在了身子底下。就在我要进入的时候，她忽然睁开泪水涟涟的眼睛，说，我要告诉你一件事。

那是一个关于味道的故事。

沈湘上初中的时候，是一个活泼可爱的女孩子。她像一朵盛开的小花一样，骄傲地，健康地成长，对未来充满幻想，对爱情怀着憧憬。直到有一天，一场突如其来的灾祸毁掉了这一切。那天，沈湘的班主任秦老师让沈湘留下来帮助她整理学生的成绩单。回去的时候，已经很晚了。秦老师为了照顾她刚出生不久的女儿，没有送沈湘回家。结果，沈湘在回家的路上，遇到了坏人。那个人殴打她，还强迫沈湘亲吻他的生殖器。最后，他强奸了沈湘。最变态的是，他一边残害沈湘，一边对她说：你的身体里从此就留下了我的东西，你一辈子都会带着它的味道。第二天，遍体鳞伤的沈湘没有去上学，秦老师来家访的时候，知道了这件事。她极力劝阻沈湘的父母去报警，说这样沈湘的名声就完了。本来就犹豫不决的他们最后听从了秦老师的意见。其实她当时并不是为了沈湘，而是怕这件事影响她评选当年的优秀教师。就这样，这件事被当作一个秘密封存了下来。可是，身体上的伤痛可以愈合，心理上的伤痛却不是短时间内能够平复的。自那以后，沈湘就开始时常闻到身上有一股怪味，类似于那个男人生殖器上的腥臭味道。她开始拼命地洗澡，躲避所有人，生怕别人会闻到她身上的怪味。后来她全家搬到了外地，以为换个环境就会摆脱这种味道。可是没有用，那股怪味始终在她身边如影相随。这对于一个女孩子来讲，是一件多么痛苦的事情啊。直到那个她一直暗暗喜欢的男孩子坐在她的身边，对她说：好香啊……

听完她的故事后，我已经是泪流满面，我们抱在一起痛哭一场。后来，她接纳了我，有些惊慌，有些痛苦，更多的，是甜蜜。事后，我吻遍了她的全身，告诉她，她身上丝毫异味都没有，有的，只是淡淡的幽香。她的表情依然是将信将疑，可是，看得出，她已经不那么在意所谓味道了。从那以后，沈湘像变了个人似的，不再强迫自己去洗澡，也开始慢慢和大家交往。很快，她就像所有快乐的女大学生一样，开朗，活泼。同学们戏称，这都是爱情的力量。那时候我们多好，一起谋划共同的未来，一起憧憬那平凡却幸福的生活。直到，那个人出现。

那个人就是桑楠楠。第一次见到她是在欢迎大一新生的同乡会上。大家轮流作自我介绍，轮到沈湘介绍自己的时候，我们听见一个女孩子低低地惊呼了一声，当时我们都没在意。后来在整个聚会的过程中，我们发现那女孩子始终用一种奇怪的眼光看着沈湘，有点鄙夷，又有点同情。但是很快，她就把目光转移到我的身上。我看得出来，这个叫桑楠楠的女孩喜欢我。沈湘也察觉到了这一点，可是她什么都没有说。每次桑楠楠在路上“偶遇”我，并缠着我说个不停的时候，沈湘都非常安静地在一边站着。有一次，我们系和外系打篮球比赛，我是篮球队队员，而桑楠楠是拉拉队队员。中场休息的时候，她拿了一条大毛巾硬要给我擦汗。这次沈湘没有客气，把她的毛巾扔了回去。桑楠楠当时的脸色很难看，把毛巾扔在了地上，而且很大声地说了一句：“有什么了不起，不过是一个破烂货！”之后不久，沈湘曾经被强奸的事情就在校园里流传开来。我和沈湘成了校园里最受关注的一对。无论走到哪里，都会被各种各样的目光包围。沈湘又变得疯狂，她会在任何时候突然在自己身上狂嗅，然后一遍遍问我她身上是不是有一种臭味。我反复告诉她，没有，没有，根本没有。可是她不相信，她又开始频繁地洗澡。最可怕的一次，她足足在浴室里待了6个小时。等她出来的时候，脖子上，胳膊上还清晰可见搓破的伤痕。后来，我们得知所有的传言都是从桑楠楠那里来的。我们去质问她，她满不在乎地说自己说的都是事实。沈湘问她是如何知道的，桑楠楠告诉沈湘，她曾经就读于那所中学，秦老师也曾经是她的班主任。桑楠楠考上大学后，她去看望自己的初中班主任，秦老师告诉她在这所大学里还有一个师姐，还把当年那件事情告诉了桑楠楠。

我们原以为传言会随着时间慢慢平息，谁知它却愈演愈烈，还衍生出各种龌龊不堪的版本。那段时间，我们真的要疯了。沈湘一次次哭着求我离开她，可是我怎么能做到呢？有一次，我们在校外的小旅馆里躲了三天三夜，我们不停地哭泣、亲吻、做爱，觉得真的没有出路了。沈湘把长长的指甲都抠进了我的后背，边哭边说，杀了她吧，杀了她吧，我恨死她了。这似乎是我们当时唯一一件能做的事情。

我把桑楠楠约了出来，假意离开沈湘，要跟她处朋友。我很轻松地就把她骗到了钢材市场附近的厂房里。下手之前我们以为还有回旋的余地，告诉她只要在学校里澄清这件事，我们就放过她。结果这女人骂沈湘是贱货，还说要去告发我们。这下没退路了，真的没有退路了。我捅了她很多刀，还记得她挨第一刀的时候眼睛里的诧异。杀了桑楠楠之后，我们一下子都平静了，开始商量是逃跑还是一起自杀。快天亮的时候，我们搂在一起睡着了，旁边就是桑楠楠的尸体。说实话，那时候也不害怕了。结果我一觉醒来，发现沈湘躺在我身边，手腕已经割开了，流出了好多血，她的血似乎都流干了。我在她手里发现一张纸，上面写着是她杀了桑楠楠，一切与我无关。她好傻，我怎么还能继续活下去？不过在我死之前，我还有一件事要做，那就是宰了秦老师。我要让所有伤害我们的人都付出代价，所有！

听完罗家海的故事，方木点燃一支烟，狠狠地吸了一口，又重重地吐了出去。

味道、性、杀人之间的内在联系终于搞清了。可是方木的心中一点也感觉不到轻松。他盯着眼前这个人，心情复杂。

如果说方木在同情连伤两命的罗家海，这毫无疑问是跟他的职业天性相互背离的；如果说方木对其犯罪动机的探求完全是业务上的需要，那也是自欺欺人。

罗家海必须要为他的行为付出代价，但是，方木不希望他死。

最后，他选了一个既不背离职业操守，又能表达同情的做法。

“罗家海，我恐怕要违背我的承诺了。”方木慢慢地说。

“嗯？什么？”

“不仅是我，我希望你也不要坚持。”方木把烟头按灭在烟灰缸里，“我希望你把刚才对我说的话，讲给法官听。”

“为什么？”

方木站起身来，双手支撑在桌面上，上身前倾：“你想死么？”

罗家海跟方木对视了足足有半分钟，最后，他移开了自己的目光。

“不，不想。”他的声音透出一丝软弱与慌乱。

“把这件事原原本本地告诉法官，也许还有一线生机。对了，找一个好律师。”方木想了想，“如果需要我帮忙，就告诉我。”

“不用了。”罗家海抬起头，“姜德先已经被法院指定为我的律师了。”

“他？”方木有些吃惊，这家伙果真很有些能量，能说服法院指定他为辩护律师。不过他没说什么，拍了拍罗家海的肩膀：“他也是一个优秀的律师。”方木顿了一下，“祝你好运。”

第六章

方向

我在哪儿？

男子无力地抬起头，眼前一片漆黑。那是一种真正意义上的黑暗，连一点可以辨清轮廓的物件都没有。

男子动动手脚，不出所料，他被牢牢地捆在一把椅子上。至少，他是这么觉得的。

黑暗无边无际。它给人一种不断延展的错觉。男子没来由地觉得自己正处在一个空旷的房间里。他尝试着叫了一声："救命啊……"

他很快发现有些不对劲。因为，这地方连回音都没有。

他越发恐慌起来，声音也越提越高："救命……来人……救命啊！"

黑暗仿佛张开的巨口一般，他的叫声刚刚出口，就被它毫不留情地吞噬。

男人拼命扭动着手脚，然而恐惧早已过快地消耗了他的体能，他很快就无力地瘫坐在那把椅子上。

忽然，一个沉闷的声音响起："动动你的左手。"

男子惶然四顾，那声音好像就在耳边，又好像环绕在周围。

"你……你是谁？"

"动动你的左手。"

"你……你到底是谁？"

话音未落，一阵刺痛刹那间贯穿了男子，他的身体不由自主地向上弓起，感觉仿佛有无数根小针同时在体内游走。

男子的惨叫让那个声音的主人很开心，依旧冰冷的语调中隐隐透出一丝快意：

"动动你的左手。"

男子不敢怠慢，被铐在椅子扶手上的左手费力地挪动了几下，很快，他发现自己的左手可以摸到四个呈十字状排列的按键。

"摸到那个按键了么？"

"摸……摸到了。"

"好，现在回答我的问题。每个问题我给你三秒钟的思考时间，如果你答对了，我就放你走。"

"等等……"

"东是哪个方向？"

"你到底是……"

"3——2——"

男子不想再尝一次电击的滋味，不假思索地按下了向右的按键。

"答错了。"

突如其来的剧痛再次贯穿了男子的身体，他痛苦地蜷起身子，可是四肢却被牢牢地固定在椅子上，除了再次感受到来自手腕和脚踝处的痛感外，他的一切努力都是徒劳的。

冷酷的声音再次响起："北是哪个方向？3——2——"

男子慌忙按下向上的按键。

"答错了。"那声音中有一丝隐藏不住的狂喜，仿佛一个顽皮的孩子发现了有趣的游戏。

男子痉挛的身体还没等恢复平静，又一轮猛烈的电击猝然袭来。

如是几次。

提问者的问题很简单，只是东南西北方向问题。可是无论男子如何选择，答案都是错的。男子已经神志不清，一丝涎水从嘴角一直拖到胸前。每次恍恍惚惚地听到提问，总是疯狂地乱按一气，然后，在全身剧烈的抽搐中高声惨呼。

"南是哪个方向？3——2——"

"求求你……放了我吧……"男子终于哭出声来，"你要什么我都给你……"

最后一秒早已过去，电击却没有发生。

良久，那个声音再次响起，却又重新变得低沉：

“你什么都给不了我。我只是让你知道，方向……是多么重要。”

男子急促的呼吸骤然停止，他抬起头，周围虽然仍是一片无边无际的黑暗，但是他的眼前似乎浮现起一个模模糊糊的影子。

他失声叫道：“我知道你是谁了！你是——”

突如其来的痉挛把余下的几个字生生地憋在了他的喉咙里，奇怪的是，这一次他感受到的并不是疼痛，而是贯穿全身的巨大快感。在剧烈的抽搐中，他看到眼前不断迸发的火花，如果他能多坚持一会儿，他会发现自己身处一个完全封闭的房间中，四周都被厚厚的隔音板包围着。可惜他没有。火花是他看见的最后一样东西，他的心底似乎回忆起某件事情。可是很快，那点残存的意识就彻底淹没在无边无际的黑暗中。

良久，四面墙上的扩音器里同时传来一丝奇怪的声音，既像哭泣，又像叹息。

第七章

审判

方木注视着眼前的杯子，碧绿的茶叶在水中慢慢地旋转、伸展，看似自由自在，其实无依无靠。

就像人的命运。

一个小时之前，姜德先给方木打来电话，请求跟他面谈一次。方木考虑了一下，没有拒绝。

面谈地点选在这家茶室，这是个谈事的好地方，安静，不受打扰。

方木看看手表，距离约定的时间还有5分钟。再抬起头来的时候，姜德先沿着过道匆匆走了过来。

“让你久等了。”姜德先疾步走到桌前，伸出手来。

方木站起来，伸出手来跟他握了握。

“龙井。”姜德先一屁股坐在椅子上，看也没看服务员拿过来的茶单。他走得气喘吁吁，额头上满是亮晶晶的汗水。

“我叫姜德先，恒大律师所的执业律师，这是我的律师证……”姜德先伸手在公文包里摸索着。

“不用了，我们见过面的。”

“那好，我们就开门见山吧。”姜德先扶扶眼镜，它在汗湿的鼻梁上一次次滑下来，“我是罗家海的辩护律师。我约您出来，是有几件事想向您求证一下。您反对我录音么？”

“不。”方木想了想，摇了摇头，“不反对。”

“那太好了。”姜德先拿出一支录音笔，打开后，小心地放在桌面上。

整个谈话都围绕着9月10日那起故意杀人案展开，从姜德先所提的问题来看，他想证明罗家海属于自动投降，并且确有悔罪表现。在几个问题上，姜德先问得尤为详细，例如“您是否觉得罗家海当时已不具备侵害他人的想法”“罗家海当时是否主动放下武器”等。方木在回答问题的时候，始终在观察姜德先。他看起来比上次要憔悴得多，满脸都是掩饰不住的疲态。

会谈即将结束的时候，姜德先试探地问道："方警官，如果您方便的话，您是否愿意出庭作证，并且从您的专业角度，证明罗家海再犯的可能性很小？"

方木考虑了一会儿，点了点头："可以。"

"太好了。"姜德先顿时喜形于色，"非常感谢您的帮助。"他站起身来，弓着身子握住方木的手，不住地摇晃着。

方木感到那只手的力度，忍不住开口说道："其实您作为律师，应该很清楚这些证据……"他斟酌了一下说，"……作用非常有限。"

"我知道。"姜德先脸上的笑容稍稍收敛了一些，"可是任何可能帮助我的当事人减轻刑事责任的证据，我都要收集啊。"

方木看了他几秒钟："我能知道您为什么对罗家海的案子这么认真么？"

姜德先稍稍站直了一些："这是一个律师应尽的职责。"

两个人隔着桌子对视着，彼此心里都清楚，这不是一句真话。

星期四，上午9点，C市中级人民法院，罗家海故意杀人案一审。

方木赶到法院的时候，已经快要开庭了。审判庭里座无虚席，本市几家媒体的记者早早占据了有利地形，各种型号的相机长枪短炮一般对着被告席。方木可以想象罗家海面对耀眼的闪光灯时的心态，苦笑了一下，转身去了证人休息室。

路过楼梯口的时候，方木看到一个形容憔悴的中年妇女靠在楼梯扶手上，眼睛眨也不眨地盯着楼上，身边有几个人扶着她的左右臂，似乎怕她瘫倒。其实这毫无必要，中年妇女的目光中有一种可怕的东西，这让她的整个身体都处于一种蓄势待发的状态。

方木在休息室里坐了5分钟，忽然非常想吸烟，就起身来到走廊里。一支烟还没吸完，就听见二楼传来踢踢踏踏的脚步声，其中还混杂着脚镣拖在地面上发出的刺耳的摩擦声。方木抬头，却看见一个身影在楼梯口一闪就不见了，身后是几个目瞪口呆作搀扶状的人。

方木扔下烟头，疾步走过去。还没走到楼梯口，就听见一阵哭喊，伴随着噼噼啪啪的抽打声：

“王八蛋……你还我女儿……打死你……”

罗家海用手护着脑袋，竭力躲避着那中年妇女劈头盖脸的抽打。四个负责押送的法警倒是不着急，抓着罗家海的肩膀慢慢下楼，没有人去阻止中年妇女。

方木跑上前去，一把拉住那中年妇女的手腕，没想到她竟一下子挣脱了，扑到罗家海身上张口就咬。此时审判庭里的记者们听到动静，纷纷跑出来拍照，四个负责押送的法警看见照相机的闪光，才伸手把中年妇女拉到一边。在一片哭喊声、快门声中，罗家海嘴角淌着血，踉踉跄跄地撞进了审判庭。

隔着审判庭厚重的大门，方木仍然能听到里面一片嘈杂，审判长连续敲击法槌后，审判庭里才渐渐恢复了正常秩序。

开庭。法庭调查阶段。

分局的几个同事今天也被要求出庭作证，陆续有人被传进法庭证明抓捕过程和取证程序。有认识方木的，就凑过来抽烟、聊天。

有人好奇地问公诉方让方木证明什么，方木想了想，说自己是辩方的证人。大家听了面面相觑，言辞间骤然冷淡了许多，有几个人还特意坐远些，似乎要跟他划清界限。

方木虽然能理解同事们的反应，但是仍然感到尴尬。好在法庭很快传唤自己出庭，算是摆脱了窘境。

作为辩方证人，方木报出了自己的身份和职业，这在旁听席上引发了小小的骚动。不用看，方木就知道桑楠楠的妈妈正用仇恨的目光盯着自己。

交叉询问开始。作为辩护人，姜德先首先对方木提问：

“方警官，您是否参与了对被告人罗家海的抓捕？”

“是。”

“您的任务是什么？”

“谈判。”

“谈判持续了多久？”

“大约15分钟。”

“也就是说，整个谈判时间很短，对么？”

方木犹豫了一下：“可以这么说。”

“被告人曾提及，您要求他不要捂住女孩的嘴，他照做了么？”

“是的。”

“您为什么这么要求他呢？”

“因为那女孩当时在哭泣，捂住她的嘴会造成窒息。”

“您向被告人说明这一点了？”

“是的。”

“被告人立刻照做了？”

“是的。”

“您觉得他当时是否还打算侵害那个女孩？”

“我觉得没有。”

“后来他是自愿放下凶器、释放人质，并向警方投降么？”

“是的。”

“我可不可以这么理解，由于被告人的积极配合，这次谈判是非常成功的？”

方木想了想：“可以。”

“很好。我刚才向法庭讲述了被告人罗家海的作案动机，我相信这件事您也知道，对么？”

“对。”

“那么请您告诉我，以一个普通公民的身份，您对被告人罗家海是否持同情之心？”

整个审判庭顿时变得鸦雀无声，所有人的目光都集中在方木身上。

方木盯着姜德先看了几秒钟，又看了罗家海一眼：“是的。”

旁听席突然开始骚动。

“我再问一句——从您的专业角度来看，被告人罗家海是否具备再犯的可能性？”

“我认为罗家海的行为属于激情杀人。”方木顿了一下，“从心理学角度来讲，再犯的可能性很小。”

话音未落，审判庭里已是一片哗然，方木强令自己保持镇定，不要回头。眼前的姜德先忽然脸色一变，方木心知不好，可是已经来不及躲避了——一只皮鞋结结实实地砸在他的后脑上。

桑楠楠的妈妈操起另一只鞋，跳着脚哭骂：“你有没有良心啊？帮坏人说话……你算什么警察！”

旁听者也群情激奋，几十只手指向方木的鼻尖：

“你对得起死者么？”

“你还是不是人？”

“说，你收了多少黑钱！”

审判长拼命敲击着法槌：“肃静！肃静！”

庭内法警开始制止情绪激动的旁听者，几分钟后，法庭终于恢复了平静。

审判长提示公诉人可以询问，公诉人摆摆手，表示没有问题。

审判长想了想，开口问道：

“证人，你是否觉得被告人没有再犯的可能性？”

方木响亮而清晰地答道：“是的。”

审判长凝视了方木几秒钟，说道："证人，你可以下去了。"

方木刚走出审判庭，还没等喘口气，就感觉衣袋里的手机在振动。

"喂，边处？"

"你在哪儿？"

"中法。"

"去万岩山嘉年华，那出了一桩命案。现场很有意思，你去看看。"

很有意思？方木挂断电话，边往停车场走边琢磨，什么叫很有意思？

第八章

地下迷宫

万岩山地处本市市郊，说是万岩，其实只是一座小小的石头山而已。几年前，一家公司承包了山脚下的一大片空地，建起了一座大型户外游乐城，取名为万岩山嘉年华，里面跳楼机、过山车、摩天轮等惊险刺激的游戏应有尽有。开业至今，生意火爆，每日游客如织，似乎每个人都想尝试一下平时想都不敢想的事情，比如跳楼，比如撞车。

娱乐城门前停放着几辆警车，红蓝相间的警灯在无声地闪烁。售票处门前，一大群游客围着一名满脸油汗的工作人员大声责问着，他苦着脸，有气无力地解释着什么。

方木把警官证别在胸前，一名打算拦住他的警察放下了手。

方木冲他点点头："你好，现场在哪里？"

"里面不远。"他用手往园区里指了指，"看见那堵红砖墙了么，就在那后面。"

方木抬腿要走，又被那警察叫住了："等等，我还是找个人带着你去吧。"

方木刚要问为什么，他就朝售票处那边一挥手："哎，你，过来。"

那个工作人员应了一声，如获赦令一般挤出人群，跑了过来。

"有什么事？"

"你带这位警官去一下现场。"那警察的语气不容回绝。

他忙不迭地点头："好的，好的。"看起来，跑腿比跟无法进园的游客解释要轻松得多。

方木有些纳闷，现场并不算远，为什么还要人带着去呢？

嘴里客气了一句："不用了，我自己去就行。"

"还是我领你去吧。"那个工作人员已经开始往园区里走了，"要不你一时半会儿也找不着。"

方木见状，只能跟着他往里走。绕过那堵红墙，眼前是一个四四方方的大门洞，还没等走到门前，就能感到洞口扑面而来的阵阵凉气。走进门洞，脚下是一段延伸至地下的水泥阶梯，越往下走，光线越暗，好在墙壁上有一些红色的小灯，能让周围的事物依稀可辨。

向下走了十几米后，眼前又是一堵墙，一扇漆成黑色的铁门半开半闭，工作人员扭过脸来小声说："跟着我。"

说罢，他就拉开那扇铁门，走了进去。

方木穿过那扇门，发现自己正身处一个四方形的小房间里，四面墙上各有一扇铁门，看起来诡异无比。

方木立刻知道自己在什么地方了。地下迷宫。

工作人员已经拉开左面那扇门，回过头来说："跟紧点，刚才就有一个警察跟丢了，半个小时都没走出去。"

迷宫里的路都是窄窄的通道，在红色灯泡昏暗的光线下显得十分危险，似乎两边的墙随时都可能挤压过来。方木和那个工作人员一前一后地走着，不时拐上一条岔路或者掉头向回走。最初方木还想拼命记住路线，可是很快他就放弃了这个想法，只能紧紧地跟着那个工作人员，心里盘算着回来怎么办。

六七分钟后，前方渐渐传来了声响，拐了一个弯后，眼前赫然出现了一堵墙，墙上同样是一扇漆成黑色的铁门。那工作人员停下了脚步。

"你去吧，拉开那扇门就是。"他心有余悸地盯着那扇门看了一眼，"我可不想再看一遍了。"

方木点点头："方便的话，给我一份迷宫的地图。"

"我请示一下领导吧，"他犹豫了一下，"你知道，这属于商业秘密。"说完，他就转身匆匆走掉了。

方木站在那堵墙前，忽然感到莫名心慌，他看看周围的红色灯泡，皱皱眉头，伸手拉开了门。

这是一个跟刚才那间一模一样的小房间，空气中弥漫着奇怪的味道。

房间的正中央，一具成年男性的尸体俯卧在地。周围站着几个戴着透明头套和手套、脚套的人，他们在昏暗的红光中显得面容模糊，似乎眼白都是淡淡的红色。听到开门的声音，他们都扭过头来看着方木。在这样一群怪异的人的注视下，方木感到很不舒服，好在马上就有人打了招呼："你来了？"

方木认出他是市局刑警队的郑霖副支队长，点点头："照完了？"

"照完了。"郑霖递过一套头套、手套和脚套，示意方木穿戴好，"痕迹组已经开始干活了。我觉得这现场有点意思，就给老边打了电话。"

方木看看房间里几个四肢着地、小心勘验的警察，又把目光投向地上的尸体。

"死因是什么？"

"现在还不能肯定，法医的初步结论是电击。"

"电击？"方木环视四周，"这么说第一现场不是这里？"

"是啊。他是死后被人带到这里的。"

"那就有点奇怪了。"方木若有所思地说。

郑霖呵呵地笑起来："就是因为奇怪，才把你们叫来啊。"

方木点点头，起身来到死者面前蹲下。死者身高1.7米左右，俯卧，头部稍左倾，能看见微张的眼睛，只是那半开半合的眼皮里面，已经看不到任何光泽。

几个法医喊着"一二三"，一起把尸体翻了过来。死者僵硬的面容朝着天花板，嘴巴大张。方木端详着他的面容，那是一副很奇怪的表情，似乎混杂着痛苦、恐惧和恍然大悟。他想到了什么，或者听到了什么，看到了什么？

"靠，这家伙死前没少遭罪啊。"一个法医边嘟囔，边摆弄着死者的小腿。

"什么？"方木凑过去。

“你瞧。”法医用手指着死者的小腿，脚腕有一处很深的焦黑色创口。

“好像是……烧的？”

“电击伤。”法医淡淡地说，“身上的其他部位也有，腿上，手腕上，而且是对称的。”

“对称？”方木皱紧眉头，“这么说他死前曾被束缚过？”

“而且被电击多次。”法医撇撇嘴，“这得多大的仇啊。”

这时门又开了，刚才送方木进来的那个工作人员探出头来，看了地上的尸体一眼，赶快别过脸去，一只手从门后伸出来，手指里捏着一张纸，“哗哗”地摇晃着。

“警察同志，地图。”

方木走过去把地图接过来，工作人员的脑袋马上缩回门后，瓮声瓮气地说：“地图给你们了，一会儿你们自己出来吧。”

地图不大，方木却看了很长时间。郑霖见他看得入神，也凑过来，“我们现在在哪儿，是不是快到那边了？”

方木过了好一会儿才回答：“不是。”

他放下地图，环视着这个小房间。

“我们就在这个迷宫最深的地方。”

9月28日，C市万岩山嘉年华游乐场发生一桩命案。案发当时，数名游客在地下迷宫游玩，行至迷宫中段时，发现一具男尸。游客受惊后四散奔逃，结果均被困在迷宫中，后来有游客按动了墙壁上的求助装置，方被工作人员带离迷宫，其时，已有数名游客精神几近崩溃。

死者蒋沛尧，男，39岁，生前系C市商业高等专科学校教师。9月27日晚，死者没有按时下班返家。死者的妻子给他打了一个电话，死者告知在写一个科研课题的结题报告。22点左右，死者的妻子再次给死者打电话，却发现手机已无法接通。死者的妻子当即来到学校寻找丈夫。值班人员告知蒋老师已于21点左右离开了学校。寻找一夜未果后，死者的亲属于次日凌晨报警。6个小时后，蒋沛尧的尸体被发现。

根据尸体表面形成的电流斑、皮肤金属化及骨珍珠等现象推断，死因为电击导致的休克，死亡时间大约在9月27日22点至次日凌晨2点之间。因此抛尸现场并不是第一现场。游乐场方面证实，地下迷宫的两个出口都不封闭，白天有专人看管，夜间闭园后就无人把守了。怀疑凶手是夜间将尸体带至围墙外，将尸体抛入园内后，再翻墙而入，将尸体运至地下迷宫。由于抛尸现场乃经营性场所，所以发案时现场已遭到破坏，现场勘验没有获得有价值的线索。警方初步推断凶手可能不止一人，而且作案时应该驾驶车辆。

尸检报告表明，死者生前曾遭受酷刑折磨，因此警方初步断定这是一起报复杀人案，并以此为切入点展开了一系列调查走访。然而，对其亲友及邻里的调查显示，死者为人谦和热情，不曾听说与人结怨。从死者单位反馈的信息来看，死者的同事普遍认为蒋老师是一个埋头钻研学问，工作勤奋认真的人。而且，死者还曾经担任本校志愿者协会的负责人，对社会公益活动十分热心。从以上调查结果来看，仇杀的结论几乎不可能成立。一位同事甚至开玩笑说："如果说有人恨老蒋的话，那也只能是因为他年年都能成功申报科研课题，把科研经费都弄到他那里去了。"

这样一个近乎完美的人，会与什么人结怨呢？

尽管所有的调查走访结果都与警方的推测大相径庭，方木还是坚信仇杀的侦查思路是正确的。首先，一般的杀人案件都谋求迅速结束，拖延的时间越长，越容易被发现。而本案中，死者被劫持后曾遭遇长时间的酷刑折磨，这种冒着极大风险的附加行为显然是为了宣泄凶手的某种特殊情绪，而这种情绪，应该与仇恨有关。其次，凶手选择了电击作为折磨死者和置其于死地的手段。毫无疑问，这是一种很麻烦的手段。如果想让死者感受痛苦，一把小刀就够了，何必费时费力地采用电击呢？方木曾考虑过酷刑的目的也许在于逼供。然而，通过对死者背景的调查，基本可以排除死者掌握重要机密及情报的可能。而且，可以想象的是，死者在遭遇连续的电击后，高声的惨呼、剧烈的痉挛、扭曲的五官，以及空气中皮肉烧焦的味道，都会给凶手带来极大的满足感。很显然，这也与凶手的某种特殊需要有关。

然而，让警方迷惑不解的是：凶手为什么选择迷宫这样一个抛尸地点？

一般情况下，命案发生后，凶手会想方设法掩盖犯罪事实，其中之一就是处理尸体使之不易被发现。本案的凶手反其道而行之，将尸体摆放在一个经营性的娱乐场所中。如果将其理解为向社会公众的炫耀及向警方的挑衅的话，那么他的行为毫无疑问是没有必要的，甚至可以说是愚蠢的。其一，凶手完全可以将尸体遗弃在更加开放的场合，例如广场或者政府机关的门前，这样的场合更有利于产生轰动效应；其二，弃尸务求迅速、隐蔽，而错综复杂的迷宫，绝非一个能让凶手迅速完成弃尸并离开的场所。

除非凶手想用迷宫表达某种情感，而且十分熟悉迷宫的路径。

警方将游乐场的工作人员列为怀疑对象并逐一排查，结果一无所获。方木得知这个消息之后并不意外，自己开车又去了游乐场。

迷宫已经重新对外开放，而且生意出奇地好。看来迷宫里发现死人反而让这里人气更加旺了。方木看看售票处的长队，苦笑了一下，转身去了游乐场问讯处。

一个游乐场的副经理搬来了一大堆文件，重重地扔在方木面前的桌子上，边擦汗边说："方警官您慢慢看，我那边还忙着呢。"他指指争先恐后奔向迷宫的游客们，脸上是遏制不住的笑意："有事就叫我。"

文件里包括设计图纸、施工过程、游客求助记录和一些照片。方木点燃一支烟，耐心地一张张看下去。他心里隐隐觉得迷宫应该是本案的关键，至少也与凶手的动机有关。所以，方木特意调取了迷宫的所有资料，希望能有所发现。

从资料上看，迷宫全长450米，大部分都处于地下。迷宫的东西两个方向各有一个出口，但是无论从哪个出口进入迷宫，到达对面出口的正确路线都只有一条。发现尸体的房间处于迷宫的中段，算是一个中途休息站。能进入这个房间的游客仍然要面临选择，只有选对了路线，才能走出迷宫。所以，那里才是迷宫最深的地方。

由于迷宫里的路线错综复杂，很容易让人失去方向感，加之灯光昏暗，气氛压抑，所以能走出迷宫的游客寥寥无几，大多数人还没有到达中途休息站就放弃了。迷宫里的每条通道里都设有呼救装置，选择离开的游客一旦按动开关，监控室就可以锁定游客的位置，由工作人员将其带离迷宫。

忽然，一张照片吸引了方木的目光。照片里，一个满面笑容的年轻人手捧着一个小盒子，冲镜头做着V形手势。照片下面有一行小字：谭纪，2004年6月25日，第一个走出迷宫的游客。

“谭纪？”方木皱起眉头，这个名字曾经见过。他翻了翻刚刚看过的资料，果真在一份最快通过迷宫的排行榜上看到了谭纪的名字。他通过迷宫只用了57分钟，而排名第二的人足足用了2小时47分钟。

那个副经理推门进来，把一瓶矿泉水放在方木面前。

“还看着呢？”他俯身看看方木手里的照片，“嗬！是这小子啊。”

“据说他是最快通过迷宫的人？”

“是啊。”副经理一屁股坐在沙发上，“目前还没有人比他更快呢。这小子也挺有意思，经常来，算是我们的老主顾了。”

“哦？”方木一怔，急忙翻开刚刚合上的相册，端详着谭纪的照片。

“你说他经常来——这是他创造纪录之前还是之后的事情？”

“之后。”副经理笑起来，“估计是想打破自己的纪录吧？”

方木又盯着照片看了半天，最后问道：“他手里拿的是奖品么？”

“是啊。”

“是什么？”

“一个指南针。”

谭纪在领取奖品的时候留下了身份证号码，所以他并不难找。第二天，方木在一家广告公司的会客室里见到了他。

这是一个染着五颜六色的头发的年轻人，23岁，他嚼着口香糖晃进会议室，拎起一把椅子蹾在地上，椅背朝前。他跨坐在椅子上，双手搭在椅背上，又把下巴搁了上去。

“有事？”

这种满不在乎的态度让方木有些意外，他决定也开门见山。

“我叫方木，是公安厅的，想找你了解点情况。这是我的工作证。”

谭纪看也没看方木递过来的警官证，搔着脑袋说：“嘉年华迷宫里的杀人案吧？”

方木看了看他，不动声色地说：“对。”

谭纪在鼻子里哼了一声，晃了晃脑袋，忽然笑了起来：“我这么问，是不是对我很不利啊？”

方木掸了掸烟灰，没有回答。

“我以为你会反问我：‘你怎么知道？’嘿嘿！”

看到方木还是没有丝毫回应，谭纪脸上的笑容忽然消失了，又恢复了一副懒洋洋的表情。

“想知道什么，你问吧。”

方木把烟头按熄在烟灰缸里，开口问道：

“你经常去嘉年华的迷宫玩？”

“是。通过迷宫的最快纪录就是我的。”

“通过之后还去过么？”

"去过。"

"既然走出去了，干吗还要再去？"

"不断超越嘛！"谭纪打了个哈欠，"我想看看能不能更快。"

"结果呢？"

"嗯？"谭纪怔了一下，"没有，没超过那个纪录。"

"差多少？"

"没差多少。"

方木盯着他看了几秒钟："9月27日晚上9点以后，你在哪里？"

谭纪没有抬头，盯着地板，过了好一会儿才说："我——好像是在网吧打游戏。对，就在我家楼下的鸿运网吧打游戏。"

"什么游戏？"

"CS。"

"家里不能上网？"

"能啊。"

"那为什么去网吧？"

"在网吧打CS多过瘾啊，再说网速也快。"

"几点离开网吧？"

"好像是凌晨3点吧，记不清了。"

"你是一个人去的？"

"对。"

"那谁能证实你的话呢？"

谭纪抬起头来，眼睛转了转："没有。"他看到方木在盯着他，一脸不耐烦地说："咳，谁知道你们会调查我啊。我总不能做任何事都得找个证人吧。"

方木笑笑，站起身来说："今天就到这儿吧。如果有事，我还会来找你的。"

“随便。”谭纪把手插在裤兜里，嚼着口香糖扬长而去。

方木很清楚谭纪对自己的来访早有准备。接受询问时的满不在乎，回答问题时刻意回避与方木的目光接触，还有嘴里不停嚼着的口香糖，都是谭纪有意为之。他在抗拒方木通过他的面部表情来窥视他的内心。

然而市局通报的调查结果却让方木大失所望。谭纪当晚的确在那个网吧打游戏，而且网吧的服务员对他印象很深。谭纪要了一个包间后，就让服务员送一瓶矿泉水进来，服务员送了一瓶娃哈哈矿泉水进去，他却说要农夫山泉的。服务员又送了一瓶农夫山泉，他又说要冰的不要常温的。凌晨3点他结账下机的时候又因为费用的问题跟网吧的服务员发生了口角。

也就是说，谭纪在案发时不可能出现在现场。

“这么说，这小子没问题？”边平吹开杯口的茶叶，细细地抿了一口。

“我看不一定。”方木摇摇头，“他肯定对我说了谎。”

谭纪多次进入迷宫的目的肯定不是所谓超越自我，否则他不可能不作纪录。一个人，身处压抑、昏暗的地下迷宫，能满足自己的何种需要呢？

“你考虑一下，会不会有共同犯罪的可能。”边平点燃一支烟，“这小子反复进入迷宫的目的也许是要画地图。”

“我已经提醒市局了，”方木懒懒地靠在沙发上，“查查最近与谭纪交往密切的人。”

“看你累成那样，早点回家睡觉吧。”

方木嘿嘿一笑，勉强站起身来，伸手从边平的烟盒里抽出一支烟点燃：“那我走了。”

“呵呵，快走吧。”电话铃响起来，边平边拿听筒边冲方木挥挥手。

方木点点头，转身向门口走去，刚关上门，就听见边平在屋里大叫他的名字。他急忙转身拉开门。

“怎么了？”

话一出口，方木就被边平的脸色吓了一跳，刚才还慈眉善目的边平此刻面色凝重，眉头紧锁。

他轻轻地把听筒放回电话机上，略略沉吟了一下，抬起头一字一顿地说：

“罗家海越狱了。”

第九章

越狱

C市中级人民法院，二楼缓台。

姜德先斜靠在楼梯扶手上，表情严肃地听着面前一个法官说着什么。法官的脸上是一种职业性的冷漠，很多让当事者心惊肉跳的词从他嘴里毫不费力地吐出来，例如，死刑。

谈话没有持续很长时间，很快，法官就离开了。姜德先依旧保持着刚才的姿势，看着面前的墙壁一动不动，仿佛一尊雕像。良久，这尊雕像忽然活了起来，急转身，匆匆奔下楼去。

半小时后，姜德先的黑色奥迪车驶进了C市第一看守所。

看守所的工作人员们显然都比较熟悉这位名律师，简单填写了几张表格后，就把姜德先带到了会见室。姜德先把公文包放在桌子上，瞅着屋角出神。几分钟后，罗家海被一个看守带了进来。

他神色疲惫，被剃光的头上刚刚长起了硬硬的短发，整个人看起来像一株委靡不振的仙人掌。

那个看守把他按坐在姜德先对面，然后姿势夸张地叉腿跨立在罗家海身后，姜德先看看他那张毫无必要地紧绷着的脸，又扫了一眼看守肩上二级警员的肩章，不易察觉地笑了笑。

他扭过头来面对罗家海，后者也在看着他，正试图挤出一个微笑。

“有什么消息么？”罗家海看似漫不经心，但是声音发颤，眼睛直勾勾地盯着姜德先。

“判决书还没下来。不过……”姜德先深吸了一口气，“我从内部得到的消息——不太理想。”

“不太理想是什么意思？”罗家海马上问道。

姜德先垂下眼睛，没有回答他。

罗家海移开目光，盯着旁边一堵空白的墙，眼神变得空洞。

良久，他开口问道：“死缓还是死刑立即执行？”声音干哑。

“立即执行。”

罗家海忽然嘿嘿地笑起来，边笑边摇晃着脑袋。

“意料之中，意料之中……”

“我们还可以上诉。”

罗家海止住了笑，盯着自己手上的手铐。“算了，没用。还是给我来个痛快的吧。这样等死，太难受了。我只有一个请求，”他抬起头看着姜德先，“能不能把我和沈湘的骨灰放在一起？”

姜德先没有回答他，而是专注地盯着罗家海的脸，眉头越锁越紧，目光也渐渐变得决绝。

“看来，只能如此了。”

姜德先从公文包里拿出一盒烟，另一只手在身上摸索着，几秒钟后，他把脸转向那个看守，脸上的表情已经变得漫不经心。

“老弟，去给我拿个打火机，你们田队长在吧？就是田秃子，就说是姜律师要的。”

年轻看守有些不情愿，可是姜德先嘴里随意冒出的顶头上司的绰号让他觉得不好拒绝，犹豫了一下，他转身走出了会见室。看得出来，由于他一直保持着这个僵硬的姿势，腿都有点麻了。

看守刚刚出门，姜德先就一跃而起，从公文包里掏出一个信封，迅速从里面抽出两张打印的照片扔在罗家海面前。

罗家海有些莫名其妙，下意识地低头看照片，只扫了一眼，他的脸就白了。

“你……你是……”

“什么都别问。”姜德先打断了罗家海的话，金丝眼镜后面布满血丝的眼睛里放着咄咄逼人的光芒，“从现在开始，一切听我的！”

年轻看守边用手摩挲着打火机边想着队长的秃头，不由得笑出声来。

刚转入走廊，那笑容就凝固在了脸上。

会见室门前，罗家海用戴着手铐的左手勒住姜德先，右手捏着一支拧掉笔帽的钢笔，笔尖已经扎进了姜德先的脖子。

“退后！”罗家海咬牙切齿地大喊。

“别……千万别乱来啊。”姜德先的眼镜已经歪到了鼻梁上，上身被罗家海牢牢挟持，两条腿软弱无力地挪着。

年轻看守从腰上抽出警棍，又拿出一个哨子含在嘴里死命地吹。

少顷，从楼道里涌出几十个警察，看到这架势，都慌了手脚，只能七嘴八舌地嚷嚷着。喧闹无比的走廊里，罗家海的咆哮仍然尖厉刺耳：

“都让开，不然我杀了他！”

“都……都别乱来啊。”姜德先无力地摆着手，“你们要担责任的。”几个年轻警察原本摩拳擦掌要往上冲，一听这话，也犹豫了。罗家海拖着踉踉跄跄的姜德先，穿过层层高度紧张却无能为力的警察，很快就走到了院子里。

一进院子，罗家海就把姜德先挡在身前，倒退着往停车场走。不远处的瞭望塔上，一个武警战士无奈地垂下枪口，冲对讲机里说：“不行，人质把这小子挡得严严实实的。”

罗家海挟持着姜德先渐渐接近了那辆黑色的奥迪车，停车场的出口却被几辆警车堵得严严实实。

“把车挪开！”

“罗家海，立刻投降是你唯一的……”

“把车挪开！”罗家海手上一用力，钢笔尖扎得更深，血顺着脖子流下来，姜德先顿时哎呀哎呀地叫唤起来。

田队长咬着牙：“把车开走！”

罗家海和姜德先终于蹭到车前，罗家海大吼一声：“开车门！”姜德先哆哆嗦嗦地掏出电子车钥匙打开车门，罗家海按住姜德先的脑袋把他塞进车里，几秒钟后，黑色的奥迪A6冲出了看守所的大门，几辆拉响警笛的警车紧随其后。

手握方向盘的姜德先一下子变得机警干练，已经全无刚才狼狈不堪的样子。汽车宛如一条矫健的鲨鱼穿梭在车流中，后面的警车虽然一直紧跟，却无法缩短与奥迪车之间的距离。

姜德先不时观察着后视镜，扭过头来的时候却感到脖子上一阵刺痛。浑身湿透的罗家海还保持着刚才的姿势，眼神发直，手里的钢笔一直哆嗦着。

“我说，你可以稍微放松些了。”

“哦，对不起……”罗家海如梦初醒，赶快把钢笔从姜德先的脖子上拿下来。姜德先疼得“咝哈”一声，一股鲜血从脖子上流淌下来。罗家海顿时慌了，急忙要找东西给姜德先止血。姜德先目视前方，挥手阻止了他。

“你别管我，打开那个抽屉！”

小抽屉里有一部手机和一把小钥匙，姜德先把手机拿出来，开机，又朝那把小钥匙努努嘴：“自己把手铐打开。”说完，就在手机上按下一串数字。

电话很快接通了。对方显然一直在等这个电话，姜德先没有跟对方过多寒暄，直接报告了自己的位置：“我在前卫大街上，2分钟后经过长庆路。”对方应了一声就挂断了电话。

罗家海已经打开了手铐，眼盯着姜德先，等待他下一步指示。他的脑子很乱，乱到无法独立思考，只能把全部希望寄托在眼前这个让人摸不透底细的律师身上。

姜德先感到了他的注视，扭过头来，居然还笑了笑：“你放松点，很快我们就安全了。”

奥迪车后50米的地方，几辆警车尖叫着拼命追赶。最前面的一辆车里，满脸油汗的田队长紧紧盯着前方的奥迪车，不停地冲着手中的步话机吼着："快点……马上通知……封锁前卫大街西出口……"

几辆警用摩托车从车边呼啸而过，灵巧地穿行在前方的车流中。田队长看着他们渐渐逼近奥迪车，心里稍稍放松了一些。他擦擦汗湿的脑门，一屁股跌坐在座椅上。忽然，他好像想起了什么，扭头问旁边一个年长的同事："C市历史上从未发生过在押犯脱逃的事情吧？"

那同事结巴了半天，小声说："好像没有。"

田队长刚刚恢复点血色的脸又白了，他猛地一拍司机的肩膀："再快点！"

C市半数以上的警力都被调动起来，消防、交通、预备队和特勤中队已经各就各位，一个大大的包围圈正慢慢合拢，最多再有5分钟，罗家海插翅难逃。

此刻，几辆警用摩托车距离奥迪车已经不到10米，姜德先甚至可以在后视镜里看清骑警们头盔上的警徽。

"靠！"姜德先小声咒骂了一句，"小罗，用钢笔顶在我的脖子上！"

"啊？"罗家海茫然无措地拿起钢笔。

"快点！"姜德先的语气不容辩驳，"咱们还得把戏演下去呢。"

前方就是长庆路与前卫大街的交会路口，姜德先眯起眼睛，心里暗暗数着"1……2……3……"，眨眼间，已经飞一般地冲过了十字路口。

几乎是同时，一辆加长载货车忽然出现在长庆路口，它一路鸣着喇叭，由北向南，径直闯过红灯，冲向路中央！

一辆警用摩托车来不及刹车，骑警急忙扭转车把，想从车尾处绕过去，可是没提防后面急速驶来的一辆吉普车，两车狠狠地撞在一起，摩托车翻滚着飞到半空，骑警被抛出20多米，重重地跌落在人行道上，滑行了一段距离后，"砰"的一声撞在一个路口的灯柱上，不动了。

货车司机已经拉下了手刹，在一阵刺耳的摩擦声中，轮胎在沥青地面上留下了长长一道黑迹，伴随着浓烈的橡胶烧焦的味道，满载着沙土的货车在路面上歪歪扭扭地停了下来。随后，就有一台来不及刹车的捷达车侧滑着撞在了车厢上。惊魂未定的司机刚把头探出车窗，马上又缩了回去——一辆出租车“砰”的一声撞在驾驶室一侧的车门上。紧接着，又是一辆……

紧急刹车让田队长的额头被撞出了乒乓球大的一个血包，他揉着脑袋，晕头转向地走下车，眼前的一幕却让他一下子清醒过来。

前方十多辆车撞作一团，马路上到处散落着破碎的车灯和保险杠，呻吟声和咒骂声此起彼伏。一名骑警躺在前面十多米的路面上，摩托车压在他的身上，他半仰起身子，有气无力地挥着手。

田队长看得目瞪口呆，他很清楚，眼前发生的是C市有史以来最严重的一起交通事故；他更清楚，C市有史以来第一个脱逃的在押犯罗家海已经在路口的那一侧消失得无影无踪了。

“靠！”田队长喃喃自语，“老子创造历史了。”

冲过路口的一刹那，罗家海清清楚楚地听到了身后巨大的刹车声。还没等他回过头看清楚，奥迪车一个急转弯，沿着路边的一条小巷急冲进去。拐了几道弯后，奥迪车驶上了一条稍宽些的马路。路上只有寥寥几个行人，对身边呼啸而过的奥迪车视而不见。开了大约100米后，右前方路口处出现了一个戴黑色棒球帽、穿灰色套头衫的男子。

姜德先把车开到男子身旁，简短地对罗家海说：“下车，跟他走！”

棒球帽拉开车门，四处张望着，手上对罗家海做出“出来”的手势。

罗家海把目光投向姜德先，姜德先平静地说：“相信我。”

罗家海不再犹豫，转身下了车。姜德先把刚才通话用的手机递给棒球帽，后者把手机揣进怀里，又抓起座位上的手铐和钥匙，转身带着罗家海匆匆奔向停在路边的一辆面包车。

姜德先马上发动汽车，径直向前开去，边开边四处观察着。终于，在一个无人的小巷里，他突然伸手打开了右侧的车门，加大油门驶上人行道，紧接着，就结结实实地撞在了街边一个花坛上。

奥迪车的前车盖被撞得变了形，大股水蒸气从缝隙里冒出来。驾驶室里，姜德先趴在弹出的气囊上，疲惫不堪地闭上了眼睛。

此时，长庆路口已是一片混乱。清障车正试图拉开撞毁的车辆，尽快恢复道路交通。消防车和救护车先后赶到。身着各式制服的工作人员挤在围观的群众中，来来回回地忙碌着。此起彼伏的鸣笛声混杂着金属切割机的巨大轰鸣，再加上每个人比平时放大了好几倍的音量，一首末日奏鸣曲正在长庆路上空不怀好意地奏响。在汽油、烧焦的橡胶与皮革混合的奇异味道中，一个个或清醒或昏迷的伤者被抬到救护车上，迅速送往附近的医院。

撞车现场西北方20多米的地方，那个昏迷的骑警正被十几个人团团围住。

“这儿还有一个呢，快来人啊。”

两个救护人员抬着担架，翻过护栏匆匆而至，简单处置了一下之后，就组织围观者帮忙把他抬上担架。几个人拽腿的拽腿，抬肩膀的抬肩膀，没有人注意一个小小的身影也挤了进来。

挪动带来伤口剧烈的疼痛，骑警短暂地恢复了意识，他感觉有人正在他的腰间摸索——一只手打开了枪套。

骑警说不出话来，想伸手阻止，这小小的动作耗尽了他最后一点力气，随后他就再次昏迷过去。搬动的人没有注意到手上的骑警正悄然失去约900克的重量。一个沉甸甸的铁家伙在人们的腿间被一双小手慢慢抽离。

随后，一枪，一人，消失在喧闹的小巷中。

第十章

巧合

方木坐在桌前，表情淡漠，始终盯着对面出神。那里是一把翻倒的椅子。两个小时前，罗家海就从他身下的这把椅子上跳起来，劫持了坐在对面的姜德先。

边平在会见室里来回踱着，似乎想在这不足10平方米的小屋子里觅得蛛丝马迹。看守所的政委斜靠在门边，脸上是一副大难临头的模样。

“怎么没给他上脚镣？”边平终于抬起头来，“罗家海是重刑事犯。”

“如果是下判决书，我们肯定就给他上了。”政委擦擦头上的汗，“谁知道那呆瓜律师提前告诉罗家海了？再说，这小子一直表现得挺不错。”

边平苦笑了一下：“他把我们都骗了。”

“是啊。”政委不无恶意地看了方木一眼，似乎终于找到了一个可以背黑锅的对象，“尤其是这位方警官。”

边平有点尴尬，不由得扭头看了看方木。

方木仿佛没听到一样，依然盯着对面。

政委讨了个没趣，整整衣服说：“市局可能来人了，你们慢慢看，我先过去了。”

会客室里只剩下方木和边平两个人。边平踱到方木对面，看着木雕泥塑般的方木，叹了口气，抽出一支烟扔了过去。

方木没有伸手，任由那支烟在胸口弹了一下，又落在地上。良久，他发出一声长长的叹息，双肘拄在桌面上，把脸深深地埋进手掌中。

边平默不作声地吸完一支烟：“别想了。事情已经发生了，主要责任也不在你。”

“不。”方木终于开口了，“的确是我判断错了。”

错了，全错了。罗家海没有看起来那么简单，也不是自己眼中那个单纯、冲动的青年。原以为审判是一个终结，其实是另一个起点。

“有那个律师的消息么？”

“暂时还没有。我觉得罗家海不会杀他。”

“我觉得也不会。”

“那他很快就会有消息。全城搜捕就要开始了。我去撞车现场看看，你去么？”

方木摇了摇头：“我再坐一会儿。”

“也行。哦，对了，”边平俯下身子，“任何人问你对这件事的态度，都不要开口，尤其是新闻媒体，懂么？”

“懂。”方木低下头，“对不起，处长。”

边平没有说话，拍拍他的肩膀，转身走了出去。

桌面上还散落着姜德先被劫持时落下的东西。一个质地精良的公文包，一个摊开的皮面记事本。方木翻翻记事本，又打开公文包，把里面的东西一样样翻检出来。

看得出，姜德先是个生活质量较高的人，所用之物都比较高档。包里的东西都分门别类，摆放整齐。姜德先还是一个心思缜密、追求效率的人。

那他这次犯下的错误，就比较可笑了。

一个这样的职业律师，怎么会在判决书未下达之前就向当事人透露内情，而且是死刑立即执行的判决？

一个这样的职业律师，怎么会让一个戴着手铐、即将面临死亡的重刑事犯拿到可能威胁自己的器具？

方木拿起姜德先上次给自己录音用的那支录音笔，反复端详着。

事情没那么简单。

当天下午，警方在距出事地点约3公里的一条小巷里找到了姜德先。他和犯罪嫌疑人罗家海乘坐的奥迪车撞在路边的一个花坛上。警方赶到现场的时候，副驾驶位置的车门大开，罗家海已不知去向，姜德先被弹开的气囊挤在驾驶室里，已陷入昏迷。随后，警方将其紧急送入附近的医院抢救，所幸并无大碍。

方木和另一名同事见到姜德先已经是第二天下午，他正半躺在病床上喝汤。看起来，他对方木的来访并不意外。简单的寒暄后，询问就直奔主题。

按照姜德先的说法，事情的经过是这样的：姜德先从法院的一个熟人那里得到了判决结果——死刑立即执行。姜德先觉得应该跟罗家海通个气，也好商量一下接下来怎么办，就开车去了看守所。罗家海得知判决结果后，开始显得很平静，谁知后来他趁警卫不在的机会，劫持了姜德先。接着全看守所的人都目睹了他被罗家海挟持上车，并逃离了看守所。车行至某小巷中时，姜德先和罗家海在驾驶室里展开了搏斗，车也失去了控制，一头撞在了路边的花坛上。随后，姜德先昏迷不醒，估计罗家海也趁此机会逃之夭夭。

姜德先讲完，病房里一时陷入安静，只听到笔尖的沙沙声。方木抽出一支烟，想了想又塞了回去。

“没事。这是单人病房。”姜德先忙说，“给我也来一支。”

“你能抽烟么？”

“没问题。”姜德先指指敷着纱布的脖子，“只是表皮裂伤，没伤到气管。”

两个人对坐着喷云吐雾，一时无话。负责记录的警察起身关上了病房的门。

“警卫为什么会突然离开？”方木问道。

“咳，还不是因为这个！”姜德先举举手里的烟，表情懊恼，“辩护失败，心情郁闷。偏偏忘记带打火机了，就委托那个警卫找田秃子借个打火机，谁知罗家海就动手了。”

方木笑笑：“那罗家海是怎么拿到钢笔的？”

“是这样，”姜德先深吸了一口烟，“这小子说要给沈湘的家人留几句话。我心想，上诉改判的概率不大，就把钢笔递给了他，还给他一个记事本，让他写在上面。”

“当时罗家海跟你之间隔着一张桌子，他是怎么抓到你的？”

“他说钢笔帽打不开，我过去帮他拧开笔帽。”

方木盯着姜德先看了几秒钟：“为什么不用录音笔？”

“嗯？”姜德先一怔，“没想到。”

方木眯起眼睛，姜德先没有躲避方木的目光，脸上是无可奈何的表情。

“说老实话，我用不太惯那玩意儿。”

回去的路上，方木一直在回忆跟姜德先的对话。毫无疑问，这是一个对询问和回答技巧了如指掌的人，而且，他的回答天衣无缝。除了可以对他的职业素养略有指摘外，实在挑不出别的毛病。

问题是，以方木对罗家海的了解，他能够成功劫持人质，并能在警方的包围圈中顺利逃脱几乎是不可能的事情。所有看似巧合的事情——比方说警卫脱岗、钢笔、突如其来的车祸——都巧合得过了头。如果真是巧合，罗家海简直可以去买彩票了。

如果这是一起精心谋划的脱逃，那么一个更大的问题就摆在眼前。

姜德先为什么要这么做？

方木想起姜德先当日在法院的眼神。

任何人都可能在不经意间流露出内心的真实情感，即使是一个训练有素的律师也不例外。

方木的吉普车驶上南京北街，他的目光漫不经心地扫过街边的小店，忽然，一个流连在橱窗前的女孩子吸引了他。

是廖亚凡。

方木减慢了速度，最后停在路边。

廖亚凡斜背着那个新书包，上身是一件蓝白相间的运动服，估计是学校的校服，下身是方木买给她的牛仔裤。

橱窗里的模特身上穿着一件白色的连衣裙，点缀着零星的紫色小花。那是一个表情活泼的女孩子，上身略倾，左手抬至嘴边，右手自然挥至身后，小指还略略翘起，仿佛一个呼唤自己恋人的动作被永远地凝固。廖亚凡咬着嘴唇，上下打量着连衣裙，目光最后定格在模特的脸上。那张恒久的笑脸恰好与廖亚凡映在橱窗中的面容重叠在一起，她紧抿的嘴角渐渐翘起来。

廖亚凡冲橱窗中的自己嫣然一笑。

方木按了一下喇叭，笛声在车水马龙的街头显得微不足道。廖亚凡没有回头，显然，她很清楚身后繁华的街道跟自己毫无关系，也不会有人按汽笛召唤自己。方木跳下车，几步穿过绿化带，又在人行道上跑了十几米，终于追上了廖亚凡。

她正经过一家肯德基，目光在落地窗上的海报停留片刻就移开了。路过门口的时候，她稍稍停顿了一下脚步，转头向里面望了望，随即就像下定决心似的加快了步伐。

“廖亚凡！”

她吓了一跳，显然没想到会在这里遇见熟人，扭过头来一看，是方木。

廖亚凡的表情更加局促，一抹红晕从她的脸颊上转瞬即逝，很快，那张脸又苍白如初。

“方叔叔好。”她微鞠了一躬，眼睛始终盯着自己的鞋尖。

“放学了？”方木尽量让自己的语气显得轻松。

“是。”

“怎么没回……回家？”

“一会儿就回去。”

“哦。”方木看看旁边的肯德基，“我请你喝杯饮料吧。”

“不用了，我还得回去做饭呢。”

“来吧。”方木转身推开餐厅的门，“正好我也渴了，想喝点水。一会儿我送你回去。”

廖亚凡犹豫了一下，顺从地跟着方木进了肯德基。

找到座位后，廖亚凡始终低头坐着，不停地抚摸着书包带。方木想了想，笑着说：“你先坐着，我很快就回来。”

点餐的时候，方木回头看了一眼廖亚凡，她正好奇地东张西望。方木的心紧了一下，又从钱包里抽出一张百元钞票。

回到座位上的时候，方木手中的托盘里像一座小山。廖亚凡终于抬起头来，表情惊讶。

“来，别客气。”

廖亚凡还是坐着不动，脸红得厉害。方木见她不动手，就拆开一个汉堡，一口咬下去，又把一袋奥尔良烤翅打开，硬塞到她手里。

汉堡很难吃。方木始终搞不清为什么会有人爱吃这东西。勉强吃完一个汉堡后，就开始喝一杯果汁。

廖亚凡吃得很慢，刚刚吃完一个鸡翅。邻桌有一个小女孩，正大口咬着一个汉堡，嘴边糊满了沙拉酱。她妈妈手里攥着一根蘸好番茄酱的薯条，正等着女儿。小女孩咽下一口食物，迫不及待地张开小嘴，妈妈赶快把薯条塞进女儿嘴里。小女孩大口嚼着，冲妈妈“嘻嘻”地笑。

廖亚凡边啃着鸡骨头，边看着那对母女。伸手去拿另一只鸡翅的时候，恰好遇见了方木的目光，她的手马上缩了回来。

“你吃你吃，别管我。”方木急忙说。

“饱了。”廖亚凡垂下眼皮，轻轻地说。

“再吃点吧，”方木指指托盘，“还有这么多呢。”

“饱了。”廖亚凡用餐巾纸慢慢地擦拭手指。

“那……”方木在小山里挑挑拣拣，最后拿出一杯草莓圣代，“你得把这个吃了，否则就化了。”

廖亚凡犹豫了一下，没有拒绝，用小勺子慢慢地吃起来。

她始终低着头，方木也可以趁这个机会好好看看她。半个月不见，廖亚凡似乎又长高了些，运动服的袖子有些短了，露出长长一截手腕，手背上淡青的血管清晰可见。她的手不像同龄少女那般白皙细嫩，不仅粗糙，而且还有几处裂口。方木想起那个装满土豆的铝盆和小刀，轻轻地叹了口气。

天色渐渐暗了下来，廖亚凡注意到了这一点，匆匆把最后一点圣代塞进嘴里。揩净嘴角后，她站起身来说：“我得回去了。”

方木看看大堆还没拆开的食物，苦笑了一下说：“我看你也别回去做饭了，这些足够了。”

他向服务员要了一个塑料袋，把剩下的食物打包，带着廖亚凡上了吉普车。

给廖亚凡系好安全带，她忽然没头没脑地说了一句：“以前我妈妈也经常带我来吃肯德基。”

方木愣了一下，不知道说什么好，半天才木讷地应了一句：“哦。”

由于是下班的高峰期，路上车很多。廖亚凡始终没有说话，只是不停地扫一眼车上的电子表。方木知道她担心回去晚了，无奈道路上拥挤得很，提不起速度，只能走走停停。这大概是这个城市一天中最热闹的时候，汽笛声在身边此起彼伏，空气似乎也闷热了许多。廖亚凡坐在车里，面对窗外的一片嘈杂显得局促不安，她的脸色潮红，右手紧紧地拉着门把手，腰板挺直。

穿过主干道，上了去往郊区的路面后，车辆渐少，视野也显得开阔了许多。来到一个相对安静的环境里，廖亚凡也放松了一些。她松开门把手，整个人也半靠在椅背上。

方木看看她脸上尚未褪去的潮红，开口问道："热不热？"

"不热。"女孩的鼻尖上已经沁出了细密的汗珠。

方木笑了笑："打开窗户吧，我有点热了。"

廖亚凡稍稍坐正，打量着车门，似乎不知道该按哪个钮。方木急忙打开车窗，一股清凉的空气立刻从外面涌进驾驶室，廖亚凡的头发被吹得"呼呼"地飘扬起来。

她没有去拢住头发，任由它们飞扬、缠绕，似乎觉得很惬意。她眯起眼睛，右手托腮，嘴角带着一丝隐隐的笑意，静静地看着平房、绿地从身边飞速掠过。

十几分钟后，吉普车开进了天使堂的院子。一群在院子里玩耍的孩子先是一愣，接着就围拢过来。廖亚凡轻巧地跳下车，冲刚刚从菜地里直起腰来的周老师挥挥手：

"周爷爷，我回来了。"

"呵呵，我还说呢，你这丫头怎么还不回来？"他冲方木点点头，"原来是跟你在一起。"

"也是偶遇，呵呵。"

一个小男孩爬进了车里，不停地翕动着鼻子。方木见状，急忙从车座上拿起那个塑料袋递给廖亚凡。

"拿到厨房去吧，给大家晚饭时吃。"

"嗯，"廖亚凡点点头，拎起来冲周老师晃了晃，"方叔叔买的。"

"又要你花钱了。"周老师笑眯眯地说，"亚凡快去帮赵阿姨做饭，她一个人都快忙飞了。"

廖亚凡答应了一声，拎起袋子往厨房走，身边围着一大群孩子，眼巴巴地盯着袋子。

周老师拍拍身上的土，招呼方木一起坐在花坛上。

“肯德基？”他接过方木递过来的烟，“这玩意儿你可别买了。别把这帮孩子的嘴吃馋了。”

“呵呵，偶尔一次。”

“怎么遇见亚凡的？”

“哦，下午我去市医院了，回来的时候路过南京北街，在那里遇见亚凡的。”

“医院？你病了？”

“不是。是去询问一个被害人，就是前几天引发撞车的那个。”

“哦？听说是个越狱的在逃犯？”

“是啊。”方木叹了口气，脸色阴沉。

周老师看看方木，问道：“怎么了？”

方木想了想，把罗家海一案原原本本地讲给周老师听。周老师听得很认真，始终没有插话，眉头却越皱越紧。

“所以我就比较麻烦了，”方木以为周老师在为他担心，“必须尽快抓住他，否则影响就太坏了。”

周老师点燃一支烟，若有所思地吸了半支，开口问道：“你刚才说那个女孩叫什么？”

“哪个女孩？”

“就是总觉得自己身上有味道的那个。”

“哦，沈湘。”

周老师不说话了，夹着香烟凝神静思。

方木有些奇怪：“周老师？”

“嗯？”周老师回过神来，扔掉手里的烟头，脸上挤出一个微笑，

“没事。一起吃饭吧。”

晚饭的气氛很热烈，孩子们对方木带来的肯德基很感兴趣，刚端上桌来就被他们一扫而空。大概是因为自己做的饭菜第一次受到冷遇，赵大姐有些不高兴，廖亚凡送到她嘴边的一个炸鸡腿也被她拒绝了。不开心的不止她一个人，方木注意到周老师在整个晚餐的过程中都紧锁眉头，一副心事重重的样子。吃完饭，帮忙收拾桌子的时候，方木偷偷地问赵大姐：“周老师怎么了？”

“不知道啊，刚才还好好的。”

临走的时候，方木去找周老师告别，他却不在自己房间里。方木满心纳闷地退到走廊里，却看到另一个房间里亮着灯。

周老师在赵大姐的房间里，手里捏着几支刚刚点燃的香，轻轻地插进香炉里。雾气缭绕上升，似乎是一层轻柔的薄纱，隔着它，镜框里的少年和供桌前须发斑白的老人默默对望。

方木没有打扰周老师，悄悄地离开了。

第十一章

教化场

事情正变得越来越糟：几天后，一份内部通报下发到各单位。除了已查明的损失外，那名受伤骑警的警枪宣告丢失。警方在事发现场反复搜查，并排查附近居民上百人次，那支编号为C00863726的警用转轮手枪仍然毫无踪影。

一支枪，六发子弹，无论持有者出于什么动机，都不可能是善意的。

方木感到了巨大的压力。每天早上打开手机，都会接到几十个要求采访的电话。边平替他挡了不少。方木很清楚，说是采访，只不过想让他重复承认自己的错误而已。厅里的许多同事都对这个年轻而颇受领导重视的人表现出了幸灾乐祸的态度，方木每天都要在各种暧昧不清的目光和窃窃私语中奔波于公安厅和各分局之间。

罗家海，你他妈在哪儿？

案发后，警方立刻对本市的客运站、火车站、飞机场等场所进行布控，从目前的抓捕进展来看，罗家海很有可能还在本市。很快，印有罗家海照片的通缉令就贴满了大街小巷，全市警员的休假一律取消，巡逻的人数也比平时多了一倍。一个身着囚服的人，不可能不吃饭，不睡觉，也不可能把自己完全隐藏起来。罗家海落网似乎是迟早的事。

然而一个星期过去了，抓捕工作却丝毫没有进展。警方多次接到群众的举报电话，荷枪实弹地围捕后，才发现搞错了人。罗家海似乎从空气中彻底蒸发了。

“你别太上火。”边平上下揉搓着自己的脸，疲态尽显。

“嗯。”方木看着边平青筋毕现的手背和布满血丝的眼睛，心中的愧疚越发强烈。

“迷宫那个案子先放放吧，全力以赴抓住罗家海再说。”

“嗯。”方木低声应了一声，站起身来。

“你干吗去？”

“出去……看看。”

“坐下。”边平指指沙发，“找人不是你的强项，让分局的人去做就好。”

方木站着不动。

“你知不知道我为什么把你要到这里？”边平的语气严厉起来。

“知道。”方木低着头，“协助分析犯罪人心理异常的刑事案件。”

“那不得了……”

“还有，”方木忽然咧嘴一笑，“突发性劫持人质事件的谈判。”

“嘿嘿。”边平也笑起来，“你个臭小子！”

边平的鼓励让方木的心里轻松了不少，他拉过一把椅子坐在桌前，边喝茶，边整理几天来一直纷乱不堪的思路。

从现有的情况来看，罗家海的去向无外乎有两种可能：一是已经逃往外地；二是还隐藏在本市，而且是在他人的庇护之下。方木更倾向于第二种可能。

“说说你的理由。”

“首先，我觉得罗家海主动越狱的可能性不大。我始终在跟进这个案子，我觉得罗家海归案后，始终存在着两种截然不同的情绪，一是对沈湘的爱恋与痛惜，恨不得随之而去；另一种是对死刑的恐惧以及对生存的渴望。可以说，我在和罗家海谈判的时候，他的求死之心还是很坚决的。法院开庭之前，罗家海求生的本能欲望却占了上风。这一点，从他跟律师的积极配合中就能看出来。但那毕竟是两条人命，仅靠一个‘值得怜悯的情节’是不可能逃脱死刑的。这一点，相信罗家海心里也有数。所以，保命和与沈湘在另一个世界相会，都是罗家海意料之中也是可以接受的结果。无论结局怎样，都能满足他的其中一个心愿。因此，我觉得他不太可能主动越狱。”

“你的意思是——姜德先很可能是同谋？”

“对。否则这一切就巧合得离谱了——恰好警卫脱岗，恰好罗家海手里有尖锐物品，恰好挡住狙击手视线，恰好发生连环车祸——从常理上看，这是不可能的。”

“那姜德先的动机呢？”

“不清楚。”方木摇摇头，“被自己的当事人挟持，这对于律师而言，不是什么光彩的事情。我也想不出他为什么要自毁前程，但是我觉得他很可疑。”

边平略略沉吟了一下：“我会建议市局调查姜德先。”

“还有那个卡车司机。”方木回忆起在交警支队看到那个卡车司机黄润华的情形，他似乎完全吓傻了，坐在椅子上不停地筛糠。交管部门对黄润华所驾驶的卡车进行了鉴定，结论是当时气泡堵塞刹车系统导气管而导致刹车失灵。黄润华发现刹车失灵后，为了躲避前方的车辆，不得已闯过红灯，虽然他及时拉住了手刹，但巨大的惯性仍然导致卡车滑向了路中央。这一细节让交管部门将其认定为意外事件导致的交通事故。保险公司赔偿了事。

就在全城警方夜以继日地围捕罗家海的时候，这座城市并没有因为一个死刑犯的脱逃而失去原有的秩序。生活还在继续，公路上依旧车水马龙，食色男女们依旧为着不同的目标来回奔波。他们似乎从未怀疑过生活的井然有序，始终坚信这城市的美好和谐。死刑犯、越狱、连环车祸，仿佛是发生在另一个星球的事情。除了可以在晚报上吸引眼球之外，与大家统统无关。

罗家海放下刚刚掀起一角的窗帘，重重地叹了口气。

自从那天棒球帽把他带到这里以后，罗家海就再没有走出过这个房间。这是一栋地处市中心附近的商住两用楼，除了没有电话和网络，房间里的生活设施一应俱全。衣柜里有一些简单的换洗衣物，冰箱里塞满了速冻食品，实在是一个躲避追捕的好场所。棒球帽嘱咐他千万不要离开房间，也不要拉开窗帘，几天来也只是来送过一次食物。罗家海心惊胆战地住了几天，慢慢平静下来。而平静之后，就是烦躁。

姜德先究竟是什么人？棒球帽又是什么人？这是什么地方？他们为什么要救自己……

一个个问号搅得罗家海夜不能寐。无论他怎么想，也搞不清这究竟是怎么一回事。他只是隐隐觉得自己正处于一个庞大的计划之中，而谋划者是谁，又为什么会选中自己则让他百思不得其解。

唯一可以确定的是，这计划跟沈湘有关。

那天，看守刚刚走出门去，姜德先就打开公文包，从一个信封里拿出两张照片扔在罗家海的面前。罗家海下意识地去看，只扫了一眼就愣住了。

其中一张照片上，沈湘独自拎着一个大大的塑料袋过马路，眉头微蹙。另一张照片上，罗家海和沈湘正走在校园里，沈湘挽着罗家海的胳膊，抬起头跟他说笑着，而罗家海则微笑着侧耳倾听。

“你……你是……”

“什么都别问。从现在开始，一切听我的！”

矮小肥胖的姜德先此刻目光炯炯，好像一个志在必胜的将军。

“拿着。”他拧开钢笔帽递给罗家海，“一会儿你用这个顶在我的脖子上，挟持我出去。得用力顶啊，见血了也没关系。记住，出门的时候要掉转身子，把我对着瞭望塔，尽量躲在我后面。只要上了车，一切都好办了。记住了没有？”

罗家海茫然无措地拿着钢笔：“可是……”

“没有可是！”姜德先厉声说道，走廊里已经传来了脚步声，“一切都是为了沈湘。你懂么？”

一切都是为了沈湘？

这是最让罗家海感到迷惑不解的一句话。事后他回忆起那些照片的细节，意识到第一张照片里沈湘拎着的其实是一大袋香皂和浴液，而另一张照片的拍摄时间毫无疑问是他们热恋的时候。他想起沈湘曾说过的一句话：

“每次我去洗澡，或者去买东西的时候，总感觉有人在跟着我。”

跟踪者是谁？是不是拍摄者？姜德先与这件事有什么关系？

如果一个人的脑子反复思考同一个问题的话，他不会越来越灵光而会越来越麻木。罗家海宛如行尸走肉般每天重复同样的事情：吃饭、看电视、思考、睡觉。在日复一日的幽禁中，他感到自己正在慢慢地锈蚀。偶尔，他也会掀起窗帘的一角，看下面的车水马龙和人潮涌动，从天色微明到华灯初上。

那些被抓住的外逃贪官都说逃亡的日子无比痛苦，看起来，是真的。

这天，罗家海很晚才吃饭。晚餐是一袋速冻水饺。罗家海只吃了几个就咽不下去了，翻出一包烟来慢慢地吸。他并不会吸烟，可是又无事可做。这一坐就是几个小时，似乎想了些什么，又好像大脑一片空白。面前的饭碗里插满了长长短短的烟头，空气也污浊不堪。罗家海想打开窗户换换空气，可是又不敢，想了想，起身去厨房开吸油烟机。

从客厅到厨房要经过进户门口，罗家海刚走了几步，就听见门锁咔嗒响了一声。罗家海吓了一跳，感到全身的肌肉都僵硬了。他直勾勾地看着房门被拉开，棒球帽走了进来。

“嗬，这么大的烟？”棒球帽用手在鼻子下扇了扇。他看见一脸惊恐的罗家海，似乎觉得很好笑，“没事儿，是我。吃饭了么？”

“吃了……”惊魂未定的罗家海木讷地说。

“嘿嘿。”棒球帽笑起来，“这几天憋坏了吧，哥们儿？”

“是啊。”

“走吧，我带你出去走走。”

坐在飞驰的汽车里，罗家海打开车窗，尽情享受着晚秋时节的寒冽夜风。直到被吹疼了脸，他才想起发问。

“我们这是去哪里？”

“到了你就知道了。”棒球帽不时盯着倒车镜，显然不想多说，罗家海也不好继续再问，只能默不作声地看着汽车从市中心渐渐驶入城郊。

灯火辉煌的城市已经完全消失在身后，道路两侧是看不到边际的菜地和麦田。汽车仿佛一个提着灯笼的游魂野鬼，在一条没有终点的路上飞速滑行。

忽然，前方出现了一个小小的亮点，随着那亮点越来越大，车速也渐渐慢下来。罗家海知道，那里就是目的地。

看起来，这是那种在路边随处可见的本地风味餐厅。从门前停放的两三台车来看，似乎生意还不错。棒球帽锁好车门，示意罗家海跟他进去。推开门，里面却是空空荡荡的，一个客人都没有。只有一个高大的男子坐在吧台后看电视，一见有人进来，他立即站了起来。

棒球帽显然跟他很熟：“人都到齐了么？”

“到齐了，J先生也刚到。”

棒球帽点点头，转身示意罗家海跟他上楼。

楼上灯光幽暗，并没有摆放桌椅，而是一大片空地，铺着厚厚的米色地毯，几个厚实的软垫随意地扔在地毯上，中间的一张小方桌上，摆着一套精致的茶具。这里的氛围简洁高雅，和楼下的油腻粗俗大相径庭。

三个人正围坐在方桌前喝茶，听到有人上楼，都回过头来。

“这是Q小姐、Z先生。”棒球帽为他们逐一介绍。Z先生是一个30多岁的男子，戴着眼镜，颇有些书卷气。Q小姐是唯一一个坐在小凳子上的人，衣着随意，看不出具体年龄。

“姜律师我就不用介绍了吧。不过在这里我们都叫他J先生。”姜德先笑着挥挥手，示意罗家海坐下。此时，楼下的灯一一熄灭，高大男子也几步跨上楼来，他把楼梯两侧的木板横拉过来，完全挡住了楼梯。这样，楼上成了一个完全封闭的空间。

“这是H先生。”H先生朝罗家海友善地笑笑。

罗家海忍不住问道：“那你呢？”

“我？”棒球帽摘下帽子，露出五颜六色的头发，“你可以叫我T先生。”

罗家海坐在一群名字怪异的人中间，气氛一时有些沉闷。Q小姐给他倒了一杯茶，罗家海道谢后端到嘴边，犹豫了一下却没敢喝。大家哈哈笑起来。

“还是先给他看看资料吧。”Z先生对姜德先说。

姜德先从方桌下取出一个资料袋，递给罗家海。

里面是一些打印着文字的纸张和照片，罗家海逐页慢慢地看，眉头越皱越紧，翻阅的速度也越来越快。看完后，又拿出第一张纸，死死地盯住。片刻，他抬起头，嘴唇打着哆嗦：

“教化场？”

第十二章

痕

杨锦程背靠在宽大的靠椅上，捧着一本厚厚的《表达性心理治疗和心理剧国际研讨会论文集》。下午的阳光静静地泼洒进来，被光可鉴人的红木地板反射，又转成了暖暖的温度。

门被轻轻地敲响，杨锦程摘下眼镜，回到桌前："请进。"

助理陈哲走进来，把一把车钥匙小心地放在桌面上。

"杨主任，车修好了。"

"嗯，谢谢。"杨锦程起身去拿挂在衣架上的西服外套，"花了多少钱？"

"不用了。"陈哲垂着手，毕恭毕敬地站着，"我已经把发票交给会计，走研究所的账了。"

"那怎么行？这是两回事。"杨锦程皱皱眉头，"一会儿我去找会计吧。"

陈哲有些尴尬："杨主任真是廉洁奉公。"

杨锦程摆摆手："应该的。"陈哲的脸红了，杨锦程笑笑："你的好意我心领了，下不为例。"

陈哲正要说话，桌上的电话突然响了。

"你好……我是……哦，石老师，你好……"杨锦程拿着听筒，看了陈哲一眼。陈哲立刻点点头："主任我先走了。"

说罢，他就转身走出了主任办公室，又小心地把门关好。

5分钟后，已经换下白大褂，穿着笔挺西服的杨锦程走出主任办公室，跟行政办公室主任简单嘱咐了几句后，就去了地下停车场。一路上不断有人跟他鞠躬、打招呼，杨锦程始终面露微笑，步履从容。

打开车锁后，杨锦程特意看了一眼车门，光可鉴人的车门上毫无瑕疵，那道丑陋的划痕已经无影无踪。杨锦程满意地点点头，拉开车门坐了进去。

半小时后，长盛小学的教务长办公室里，杨锦程和胖胖的女教务长相对而坐，杨展站在墙角，面朝墙壁，不时伸手去抠墙上的一小块墙皮。

“事情就是这样，好在被打的学生伤得不重，家长也表示不追究了。不过我们有责任通知您这件事，希望您能回去对杨展适当管教，避免类似事件再次发生。”女教务长在气宇轩昂的杨锦程面前显得有些拘谨，一点也不像在其他家长面前那样冷硬刻板。

“您批评得对，孩子不听话，主要责任在我——你放老实点！”女教务长被吓了一跳，杨锦程急忙解释，“对不起我不是说您。杨展，你把手给我放下！”

杨展没有立刻停手，而是加快速度又抠了几下，“哗啦”，一大块墙皮应声而落。

杨锦程气得七窍生烟，教务长急忙打圆场：“这孩子确实不错，就是有点——我行我素。”

杨展安静地蜷缩在后座上，目光依次扫过街边的店铺，透过车窗，外面的一切呈现出一种奇怪的灰蓝色，像一部色彩单调的老电影。

“为什么打人？”杨锦程问道。

杨展看看后视镜，父亲正用一种严厉的目光盯着自己，他扭过头去，一言不发。

杨锦程重重地叹了口气，专心开车。

路过一家肯德基餐厅的时候，杨锦程减慢了车速：“吃中午饭了么？”

杨展没有回头，只是两个嘴角开始向下撇，渐渐地，眼泪成串地落下来。

杨锦程把车停在路边，片刻，阴着脸拎着一个大纸袋回来了。他把纸袋扔给杨展，杨展迫不及待地打开大嚼起来，弄得后座上到处都是食物碎屑。杨锦程从后视镜里看到儿子的吃相，小声咒骂了一句。

“真他妈不给老子长脸。”他从纸巾盒里抽出几张面巾纸抛向后面，

“擦擦你的嘴和手！”

杨展很快就吃饱了，他把那个纸袋小心地封好，布满油渍和沙拉酱的脸上又恢复了冷漠的表情。

杨锦程并没有直接回家，而是先去了智·苑小区的保安室。十几分钟后，杨锦程走了出来，身后跟着点头哈腰的保安队长。

“杨先生，您放心，我们一定抓住那个划车的凶手！”他把“凶手”这两个字咬得格外重，一副同仇敌忾的样子。

杨锦程带着儿子回到家，一进门，杨展就扒掉鞋子，钻进自己的房间里。杨锦程本来还打算好好盘问一下杨展，听到杨展的卧室门锁“咔嗒”一声锁死了，站在原地发了半天愣，一股气憋在胸口出不来，只能悻悻地吼了一句：“我去上班，你在家里给我老老实实地待着！”

杨展背着书包坐在小床上，听到父亲的吼叫，轻轻地笑了笑。确认父亲已经离开后，杨展放下书包，一头钻进床底，掏出那个小铁盒，把一直攥在手里的那个纸袋里的食物统统倒进去。做完这一切，他满意地拍拍身上的灰尘，打开门去客厅看电视了。

杨锦程再回来时已经是深夜。客厅里漆黑一片，儿子卧室的门缝里也见不到一丝光亮。杨锦程转动一下门把手，锁住的。他轻手轻脚地走回自己的书房，先打开电脑，然后换上家居服，煮了一杯浓浓的咖啡。墙上的时钟指向23点30分，他坐到电脑前，登录自己的电子邮箱，当看到收件箱里有一封新邮件的时候，杨锦程轻轻地笑了笑。大约一小时后，杨锦程关掉电脑，洗漱完毕后上床睡觉。

直到父亲的房间里传出平稳、均匀的鼾声后，杨展才让自己的耳朵离开了房门。他还穿着白天的衣服，丝毫没有上床睡觉的样子。

杨展站在门旁，小心翼翼地拧开门锁，那“咔嗒”一声似乎让他自己也吓了一跳。他没有马上开门，静静地站了一会儿，直到确信父亲并没有被惊醒后才拉开房门。

他蹑手蹑脚地穿过客厅，悄无声息地换上运动鞋，紧张的情绪让他做完这一切后已经有些气喘。杨展站在门前平复了一下自己的呼吸，慢慢地打开门出去了。

走廊里的温度比家里要低得多，杨展却感到十分畅快。他沿着楼梯缓缓而下，下了两层后就加快了脚步。声控灯在孩子欢快的脚步中被逐层点亮，一栋死气沉沉的楼仿佛瞬间就焕发了生机。

杨展直接去了地下停车场。夜色中，大大的停车场入口宛如从地底延伸而出的一张血盆大口。刚走到门前，阴冷潮湿的空气就扑面而来。杨展疾步走下去，对那些摄像头视而不见。停车场里并没有因为杨锦程的投诉而加派人手巡逻，值班室里漆黑一片，想必值班的保安员早就熟睡过去。杨展走过那些颜色、款式各异的汽车，径直走到一台银灰色本田轿车旁。他蹲在一侧车门前，伸手抚摸着光亮如新的漆面，脸上的表情似笑非笑，而那似是而非的笑容并没有持续多久，很快，孩子的手上就多了一把钥匙。

他捏着钥匙，在车门上用力地划下去。

第十三章

Q 小姐的故事

那件事发生的时候，我19岁，正在读高中。同大多数女孩子一样，19正是一个充满幻想的年龄。我喜欢一切美好的事物：花花草草、夏天、美丽的裙子、冰淇淋。我有很爱我的爸爸妈妈。我知道以我的成绩会考上一所很不错的大学，在大学里认识一个高大帅气的男生，然后结婚……我不相信这个世界上会有坏人。

房间里拉着厚厚的窗帘，一盏小小的地灯在屋角放射出微弱的光芒。房间里很静，除了Q小姐仿佛梦呓般的声音外，只能听见墙上的空调机在沉闷地运转。

地毯已经被卷起，摆放在屋子的一角。H先生和罗家海、T先生和姜德先分别坐在低垂着头的Q小姐的两边，Z先生坐在Q小姐的对面，六个人形成一个小小的圈子。

那是一天下午，我和同学相伴去重庆路买衣服。回家的时候已经是下午6点多了，天色有点暗。我和同学每人买了一支冰淇淋，边走边吃。街上人很多，很热闹，马路两旁的商店里人来人往……

Z先生悄悄地打开了身边的一台迷你音响，顿时，一阵嘈杂声灌满室内。从那些混乱的声音中，依稀可辨汽车的鸣笛、商场门口播放的流行音乐、叫卖声和行人的交谈，刹那间，五个人仿佛置身于闹市的街头。

Q小姐颤抖了一下，旋即用手捂住了脸。H先生起身走到屋角，从一个小冰柜里取出一个圆筒冰淇淋，又走到Q小姐的身边，轻轻地拍了拍她的肩膀。

“放松些，Q。”他拿掉Q小姐捂在脸上的手，把冰淇淋塞进她的手里。

“咬一口，Q，”Z先生上体微微前倾，温柔地对Q小姐说，“我们都

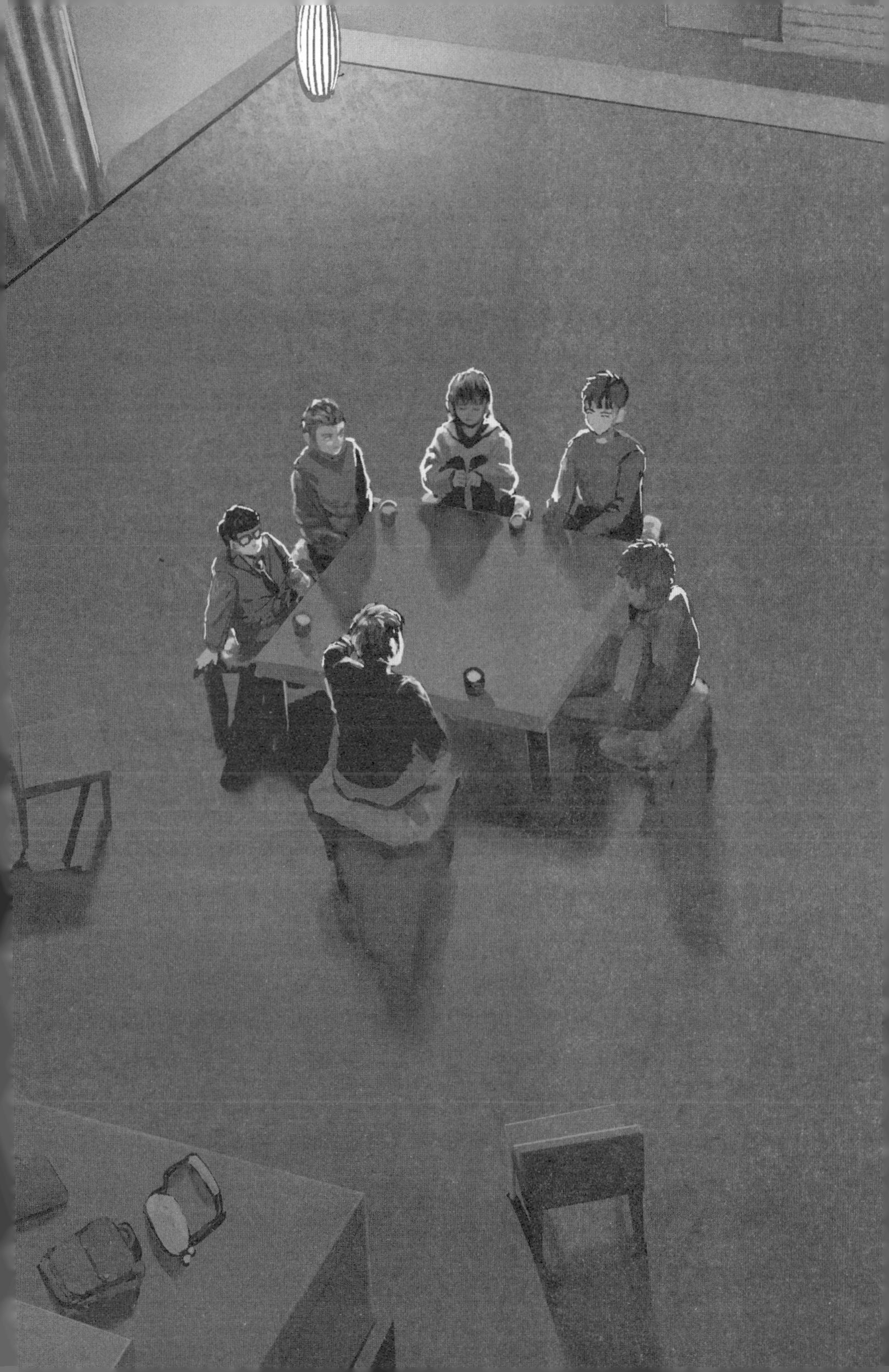

在，抬起头来好么？”

足足半分钟后，Q小姐才平静下来，她抬起头，苍白的脸上泪痕交错。她似乎很抱歉地冲大家笑笑，咬了一口已经开始融化的冰淇淋。

在某一个商场门口，一只巨大的玩具熊正在手舞足蹈地向路人发放产品宣传单。我们觉得很好玩，就站在那里看热闹。我当时想，大热的天，那个广告人穿着这么厚的毛绒外套，多辛苦呀。那只熊注意到了我们，摇摇晃晃地走过来，大张着双臂要拥抱我们。同学咯咯笑着躲开了。我们都以为他在开玩笑，可是他突然转向我，死死地抱住了我。我吓了一大跳，开始拼命挣扎，可是他越抱越紧，那张憨态可掬的脸也变得凶狠狰狞，我甚至觉得这只熊想咬我。撕扯的过程持续了几秒钟还是几分钟我已经记不得了，只记得我终于挣脱出来的时候，衬衫的扣子已经全部崩开了……所有人都在看着我……

Q小姐又低下头，哽咽起来，手中的冰淇淋“啪嗒”一声落在地上。

Z先生凝视着Q小姐，轻声说：“继续。”

Q小姐拼命地摇头：“不！不！我害怕！”

Z先生没有坚持，而是做了一个手势，示意大家都转过身去，不要再盯着Q小姐看。

这让Q小姐的情绪稍稍平复了一些，又过了几分钟，她的哭声渐渐停止。

“对不起，刚才你们都看着我，让我想起那天所有人都目睹了我裸露的上身。”Q小姐的声音仍然带着浓重的鼻音，但是听上去坚强多了，“谢谢大家，我们继续吧。”

我哭着跑回家，整整病了一个星期。同学们来看我，一个不明真相的好朋友带来了一个大大的毛绒玩具，我一看见它就昏了过去。一个月后，我参加了高考，成绩可想而知。然而这不是最糟糕的，我发现我再也无法碰触任何毛绒物品，有时仅仅看见毛绒物品都会让我产生非常强烈的反应。我原以为这种情况会随着时间的流逝而慢慢消退，可是一直到我上大学以后，它还是如影随形，而且愈演愈烈。我甚至连毛衣都不能穿了，似乎毛衣随时都可能勒住我的脖子，让我窒息。你们都知道，大学女生宿舍里最多的东西就是毛绒玩具。我记得有一次，对铺的女生的男友送了她一个大大的毛绒玩具熊，她喜滋滋地摆在床头。可那玩意儿对我而言就是一个灾难。我无法形容当时的情景：下了自习，我推开宿舍的门，一个淡黄色的毛绒玩具熊就坐在床上，冲我凶狠地咧着嘴……我的腿当时就软了……

Q小姐又发起抖来，原本平放在地板上的脚也蜷起来，似乎想把自己缩成一小团。

"你看到的玩具熊——是有表情的？"姜德先轻轻地问道。

"是的。"Q小姐点点头，"其实我心里清楚那只是一个错觉，玩具熊是不可能有表情的，即使有，也是憨态可掬的——就像我19岁之前看到的那样。可我每次看到类似的东西，都会有一种非常强烈的感觉……"

T先生扫了一眼放在墙角的毛绒地毯，问道："什么感觉？"

Q小姐不安地扭动了几下，抬头看了看周围仍旧背对着她的同伴们，低声说："羞耻。"

"羞耻？"

"对。"Q小姐的目光空洞地投向前方，"就好像——所有的人都在看着我，而我，赤身裸体。"

说完这句话，Q小姐再也无法控制自己的情绪，失声痛哭起来。

T先生从椅子上站起身来，似乎想过去安慰她，可是又不确定自己这么做是否合适，扭头看了看Z先生。Z先生点了点头，抬手关掉了音响。

所有人都围在Q小姐身边，拉着她的手，抚摸着她的头发，轻声说一些安慰的话。Q小姐紧紧地拉着T先生的手，毫无顾忌地哭着。等到她渐渐平静下来，Z先生说道："Q，你很勇敢。"

"谢谢。"Q小姐揩着眼角，"也谢谢你们大家。"

五个男人彼此你看我，我看你，都微笑起来。

"我们一定都会好起来。"Q小姐双手握拳，重重地落在自己的膝盖上，"一定。"

第十四章

伤痛的演出（一）

方木背靠在椅子上，边吸烟边看着对面墙上的写字板。那上面贴满了大大小小的照片，人物都是罗家海。

从目前的戒严情况来看，罗家海逃离本市的可能性几乎为零，而且种种迹象表明，他压根儿就没有尝试过要离开C市。那么他一定就隐藏在这个城市的某个角落里。问题是：他为什么越狱，又为什么要留在这里？

方木拿起笔，在面前的笔记本上又画了一个圈，层层叠叠的圆圈里，那两个字显得更加醒目：复仇。

罗家海越狱后的几天里，方木曾对自己的判断产生了动摇。但是随着大量资料的收集以及反复分析，方木还是坚信自己对罗家海的某些结论是准确的。例如，他对沈湘的爱。也许，这就是罗家海越狱的动机。

罗家海是一个报复心极强的人。那么，他选择越狱，并留在沈湘的故乡——C市，就绝不仅仅是为了寻找机会再次逃离。当年沈湘遭遇强暴的地点就在C市，他会不会去寻找那个强暴沈湘的人？

方木摇摇头。如果他真这么做，那可太傻了。此案当年没有立案，当事人沈湘也已经死了。在毫无线索的情况下，想找到一个十多年前的强奸犯，无异于大海捞针。除非……

除非有人帮助他。

方木在笔记本上又写了三个字：姜德先。

办公室的门突然被推开，边平探进半个身子。

"来，有点事需要你帮忙。"

方木跟着边平上楼，径直去了顶楼的小会议室。里面已经有一个身着深色西装的男子在等候，他们刚刚坐下，另外两个心理研究室的同事也到了。

边平为西装男子作了简单的介绍："这是我市心理研究所的主任杨锦

程博士，知名心理学专家。”

杨锦程略欠身，微微颔首：“请大家多指教。”

边平挥挥手：“杨主任，您太客气了，今天与其说是我们帮您的忙，还不如说是您给我们提供一次学习的机会。”他把桌子上的一沓文件夹分发下去：“大家先看看资料。”

方木翻开手里的文件夹，一份简历首先映入他的眼帘：“鲁旭？”

“对。”边平看看方木，“鲁旭就是连环车祸那天受伤的骑警。在治疗期间，鲁旭出现了强烈的情绪波动，主要表现为睡眠障碍、易怒、个人认同感降低，等等。经有关专家确诊，鲁旭患了创伤后压力障碍症。”

一个同事小声念道：“Post-traumatic stress disorder。”

“是的。”边平扫视了一下大家，语气变得沉重，“患者是我们自己的兄弟，所以我要求大家一定要全力配合杨主任，让鲁旭早日摆脱心理疾患。”说完，他把头转向杨锦程。

杨锦程笑笑，不紧不慢地说道：“我是接受了市医院以及省公安厅的委托，前来为鲁旭警官提供一些帮助的。说到创伤后压力障碍症，我们都习惯将其称之为PTSD，是指由于某种突发的威胁性或灾难性心理创伤，而导致延迟出现和长期持续的精神障碍。就我本人而言，我对这个课题十分感兴趣，也进行了一番研究。如果能帮助鲁旭警官的话，我也会深感欣慰。当然，你们都是心理学方面的专家，在很大程度上，还要仰仗你们的协助。”

一番话说得既专业又低调，谦虚中流露出一种大家风范。

方木知道边平故意没有提到“越狱”“失枪”之类的字眼，而自己忙于追捕罗家海，也的确对这名受伤的警察疏于关注，愧疚感油然而生。

“那么，我们该做些什么？”方木问道。

“对PTSD的治疗是一个循序渐进的过程。如果各位允许我主导的话，我会为大家在各个阶段安排不同的任务。”杨锦程表情轻松，“第一个阶段需要做的就是陪鲁旭警官聊天，帮他平衡情绪，实现警觉和放松的适当调配——我们可以称之为暖身。”

方木脱口而出：“心理剧？”

“对。”杨锦程的表情有些惊讶，他打量了方木几眼，转头对边平说，“呵呵，我以为警队里的心理专家们都是研究罪犯为何犯罪，原来你们也研究治疗。”

边平笑笑，面现自得之色。方木的脸有些红，内心却兴奋起来。心理剧是治疗创伤后压力障碍症的团体心理治疗方法之一。近一个世纪以来，通过“重新演出”和“宣泄”，辅以“仪式”和“叙事”，心理剧已经成功地被应用在各种受创伤个案中，但由于其复杂性、戏剧性和对治疗师指导能力的较高要求，心理剧并未在国内的PTSD治疗中得到广泛应用。如果杨博士精通心理剧的话，也许鲁旭的病就有治愈的希望。

半小时后，大家围坐在另一个小会客室里，中间的软垫椅子上，仍戴着脖套的鲁旭局促不安地坐着。听完边平处长的介绍，得知身边的大多数人都是警察后，他稍稍放松了一些。

“鲁警官，”杨锦程坐在他的对面，笑眯眯地看着他，“能聊聊那天的事情么？”

相同的事情，在这个城市的另一个角落发生着。

房间里忙碌异常，只有Q小姐坐在一把椅子上，看着Z先生领着其他人来回布置。大家每做一件事，都要征求Q小姐的意见或者看看她的脸色。于是，灯光被调成接近黄昏的亮度；空调升至28℃；房间的一角立起了一个屏风，罗家海拎着一大包东西躲到后面；毛绒地毯被展开，之后又被卷起立在墙角。

“那么……”所有的工作完成后，Z先生走到Q小姐面前，俯身问道：“……你选择谁来扮演你？”

Q小姐指指T先生：“他。”

T先生马上脱掉外套，拿起搭在屏风上的一件白色衬衫，刚穿在身上，就听见Q小姐又叫了起来。

“不。”她咬咬嘴唇，仿佛下了很大的决心，“还是我自己来吧。”

“你确定？”Z先生凝视着Q小姐的眼睛。

“是的。”Q小姐的声音有些颤抖。Z先生笑笑，伸手抚摸了一下她的头发，“好，你是个勇敢的姑娘。”

Q小姐站起来，慢慢地走到房间中央。她的右手紧紧抓住自己的衣领，仿佛那里随时会敞开，露出雪白的胸口。她死死地盯着屏风，呼吸急促，似乎对那后面的东西既恐惧，又期待。

Z先生作了一个手势，示意大家都转过身去。每个人都照做了。Q小姐注意到了这一点，局促不安地站了几秒钟，低声说：“你们……都面向我吧。”

Z先生的脸上露出笑容：“很好。Q，这是一个很好的开始。”

Q小姐的目光依次扫过房间里的人，深吸了一口气：“T，你扮演我的同学好么？”

T先生做了个鬼脸：“荣幸之至。”

舞台布置已经完成，道具已经就绪，演员也将情绪调整完毕。一场戏剧即将开演。

Z先生按下音响的开关。

混杂了各种声响的嘈杂声立刻充满了整个房间，所有人再次回到了热闹的街头。

本该慢慢走来的Q小姐却在嘈杂声中迟疑了，她一只手上拿着一支冰淇淋，另一只手上提着两个装得满满的购物袋，全身僵直地盯着屏风，眼中渐渐盈满泪水。

扮演行人的姜德先和H先生已经走了两个来回，Q小姐还是站在原地不动。T先生有些焦急地望向Z先生。Z先生不动声色地看着Q小姐，低声说："Q，我们最好不要停下来，好么？"Q小姐仍旧盯着屏风，喉咙里咯咯作响，可是她显然听到了Z先生的话，长长的睫毛忽闪了几下。

终于，Q小姐颤抖着迈出了第一步。

几乎是同时，屏风后走出了一只浑身黄色绒毛、巨大无比的玩具熊。

不仅是Q小姐，所有的人都感到毛骨悚然。那实在是一幅诡异的画面：渐暗的街头，步履蹒跚的巨熊慢慢逼近纤弱的女孩。那张毛茸茸的脸上渐渐裂开一张大嘴，黑扣子般的眼睛也一点点拉长、上挑，仿佛发怒的玩具熊正在冲女孩张开双臂……

Q小姐大叫一声，直挺挺地向后仰倒。

几分钟后，她才悠悠醒转，第一眼看到的是T先生焦急的脸，然后是姜德先、H先生和Z先生。没看到那张狰狞的熊脸，Q小姐略略心安。喝下半杯水后，Q小姐挣扎着要站起来。

"继续。"

Z先生看着她的眼睛："你确定么，Q？"

"我确定。"Q小姐把头转向T先生。

"准备好了么？"T先生有些为难地看着Z先生。

"如果你觉得不舒服，我们可以改天……"

"继续！"Q小姐突然提高了音量。大家都吓了一跳，房间里一下子静下来。

片刻，Q小姐哆哆嗦嗦地站起来，颤抖着抹平衣服上的皱褶。

"昨天，我和经理去签约。对方送了两个毛绒吉祥物作纪念品……"

她艰难地说，“你们知道……当时……我有多尴尬么？”

Z深吸一口气，挥挥手：“重来！”

第一个场景：Q小姐与玩具熊再次默然相对。她依旧抖得厉害，但是已经能够直视那张毛茸茸的脸。

第二个场景：巨大的玩具熊张开双臂，死死地抱住了Q小姐，Q小姐拼命挣扎，手里的东西噼里啪啦地落了一地。她的外套已经全部敞开。行人H先生和姜德先在他们的身边来回穿梭，目不斜视。

Z先生：“Q，并没有人看着你，一切只是你的错觉。”

Q小姐挣扎得越发激烈。

第三个场景：Q小姐依旧在挣扎，巨大的玩具熊已经无法全然控制她，很快，Q小姐的一只胳膊已经挣脱出来。

Z先生：“不要怕，Q，他们就是要你恐惧，然后记录你的恐惧。能让他们顺利得逞么？”

Q小姐：“不！”

她的表情越发愤怒，另一只胳膊也脱离了玩具熊的控制，转眼间，Q小姐已经气喘吁吁地，和玩具熊面对面挺立着。

Z先生：“打倒它！Q，打倒它！！”

话音未落，Q小姐已经挥拳打去，玩具熊连连退后，似乎连招架的本事都没有了。Q小姐则紧追不舍，终于把玩具熊逼到了屏风那里。

“啊——”Q小姐突然发力，双手向前推去。

玩具熊和屏风一起轰然倒地。

半小时后，房间里已经恢复了整洁，厚厚的地毯重新铺就，大家围坐在小方桌前喝茶。

Q小姐依旧坐在凳子上，不过情绪已经恢复正常。她挽好头发，又给罗家海倒了一杯茶。后者正在揉下巴。

“对不起，L。”她有些歉疚地看着罗家海。

“没事。”罗家海放下手，刚才揉过的地方还有一片红肿，“你还真有劲儿。”

大家笑起来，T先生把手搭在罗家海的肩膀上，用力搂了一下。

Z先生看看Q小姐小心翼翼地戳在地毯上的脚尖，呷了口茶，慢慢地说：“还有件事要做。”

所有人都静下来。Q小姐的手更是一抖，半杯茶都泼洒在桌面上。

“一定要这么做么？”她低声问。

“对。我们都要彻底摆脱过去，”Z先生的声音虽低，但是不容辩驳，“这就是我们聚在一起的理由。”

他从怀里拿出一个文件夹，从中抽出一张照片放在桌子上。照片里，一个衣着普通的男子站在公交车站牌下，无所事事地吸着烟。

他向左右两边伸出手，其他人也一样，于是，六个人连成了一个圈。每个人的目光都盯着照片里的男子。如果目光有温度的话，恐怕他早已化为灰烬了。

第十五章

伤痛的演出（二）

孩子手扶栏杆，把小脸尽量嵌在两条栏杆中间，眼巴巴地看着院子里嬉戏追逐的孩子们。他们在尖叫，大笑，孩子也莫名其妙地受了感染，跟着笑起来。由于脖子转动的角度有限，他没注意到在他的右侧，一个女孩正贴着栏杆，向他慢慢靠近。

“你好。”

孩子吓了一跳，急忙缩回头去，肮脏的脸蛋上留下两条长长的红印。看清是个面带微笑的女孩，孩子刚刚迈动的脚步又停了下来，难为情地低下了头。

女孩在他面前蹲下来：“你叫什么名字？”

孩子低着头，两手扶着栏杆不说话。

忽然，一只手抚上了他的脸蛋，在那条红印上慢慢揉搓。孩子本能地想躲开，可是感到那只手的温度和细腻，只是稍微偏了一下头，就乖乖地不动了。

“我叫廖亚凡。你呢？”女孩有雪白的牙齿和清亮的眼睛，孩子抬起头，又低下去：“我叫贺京。”

“你怎么不回家呢？”

“不想回家。”孩子隔了半晌才回答，“家里不好。”

“傻瓜。”廖亚凡摸摸他的头，“家才是最好的地方。”

“我家里没有人陪我玩。”他抬头看看院子里玩得热火朝天的孩子们，“不像你家里，这么热闹。”

“家？”廖亚凡的表情骤然阴沉下来，她扭头望着天使堂的小楼与院落，在越来越深的暮色中，混合着飘浮其中的炊烟，无端地生出一种烦躁之感，就好像摸到了久未擦洗的锅台，一手的油腻与陈旧。

“那不是我的家。”廖亚凡叹口气，再回过头，孩子不见了踪影。站起身来再看，孩子已经跑过了一条街，肩上的书包上下耸动，与小小的身子相比，它实在是太大了。

“你认识他？”方木不知什么时候来到了围栏边。

廖亚凡急忙说：“方叔叔好。”

方木点点头，眯起眼睛看着孩子越来越模糊的背影：“这孩子又来了？”

“嗯，他总在墙外转来转去的。”廖亚凡和方木一墙之隔，也看着孩子消失的方向，“他叫贺京。”

“嗯？”方木笑笑，“他不叫贺京。”

廖亚凡惊讶地挑起眉毛，似乎想开口问个究竟，却看到方木已经沿着围栏向大门走去，只好闷闷不乐地回到院子里。

方木带来了一些孩子穿的秋衣，其中一个袋子里装着簇新的时髦衣裤，不用说，是单独给廖亚凡准备的。周老师对方木的来访有些意外，把衣服交给赵大姐，又嘱咐了几句后，就和方木到院子里散步。

天气越来越冷了，院子里已是一片枯黄。想起夏日里郁郁葱葱的天使堂，眼前的一切竟有些萧疏破败之感。带给方木这种感觉的不仅是面前的景物，身还有边的老人。

仅仅月余未见，周老师就苍老了许多。人更加佝偻，头发也稀疏了不少。他们绕着花坛一圈圈地走，沉默地吸着烟，周老师不时大声地咳嗽，这声音在暮色中显得格外刺耳，在院子里玩耍的孩子们不约而同地安静起来，最后一个跟着一个溜进了小楼里。

周老师没有注意到身边的孩子们，在全神贯注地绕圈。吸完两支烟，他突然问道：“案子怎么样了？”

方木一时有些没反应过来：“什么案子？”

“越狱那个。”

方木叹了口气：“没什么进展。”他看看周老师紧锁的眉头，急忙又加了一句：“您老先生可别跟着我操心啊，让您操心的事情已经够多了。”

周老师挤出一丝微笑：“我就是随便问问。”然后又是沉默。

“如果抓住了那孩子，会判死刑么？”绕了若干圈后，周老师又开口问道。

方木犹豫了一下：“会。仅一个故意杀人罪就够了，再加上其他罪名……”

周老师长叹一声：“作孽啊。”

“没办法。”方木摇摇头，“自己做错的事情，就要负责。”

夜色中，周老师的身子好像抖了一下，片刻之后又是一声叹息。

方木察觉到周老师有心事，刚想问问，就听见赵大姐响亮的声音：“老周，小方，开饭了。”

他们应了一声，一起往小楼走去。走到门口的时候，周老师问道：“那个女孩子——叫沈湘那个——安葬在哪里了？”

方木想了想：“骨灰好像在龙峰墓园。她父母给她买了块墓地。”

“嗯。”周老师推推方木，“快吃饭吧。”

吃过晚饭，周老师还是一副郁郁寡欢的样子，方木觉得不便多留，就告辞了。路过赵大姐的房间，门开着，房间里却没有人。方木走过几步，又退回来，站在门口看着赵大姐儿子的遗像。

一个8岁的孩子，选择自杀来结束自己的生命，究竟是什么让他无法承受？

楼上还依稀可辨孩子们的打闹声，方木不知道那些被遗弃的生命和镜框中的孩子相比，究竟是谁更幸运些。

他走到桌前，拿起一束香点燃，又插进香炉里。

“谢谢你，小方。”

方木回过头，赵大姐倚在门框上，目光柔和地盯着镜框。和白天风风火火的干练妇女不同，现在的赵大姐更像一个疲惫而幸福的母亲。

“维维，是方叔叔来看你了。”赵大姐步履轻飘地走过来，伸手在相框上抚摸着，仿佛在抚摸孩子细嫩的脸庞。

“他会感谢你的。”赵大姐回头冲方木一笑，“维维是懂事的好孩子。”

方木的鼻子一酸，低声说：“赵大姐，别难过，好好保重身体。”

“我不难过。”赵大姐平静地说，“我的儿子一定会回来的。”

鲁旭，男，25岁，大学本科，职业为警察，编号C09748，未婚。患者外在表现：睡眠障碍、易怒、自卑、交往障碍及性功能障碍。

既往生活史与当前生活情境：患者家庭生活正常，父母为国有企业工人，从小品学兼优。从中国刑事警察学院毕业后，加入公安队伍。由于其工作踏实认真，颇受领导和同事的好评，并在半年前被授予二级警司警衔。一个半月前，患者奉命围捕一名越狱在逃犯，在追捕的过程中，由于突发车祸而受伤，同时，患者的佩枪也在事故中丢失。车祸致使患者轻度脑震荡、颈椎挫伤并伴有身体多处软组织挫伤，经治疗已基本痊愈。但患者伤后表现出较强烈的情绪波动：长时间无法入睡，即使服用镇静药物也无济于事；易怒，并伴有毁物等暴力行为；个人认同感降低，无法建立自信；与同事及家人无法正常沟通，总觉得其他人在谈论事故并蔑视他；患者自述与女友无法正常发生性行为，勃起障碍，并“总觉得身体已经残缺”。

心理社会发展史：先前因素：患者在普通家庭成长，依靠个人努力考取大学并成为一名国家公务员，因此患者是家庭的骄傲和希望所在，患者本人也积极上进，盼望借此可以改变家族的命运。同时，患者从小接受的教育情况良好，自尊心强，加入公安队伍后，对警察的身份抱有极高的职业荣誉感。

促使因素：在围捕罪犯过程中由于意外负伤，未能完成任务，并丢失佩枪。患者在心理上无法接受失败，形成精神创伤。

专家评估与建议治疗手段：患者的症状符合创伤后压力障碍症，建议采用心理剧进行治疗。具体步骤如下。

阶段Ⅰ：准备。包括安全保证、评估及确立治疗关系。

阶段Ⅱ：停止不安全感及自我确认的丧失。

阶段Ⅲ：创伤场景的重新组织。控制创伤压力的效应，并且将其整合到个人的一致系统中。

阶段Ⅳ：与真实世界的重新联结，重新定义创伤对受害者和世界所造成的后果。必要时，介入新的治疗议题。

方木赤裸上身，边擦汗边回忆杨锦程为鲁旭制订的治疗计划。在阶段Ⅱ中，杨锦程加入了一个行动的环节：搏击和射击练习。很明显，他希望通过这两项练习恢复鲁旭对身体控制的感觉以及增强个人认同感。让方木感觉郁闷的是，杨锦程选择他陪同鲁旭练习。最初方木还以为是因为他对心理剧有所了解，来到搏击训练馆，看见一身腱子肉的鲁旭，再看看自己干巴巴的胸膛，方木才意识到自己就是鲁旭恢复自信的参照物。

汗水、沙袋、绷带和拳击手套似乎是最让鲁旭感到亲切的东西。他已经摘去了脖套，小心翼翼地活动了一会儿之后，就放开手脚练起来。他打得很投入，也很卖力，似乎对自己的身体十分满意又充满惊喜，方木已经气喘如牛了，鲁旭还意犹未尽，最后提议和方木一对一练习。方木想了想，心一横答应了。当他第五次躺在垫子上的时候，不无悲愤地想，再这样下去你是痊愈了，我可要得PTSD了。

训练结束后，杨锦程对鲁旭表现出来的精神状态十分满意。目睹了整个训练过程的边平则始终在捂嘴偷笑，还不等方木开口，就小声说：“算工伤，算工伤。”鲁旭似乎也有些不好意思，一直对方木善意地笑。方木一边活动着酸疼的下巴，一边伸出拇指和食指。

“下次好好较量一番射击。”

提到枪，鲁旭的脸色微微一变。杨锦程不失时机地插了一句："今天就到这儿吧，大家都回去好好休息。"

送走鲁旭，边平问杨锦程："今天不进行射击练习了？"

杨锦程点点头："嗯。你们刚才也看到了，他还是不愿意回忆和面对失枪的事实。这意味着他依然处在心理的过度觉醒状态之下。慢慢来吧，循序渐进才会收到好的治疗效果，边处长，我建议再安排几次搏击训练。鲁警官的身体缺失感已经得到缓解，最好再强化、巩固一下。不过，"他扭头看看方木，笑着说，"下次安排别人吧，我看这位同志坚持不了啦。"

方木也忍不住笑了。

另一场戏。

路边餐厅的二楼上，六个人站成一个圈，他们中间的水泥地面上躺着一只硕大的玩具熊。熊的头部已经被摘去，脖子上方是一颗满是鲜血的头颅。这是个男子，他的手脚被缚，口、眼也都被胶带封住，只能蜷缩在地上，痛苦地发出"呜呜"的呻吟声。

六个人都冷漠地看着他，好像那只是即将被摆上祭坛的贡品。男子的声音越来越微弱，似乎快要窒息了，H先生蹲下身子，一把扯掉他嘴上的胶带。

男子呼出一口长气，随后就剧烈地咳嗽起来，还没等呼吸平复，他就迫不及待地叫起来："对不起……放过我吧……我只知道那是个试验……我没有恶意……"

不知是因为恐惧还是内疚，男子呜咽起来："那是个意外……我没想过要伤害那女孩……"

Q小姐的身子晃了一下，站在旁边的T先生急忙扶住她。

Z先生看看手表，起身从墙角的柜子里摸出一样东西，又塞到Q小姐手里。

是一把锤子。

“来吧，Q，彻底消灭它。”Z先生轻轻地说，“彻底消灭你的梦魇。”

Q小姐表情木然地接过锤子，久久地盯着它，似乎那是她从未见过的一样东西。

“Q，消灭它。然后你就会好起来，永远摆脱它。”Z先生把手搭在T先生的肩膀上，“就像T那样。”

Q小姐扭头看着T先生，T先生迎着她的目光，微微颔首。这动作好像给了Q小姐一些勇气，她拎起锤子走到男子身边，又蹲下去，一把扯下了男子眼上的胶带。

男子的脸抽动了一下，眼睛并没有马上睁开，用力挤了几下之后，才缓缓张开一条缝。当他看清眼前那把乌黑沉重的锤子，顿时惊恐万状地挣扎起来。

Q小姐看着男子，呼吸逐渐沉重，眼中也慢慢盈满泪水。

男子的目光从锤子移到Q小姐的脸上，有那么几秒钟，他停止了挣扎，似乎在那张脸上拼命辨认着。

“是你？”两行泪水从男子的脸上滑落，“对不起……我不是有意的……求求你……放过我……”

Q小姐开始大声抽泣，她死死盯住那张让她刻骨仇恨的脸，慢慢举起手中的锤子。

男子死命扭动着，眼盯着高高扬起的锤子，一句话也说不出来。

忽然，Q小姐闭上眼睛，右手无力地垂下，锤子“咣当”一声落在水泥地面上。

“我做不到……”

Z先生皱起眉头，但是他显然已经预见到了这一幕，扭头看了T先生一眼。T先生马上上前一步，捡起落在地上的锤子，对准男子的头用力砸了下去。

咚。

深夜。一家小烧烤店迎来了一批狂欢的客人，五男一女。他们一副极度亢奋的样子，在小包间里又叫又闹，那个女子似乎是狂欢的主角，她的笑声尤为刺耳。

这是店里最后一批客人，老板在柜台后哈欠连天地算账，心想，什么事这么高兴啊？

他们直到天色微明才驾驶着一辆白色面包车离开。

Q小姐已经躺在后座上睡着了，她的脸贴在毛绒靠垫上，不时发出轻轻的呢喃。没有人说话。汽车从那些孤零零的路灯边飞驰而过，每个人的脸上都不断变换着明暗相间的表情，好像都是本领高强的变脸艺人。始终躺在黑暗中的Q小姐的睡姿越发显得安详。

汽车开到Q小姐租住的公寓楼下，睡眼惺忪的Q小姐甩上车门，摇摇晃晃地沿阶而上，她的手里还攥着那个毛绒靠垫，似乎舍不得放开。

T先生摇下车窗，大声喊道："好好睡一觉。"

正在掏钥匙的Q小姐突然停止了动作，慢慢转过身来，头顶的声控灯光直泻下来，一头乌黑长发下的脸惨白如纸。Q小姐动作僵硬地挥起手中的毛绒靠垫，好像在炫耀一件战利品。

哈哈。

那笑声在浓黑如墨的夜色中宛若乌鸦叫声般尖利。

翌日清晨。福士玛超市刚刚开门营业，早就等候在门前的顾客就一拥而入。7点30分至8点30分属于早市购物时间，能买到不少便宜货。一个中年妇女领着自己的儿子穿过一楼卖场，直奔二楼食品区而去。

走着走着，她发现儿子并不在自己身后，仔细一看，8岁的儿子正站在玩具区，傻呆呆地看着一面挂满巨大毛绒玩具的墙。

她惦记着特价鸡蛋，心急火燎地走过去拽起儿子的手，刚一迈步，却滑了一跤。尴尬万分地爬起来，才发现自己和儿子都身处一片黏稠的黑红色液体中。

她心头一颤，意识到这些液体是从墙上那个巨大的毛绒玩具熊里淌出来的，她的目光循着墙上已经干涸的印迹慢慢向上，熊腿……肚皮……胳膊……

孩子没有听到母亲在身后发出一声震耳欲聋的惨叫，他的大脑已是一片空白，只是死死地盯住上方巨大的黄色毛绒身体，与之对视的，是一颗破碎不堪的头颅。

第十六章

仪式

今天突然下起了雨夹雪，气温骤降。方木穿过湿漉漉的马路，踩着满地落叶，一路小跑。福士玛超市门口已经拉起了警戒线，看热闹的人群把超市围得水泄不通，方木把警官证别在胸前，勉强挤了进去。

案发地点在一楼卖场的玩具区，位于超市的西北角。摆满货物的货架中间空无一人，方木沿着过道走过去，仿佛穿行于迷宫里一般。这感觉让他似曾相识，以至于停顿了几次，四处打量着那些货架，想找出一些熟悉的理由。

郑霖副支队长抱着肩膀站在一面墙下，若有所思地盯着上方一个巨大的毛绒玩具。方木边走边向上看去，第一眼就感觉这个毛绒玩具比例失调，随后就发现那硕大无比的身体上，是一颗小小的人类头颅。

“你来了？”郑霖和方木握握手，“边处长让我们不要动现场，等你看过了再说。”

方木点点头：“边处长呢？”

“在和报案人谈话。”郑霖随手指指外面，“据说第一个发现死者的是一个8岁的孩子。”

“孩子？”方木吃了一惊。

“是啊。”郑霖苦笑了一下，“这种场面真不该让孩子看到。”

这是一面玩具区的展示墙，上面挂着一排最大号的毛绒玩具，死者所处的位置在左起第五个，被塞进了一个毛绒玩具中。从外观上判断，这应该是一只玩具熊。

和旁边那些憨态可掬的动物相比，那个长着熊的身体、人类头颅的怪物显得诡异无比。他低垂着脑袋，被血纠结在一起的乱发下，塌陷的颅骨清晰可辨。方木小心地绕过墙角那摊早已凝结的血水，站在尸体下方，向上看他的脸。

这是个年龄在40岁左右的成年男子，失去光泽的双眼微睁，面部肿胀不堪。

方木又后退几步，凝视着面前悬挂在墙上的尸体，死者仿佛满怀歉疚般低着头，微向右侧。

渐渐地，死者左右的物品都在方木眼中慢慢消失，整个超市里似乎只剩下方木和面前悬挂的尸体，而那尸体仿佛不再仅仅是一个失去生命的动物，而是与某种情绪相关。如果可以用文字来形容它，那就是：狂热。期待。救赎。

“这……”方木喃喃地说，“这好像是一个仪式。”

“仪式？”边平坐在监控室的椅子上，若有所思地皱起眉头。

“这边有什么发现么？”方木指指监视器屏幕上静止的画面。

边平忽然嘿嘿地笑起来：“你来看。”

他指示保安把监控录像退回到某个时间点上，开始播放后，方木意识到这是位于一楼的卖场。画面上最初只有货架和一扇卷帘门，忽然，卷帘门下出现一点微弱的光亮，一分钟后，卷帘门缓缓升起了。随后，门口就出现了一个奇怪的物体。

那仿佛是一具缓缓移动的巨大棺材，仔细分辨，才发现是一面四面围拢的深色幕布。从幕布的形状来看，里面应该有木棍之类的东西在支撑，而从幕布的大小来看，里面至少隐藏了5个人。

下一个画面中，他们进入家电区。再下一个画面中，他们进入了玩具区，卖场里光线很暗，而且他们似乎很熟悉摄像头的位置，尽量行走在货架中间，避开摄像头可达的范围。有好几次，方木以为他们消失了，直到那面悬挂着毛绒玩具的墙边忽然亮起微弱的手电光。

幕布很厚，手电筒只能从中透出些许光芒，里面的情景丝毫不能映射出来。方木目测了一下高度，凑近了屏幕。

如果他们要把尸体挂上墙，就至少要从幕布上方探出半个身子。

就在方木屏气凝神以为会有所发现的时候，他们也在幕布里动作着，片刻，幕布陡然升高了将近1.5米。原来它被折叠了起来，里面还有一层！方木目瞪口呆，还没等他醒过神，一个人晃晃悠悠地从幕布上空升了起来，看起来，是有人踩着矮梯把他抱了上去。是死者。

尝试了几次后，死者终于被挂到墙上，幕布又缓缓回落，整理了一番后，手电光忽地消失。

几分钟后，他们又出现在卖场的门口，卷帘门被缓缓拉下后，几个人彻底消失在黑暗中。

"看过《冬至》么？"边平向后靠在椅子上，脸上是一副哭笑不得的表情。

"看过。"方木也忍不住苦笑起来。电视剧《冬至》里，男主角陈一平就是手举一块大布，成功地躲过了银行的监控设备。这法子很土，很没有技术含量，但是不得不承认，相当有效。

问题是：他们为什么要这么做?

死者名叫申宝强，男，41岁，离异，生前系某果品批发公司经理。死亡时间为案发前8小时内，死因为颅脑损伤。经法医检验，死者头部有多处头皮裂伤，躯干有多处软组织挫伤，但均非致命伤。真正置其于死地的，是其右侧太阳穴附近的一处颅骨骨折所造成的颅内血肿。凶器应该是一把铁锤之类的钝器。结合超市监控录像所反映出来的情况，抛尸现场应为第二现场。同时经检验发现，死者的手脚和面部均有被胶带粘贴过的痕迹，怀疑死者生前曾被劫持及拘禁。

现场勘验的结果显示，超市一层西侧的玻璃窗为犯罪嫌疑人进入超市的出入口。固定铁网护栏的膨胀螺栓的螺帽被人为拧下，铁网被取下后弃置在一旁。窗户靠近把手一侧的玻璃被取下一小块，刚好可以容一只手伸入，并从内侧打开窗户。卷帘门处的铁锁有撬压痕迹，但并非暴力破锁，怀疑采用了开锁工具。现场勘验的结论是：早有预谋，装备充足且具有针对性。

警方对死者的社会关系进行了调查，并在公安厅犯罪心理研究室的建议下，将调查重点放在了仇杀及是否参加过地下组织上。警方在死者家中以及工作场所进行了反复搜查，没有发现可疑物品，而死者身上也没有文身之类的明显标记，结合对死者亲友的走访结果，初步可以排除死者曾参加过地下组织的可能。由于死者从事商贸工作，社会关系较复杂，依照仇杀思路开展的调查工作正在进行中，估计在短期内很难形成结论。

初步调查结果让方木感到有些意外。从本案来看，多人结伙犯罪是一个明显的事实，而抛尸现场又带有鲜明的仪式色彩，所以方木推断这可能是某地下组织对内部成员进行的“惩罚”。而警方目前掌握的情况与方木的推断不符。在方木的建议下，警方再次动用刑事特勤对在本市内活动的地下组织进行调查，但是并未发现与本案有关的迹象，因此警方将调查重点转移到了超市上。

其实这也是犯罪心理研究室非常关注的一个环节。毫无疑问，凶手（不止一人）曾对抛尸现场进行了长期细致的观察，并对整个过程进行了周密策划。他们如此费心费力，并且甘于冒这么大的风险，显然是出于自身的某种需要。那么，这种需要究竟是什么？

按照惯有的思路，凶手将尸体遗弃在公共场所，其心态无外乎侮辱、炫耀及挑战。从本案来看，侮辱死者的动机并不明显，而如果是出于炫耀及挑战的内心冲动，那么更为严峻的事实就摆在了警方面前：凶手很可能会再次作案。

市局的多功能会议厅里烟雾缭绕，再次作案的预测让在座的每一个与会者都心情沉重，似乎拼命吸烟才能稍稍排遣焦躁的情绪。郑霖副支队长已经拆开了第二包烟，同时示意一个侦查员汇报一下超市方面的调查情况。

从监控录像上来看，凶手对超市的环境非常熟悉，因此警方在超市内部员工中进行了调查。经反复排查，已基本可以排除内部员工作案的可能。凶手破窗的位置恰好处于超市和附近民宅的夹角处，而且当时已是深夜，因此，没有现场目击证人。警方根据现场的撬锁痕迹，怀疑凶手具有一定的开锁技术，已在本市的专业开锁行业中展开调查。

听完汇报，郑霖好一阵子没有开口，只是叼着香烟，愁眉苦脸地吸着。过了半天，郑霖挥挥手："继续调查死者的社会关系，寻找一切可能的线索。散会。"

侦查员们纷纷起身离去，列席的边平和方木也要走，被郑霖叫住了。

"老边，"郑霖扔过去一支烟，"你得帮帮忙啊。"

边平和方木对视了一眼，重新坐下。

"真他妈要命了。迷宫那个案子还没结，又来了这个。"郑霖死命揉着太阳穴，"现在心理变态的人怎么这么多！"

边平嘿嘿地笑起来，方木却一怔。郑霖的话让方木记起了在超市里的奇怪感觉。的确，当他穿过货架，一步步接近现场的时候，心里有一种似曾相识的感觉，仿佛同样的猜测曾经在脑海中一闪而过，尽管那只是瞬间闪念，但是在类似的环境和气氛下，它就会如同铭文一般凸显出来。

对，地下迷宫里的杀人案。

死者生前都被束缚和拘禁过；两起案件都有毫无必要、风险极大的抛尸行为；同样动机不明……

"方警官，你有什么意见？"郑霖看方木在发愣，开口问道。

"嗯？"方木一时有些回不过神来，"什么？"

郑霖对方木的走神略显不满，扭头继续跟边平交谈："你说，把死者塞进那个玩具里意味着什么？"

"目前还不知道，"边平摇摇头，"但是凶手肯定认为这很必要，否则他也不会去冒这么大的风险。问题是……"

"是什么？"郑霖和方木同时发问。

"如果一个凶手有这种特殊需要倒还可以理解，如果好几个人都有这种想法，那可太稀奇了。"

的确，变态心理尽管有很多共性，但是更多地表现为个性化的特点。每个人的境遇不同，特殊的心理需要自然也就不同。如果多人都希望把一具尸体塞进毛绒玩具里，然后挂在超市的墙上，的确让人觉得奇怪。

"刚才想什么呢？"回去的车上，边平问方木，"是不是有什么思路？"

方木犹豫了一下，摇摇头。

罗家海的案子给了他一个教训，不能完全确定的事情，最好别轻易开口。

几天后，外调的各路人马开始反馈信息，结果令人沮丧：仍没有发现有价值的线索。而最大的困难是，因为无法确定凶手的动机，因此难以确定侦查方向。

这个任务，又交给了公安厅犯罪心理研究室。

方木坐在物证科的检验室里，面前是那个血迹斑斑的无头毛绒玩具熊。它软塌塌地摊在桌面上，仿佛一张货真价实的，刚刚被剥离的熊皮。

物证科的蔡科长介绍，这个玩具熊的外皮是进口毛绒面料，填充物已经被掏空，从内部的提取物来看，填充物应该就是普通的PP棉。检验人员在玩具熊里发现了一些毛发和头骨碎片及少许人体组织，目前正在化验中。

“我有点不明白，”蔡科长用手拨弄着桌上的玩具熊，“如果他们一定需要这个玩意儿，干吗不直接去买一个广告人穿的那种外套，何必还费心费力地去掏空这个玩具熊呢？”

此前方木已进行过调查，这个玩具熊是市面上最普通的一种，在各大中型商场及小商品批发市场都有销售。广告人所穿的外套则需要到专门的厂家去定购，凶手没有选择这种外套，想必是为了避免留下订单等记录，从而暴露自己的行踪。

“这只能说明一件事，”方木慢慢地说，“这东西对他们很重要。”

把尸体悬挂在超市的墙上，如果可以将其理解为一种“展示”的话，那么为什么要将其塞进一个毛绒玩具熊里呢？凶手的目的显然不是为了隐瞒，那就一定是出于一种心理需要。而这种需要是如此强烈，以至于凶手甘冒那么大的风险。

那么，这种需要究竟是什么呢？

方木想起了孟凡哲。他为了克服对老鼠的恐惧而养了一只猫，但是这可怜的动物最后被他在卫生间里活活撕碎并吞了下去。那时候，孟凡哲心中的焦虑已经达到了顶点。而眼下这起案件的凶手却明显处于一种极其冷静的状态，那个诡异的现场更像是一个仪式的完结。方木不知道自己究竟是否希望凶手再次犯案，如果是连续作案的话，他就可能在凶手的一系列行为中分析出他的性格趋向、家庭背景、社会关系情况，甚至是体貌特征。而一件独立的案子，很难形成有价值的结论。

如果……这不是一件独立的案件呢？

迷宫里的杀人案。

那种奇异的感觉再次袭上方木心头，虽然两起案件在抛尸地点、作案手段、被害人特征上都毫无相通之处，但是现场的那种仪式感却如此相似。这究竟是自己的错觉，还是确有关联？

方木回头看看桌上的玩具熊，决定回去再查看一下迷宫杀人案的资料。刚走到门边，蔡科长就推门进来了。

“你要走？先别忙，”蔡科长扬扬手里的一张纸，“我们有发现！”

第十七章

车祸重现

“要不要进来玩？”廖亚凡歪着头，友善地朝孩子眨眨眼睛。

孩子用力地摇摇头，廖亚凡笑了，伸手拍拍他的脑袋。孩子挺了挺身子，似乎对头顶的感觉很享受。

“饿不饿？”

孩子没回答，只是略显羞涩地笑笑，用指甲一下下抠着栏杆上的铁锈。

“你等等。”说完，廖亚凡转身穿过菜地，进了天使堂的二层小楼。厨房里还有中午剩下的菜包子，廖亚凡从蒸锅里抓起几个，还有些余温，刚要转身离开，赵大姐从外面走了进来。

“干吗呢？”赵大姐挽着袖子，心不在焉地问道。

“没事。”廖亚凡把手藏在身后，飞快地跑了出去。

走廊尽头，周老师正靠在窗边吸烟，身边烟雾缭绕。他一动不动地看着窗外，在下午阳光的映衬下，仿佛一幅剪影。廖亚凡站在原地看了一会儿，没来由地觉得有些伤感。

如果那是一幅剪影，应该起名叫：忧伤。

栅栏边已经不是孩子一个人，他饶有兴趣地看着对面一个啊啊叫着的小男孩。小男孩正伸出一只仅有二指的手，兴高采烈地冲他挥舞着。

“去，二宝，”廖亚凡在小男孩的后背上推了一下，“到那边玩去。”

二宝原地转了个圈，并没有走，还是冲孩子挥着手，啊啊大叫。

孩子接过廖亚凡手中的包子，问道：“他想干什么？”

“呵呵，跟你猜拳呢。”廖亚凡又推推二宝，“别理他，快吃，都凉了。”

孩子小心地咬了一口包子，接着就大口吃起来。

“好吃么？”

“好吃。”孩子满嘴都是包子，含混不清地嘟囔着。

“呵呵，有什么好吃的，菜包子而已。”廖亚凡笑笑，“慢点吃，别噎着。”

二宝看见吃的东西，急切地扑上来伸手要。孩子有些不知所措地看着他，弄懂他的意思后，给了他一个包子。二宝仅有的两根手指没有拿住，包子掉在了地上。他懊恼地啊啊大叫着，双手捧起沾满泥土的包子，凑到嘴边就咬。廖亚凡急忙去抢，险些被咬到手。

孩子嘿嘿地笑起来：“别急别急，吃完了我再给你一个。”

两个孩子吃着包子，彼此冲对方呵呵傻笑，然后一起吮手指，好像两个友善的小动物。廖亚凡站在他们中间，忽然觉得自己很伟大。

吃完了包子，二宝也对猜拳失去了兴趣，摇摇晃晃地回院子里玩去了。孩子把手在衣襟上蹭蹭，伸手在脏兮兮的书包里乱翻，一样东西随着他的动作落到地上。

廖亚凡下意识地弯腰去捡，拿到手里一愣，是一沓百元钞票，足有上千块。

“你怎么有这么多钱？”她拉下脸，“偷家里的钱了？”

孩子从包里掏出一罐可乐，拉开来喝了一大口，接着打了一个长长的嗝。

“不是。是我爸爸给的，我这星期的饭钱。”

廖亚凡突然沉默起来，她瞅瞅手里的钱，小心地塞进孩子的衣袋里。

“别弄丢了。”她不放心似的在孩子的衣袋上按了按，“这么多钱。”

“没事。”孩子把可乐递到廖亚凡眼前，“你喝。”

“我不喝，你喝吧。”廖亚凡笑笑，“喝完把罐子给我就行。”

“你要这个干吗啊？”孩子有些好奇。

“能卖钱啊。”廖亚凡拍拍他的头，“这你就不知道了吧。”

孩子想了想：“你缺钱么？”

“不。”廖亚凡站起来，“不缺。”

孩子看看廖亚凡骤然阴郁的表情，把可乐罐放在地上，从衣袋里掏出那沓钱，一把拍在廖亚凡手里。

“给你。”

“你干什么？”廖亚凡惊恐万状地叫起来，仿佛那是一堆烫手的火炭，“快收起来，快收起来。”

“给你。”孩子固执地把钱往廖亚凡手里塞。

两个人像摔跤运动员一样撕扯着，最后廖亚凡低声喝道：“你再这样姐姐要生气了！”

孩子这才作罢，把钱马马虎虎地塞进衣袋里，继续默不作声地喝可乐。

廖亚凡松了口气，顺手把他丢在地上的拉环捡起来，套在手指上玩。

“你瞧，像不像一枚戒指？”她把手指展开，手臂伸长，眯起眼睛看着手指上模模糊糊的金属圈。

“不是戒指。”

“我问你像不像，又没问你是不是。”廖亚凡嗔怪他，“我当然知道不是。你这个小坏蛋。”

孩子有些紧张，赶紧补充了一句：“不像。”

廖亚凡又气又笑。“你呀。”她在孩子鼻子上刮了一下，“也不知道哄哄姐姐开心。”

这时，赵大姐的声音在院子里响起：“亚凡，亚凡……”

“哎。”廖亚凡应了一声，转身对孩子说，“我得去干活了，你也早点回家吧。”

孩子急忙把手里的空可乐罐递过来，廖亚凡伸手接住，又冲他晃了晃，笑出一口洁白的牙齿：“谢谢你了。”

孩子的脸有些红，低着头小声说：“不用谢。”

周老师在整个晚饭时间都没有露面，没有他的大声说笑，气氛变得很沉闷。每个孩子都不吭声，埋头吃喝，吃完饭就一个个溜了出去。赵大姐和廖亚凡又是最后吃完，收拾好碗筷后，各自拿出一盆衣服开始用力搓洗。

大人们似乎最近都很古怪，赵大姐越来越喜欢独自待在房间里自言自语。周老师经常是一整天都看不见人影，偶尔在天使堂看见他，不是闷头吸烟，就是在赵大姐的房间里对着那张遗像发呆。两个大人的阴郁表现让孩子们都噤若寒蝉，每个人都小心翼翼的，无所顾忌的欢笑似乎成了一件很奢侈的事情。

衣服洗好后，劳累了一天的赵大姐已经连腰都直不起来了。廖亚凡自告奋勇，承担起晾晒的任务。

天色已经完全黑下来，但是很难得地出现了月亮。在越来越凉的晚秋空气中，潮湿的衣服散发出一股好闻的肥皂味道。廖亚凡把它们尽量展开，搭在院子里的铁丝上，自己的手指经过凉水浸泡和用力搓洗，已经开始有了麻胀的感觉。

“哎……”

耳边突然传来若有若无的声音，廖亚凡的手在一面床单上停下来，仔细听着，几秒钟后，她望望二层小楼，耸耸肩，继续伸手抚平床单上的皱褶。

“哎……”这一次廖亚凡肯定自己没有听错，她从床单下钻过去，看见栅栏外，一个小小的身影正在冲自己挥手。

廖亚凡小跑过去，在栅栏边蹲下身子。

“你怎么还没回去啊？”

孩子的脸在阴影里，但是能感到他表情中的兴奋。廖亚凡被莫名其妙地感染，也笑起来：“你这小家伙，还不快回家。”

孩子不答话，手忙脚乱地在衣袋里翻找着，片刻，他把一样东西塞进了廖亚凡手里，不等她发问，就转身跑掉了。

廖亚凡有些摸不着头脑，眼看着孩子消失在黑暗中，才想起手里还捏着那样东西。

那是一个心形的缎面小盒子。廖亚凡的心怦怦地跳起来。她打开盒子，用颤抖的手指从里面拿出一枚戒指，细细的白金指环和镶嵌其上的小小钻石在月光下放出璀璨的光芒。

细心的检验人员在玩具熊的内部发现了若干毛发，而通过与死者DNA比对，意外地发现了不属于死者的几支毛发。

“这说明什么？”边平放下检验报告，皱着眉头问道。

“说明死者被装进那个玩具熊之前，曾有人穿过它。”

“会不会是制作过程中，工人的头发掉了进去？”

“应该不会。”方木想了想，“如果是工人的头发，应该会混在填充物中，凶手掏空它的时候就一并弄出去了。”

边平对这个信息兴趣不大，言辞也很谨慎：“嗯，可以作为一个线索查查看。”

方木很理解边平的态度，毛绒玩具熊曾被人穿过只是一种“可能”，而不是“必然”。方木宁愿相信它被人穿过，是因为这与“仪式”的猜想暗合。玩具熊显然是这伙凶手相当在意的一个东西。如果杀人是一个仪式的结局的话，那么这个重要的道具很可能在仪式的进行中就被人用过。

一个B型血的人。

鲁旭的病情已经有所好转，开始工作了。鉴于他的精神状况，局里暂时安排他做内勤。

他的身体控制感已经恢复，但是仍然拒绝射击训练。杨锦程没有提出过高要求，直接放弃了这个计划，进入了阶段Ⅲ的治疗——创伤场景的重新组织。

参与这次治疗的人很多，除了公安厅犯罪心理研究室的同事外，方木意外地见到了武警特勤支队的段警官。

“你好。”段警官先伸出手来，方木握住它，感受到对方手心的老茧和力度。

“今天你也有任务？”方木想起段警官狙击手的身份，“不是不练习射击了么？”

“不。我是陪他来的。”段警官指指另一位精干的武警战士，“小于，我们队里驾驶技术最出色的。”

小于站起来，“啪”的一声敬了个礼：“首长好！”

方木手忙脚乱地还礼，然后才意识到自己并未穿制服，心想，我算哪门子首长。

治疗被安排在一间训练馆，墙角放着一台摄像机，整个治疗的过程可以在另一个房间的监视器里看到。

“鲁警官的情况有所好转，但是还没有完全恢复。”杨锦程翻看着手里的资料，“我们对他重新工作之后的情况进行了跟踪调查，发现他拒绝乘坐交通工具，每天步行上下班——他恐怕是这个城市里最遵守交通规则的人。调查结果显示，他仍然对大型车辆表现出恐惧，而且每天很早就出门，很晚才从单位离开，我觉得，他是有意避开交通高峰期，因为车流和鸣笛等噪声仍然会给他带来很大的压力。在工作单位里，他几乎不跟同事交流，而且据我所知，他已经拒绝接听他父母的电话至少三次以上。”

“他还沉浸在内疚与羞耻感中，”边平点点头，“看来他觉得周围的警察都是合格的，而他不是。”

“对。”杨锦程合上资料夹，“所以我们得帮帮他。”

按照他的计划，今天的治疗将重演车祸发生的一幕，为此，公安厅作出了极为周详的安排。方木走进训练馆，不禁被眼前的一切惊呆了。

软垫和沙袋等训练用具已经被完全撤除，一辆模拟摩托车摆在空荡荡的训练馆中间，前面的墙壁上是一幅大大的投影屏幕，仔细看去，模拟摩托车其实是一个大型电动玩具，而游戏画面就投射在面前的屏幕上。

鲁旭和所有参与治疗的人员坐在训练馆的办公室里，大家互相介绍，闲聊了一阵之后，杨锦程见鲁旭的情绪已经有所放松，就提议由他来选演员。

方木知道，这叫“镜观技术”，可以让鲁旭站在场景之外看他自己，就像在镜子里看见他自己一样。这种分离的视角可以让他能够不必过分焦虑地重新认识事故。

角色其实很简单：指挥员、救护人员和鲁旭自己。在鲁旭的安排下，指挥员由段警官扮演，救护人员分别是心理研究室的四个同事，而鲁旭自己的角色由谁扮演则让他犯了难。在杨锦程的建议下，小于来扮演鲁旭。

“好，那么我就是导演了。”杨锦程让大家各就各位，然后带着鲁旭、边平和方木去了监控室。

“为什么不让他在训练馆里直接观看心理剧？”趁大家在更换服装的工夫，边平悄悄地问杨锦程。

“那会增加他的压力。我们需要他以一个旁观者的角度去回顾事件的整个过程，所以，我们得给他一个宽松的环境。”杨锦程拍拍正在帮小于换警服的方木，“你的任务，就是陪在他身边，因为你会让他放松。”

潜台词是：鲁旭在方木面前，会觉得自己没那么差。

方木有些不快，一方面他觉得不服气，另一方面，他觉得自己好像一个道具。但是想了想，方木还是决定服从。

演出开始。

一身警服的小于看起来与鲁旭还真有几分相似，鲁旭也忍不住呵呵地笑起来。而整个表演的过程其实就是在玩游戏，小于的上身伏在模拟摩托车上，随着游戏的进程来回摇摆。鲁旭的表情从微笑渐渐变得专注，杨锦程始终在观察他，当确定鲁旭已经沉浸于心理剧之后，他切换了监视器的画面。

游戏画面出现在屏幕上，高度仿真的技术让游戏中的路面惟妙惟肖，小于，或者说鲁旭在指挥员的命令下，驾驶着摩托车在城市中左突右闪，躲避着往来的车辆和行人。鲁旭越来越投入，呼吸也渐渐急促，后来竟随着游戏画面左右摇摆着自己的身子。

画面再次切换到训练馆里，鲁旭先是一怔，接着慢慢放松下来。而就在此时，游戏画面中突然出现了一辆横穿路口的卡车，游戏中的摩托车立即向右急转，可是由于躲避不及，摩托车还是撞在了车尾上。小于“啊呀”一声从模拟摩托车上摔了下来……

鲁旭本能地向后一躲，然后痛苦地抱住了头。

没有人说话，监视器也再次切换到游戏画面上，方木注意到屏幕上并没有出现“Game over”的字样，依然是那条车来人往的街道。

“鲁警官，”杨锦程把一杯水递到他手里，“你还好么？”

鲁旭把水杯捧在手里，喘了一阵粗气，低声说：“我没事。”

杨锦程坐在他身边，慢慢地说：“鲁警官，刚才游戏里的情景是我们模拟车祸发生时的情形，时间、你的车速以及肇事车辆出现的时机，都和当时一模一样。”

他顿了一下：“小于恐怕是我见过的驾驶技术最出色的警察，如果我没记错的话，他曾在我省武警总队的比武中拿到了驾驶比赛的冠军。然而即使是这样，在当时的情形下，车祸都是不可避免的。”

鲁旭抬起头，看了杨锦程一眼。

“是的。”杨锦程点点头，“车祸不是你的错，无论是谁，在那时都无法幸免。而在我看来，你做得很好，因为你保住了自己的命。”

“您是在安慰我。”鲁旭低声说，不过脸色已经好了很多。

“呵呵，就知道你会这么说。”杨锦程笑起来，他凑近麦克风，“小于，准备好了么？”

画面切换到训练馆里，小于已经重新骑到摩托车上，游戏开始。

“我们再来一次，你就知道我不是在安慰你，而是事实。”

仿佛时光倒流，刚刚出现的一幕再次上演，只不过这一次游戏画面占据了更长的时间，鲁旭没有再随着游戏进程情不自禁地晃动身体，而是专注地盯着监视器。当撞击的那一刻再次来临的时候，鲁旭轻轻地呼出一口气，几乎难以察觉地点了点头。

杨锦程将画面切换到训练馆里：“你瞧，我没有骗你吧。”

鲁旭难得地微笑了一下。

小于蜷缩着躺在地板上，身边多了一支警用转轮手枪，仿佛是小于坠地时掉落的。这支枪吸引了鲁旭的注意力，他把脸凑近屏幕，目不转睛地盯着它，似乎想搞清楚是谁拿走了枪。

四名身着白大褂，抬着担架的救护员匆匆登场，他们把“昏迷不醒”的小于抬到担架上，小伙子的一只手软弱无力地垂下来，随着救护员的动作来回摇摆着。而此时，一个让人意想不到的角色出现了。

是一个须发斑白的老人，他几乎是跑向了那副担架，一边急切地向担架上的“鲁旭”伸出手，一边高声疾呼：“小旭，小旭，一定要坚持，一定要活下来啊……”

所有人的注意力都集中在了老人身上，鲁旭失声叫道：“爸爸？”

四个救护员和鲁旭的爸爸抬着“鲁旭”从训练馆的侧门跑了出去，刚才还忙乱不堪的训练馆里一下子空无一人。

鲁旭开始大声抽泣，杨锦程朝方木使了个眼色，方木心领神会地伸手在鲁旭的肩膀上轻轻拍着。

等到鲁旭稍稍平静下来，杨锦程微笑着说："你再看看，那支枪呢？"

不仅是鲁旭，所有人的目光又重新投向屏幕。那支枪不见了！

"枪呢？"鲁旭急忙回头问杨锦程。

"谁在乎？"杨锦程仿佛无所谓般耸耸肩，"没有人会在意那支枪，只要你还活着，就是最大的成功，就对得起你的父母以及警队。"

"是的，孩子。只要你还在，你就是我们永远的骄傲……"

门开了，早已老泪纵横的父母走了进来，身后跟着鲁旭的队长。

"鲁子，那不是你的错。"红了眼圈的队长伸出一只手，重重地捣在和父母相拥的鲁旭身上，"只要你好好的，找到那支枪是早晚的事！"

杨锦程轻轻地站起来，挥手示意边平和方木跟他出来，并随手拉好了门。

所有的演员都集中在走廊里，看见杨锦程出来，一时竟无话。忽然，段警官鼓起掌来，紧接着，掌声就在走廊里炸响。

"您太棒了，杨博士。"小于一把握住杨锦程的手，"没想到效果这么好！"

杨锦程微笑着把食指竖在唇边，同时朝身后的门偏偏头。

"你也很棒，小于，"他拍拍小于的手，"将来退伍后，你可以考虑去做个电影明星了。"

大家哄笑起来，这时，监控室的门开了。

鲁旭和父母、队长走了出来，他边擦掉脸上的泪，边向杨锦程伸出手。

"谢谢您，杨博士。"鲁旭紧紧握住杨锦程的手，摇了又摇，"您让我有勇气重新面对那件事情。"

“能帮助你，是我的荣幸。”

“我有个要求，”鲁旭的目光变得坚决，“下一次，我想亲自来演我自己。”

杨锦程盯着鲁旭看了几秒钟，缓缓说道：“鲁警官，你将是我们所有人的骄傲！”

第十八章

迷失与证明

迷宫杀人案无进展。福士玛超市杀人案无进展。尽管两起案件的卷宗已经形成了厚厚的两大摞，但是丝毫没有为案件的侦破提供任何有价值的线索。

2004年11月，公安部在江苏南京召开了全国侦破命案工作会议，在会议上提出了“命案必破”的指导思想，并迅速在全国公安机关得到了贯彻执行。省公安厅也对前段时期发生的两起命案十分重视，并将其列为公安厅督办案件。但是就社会影响而言，当务之急是尽快将越狱在逃的罗家海缉拿归案。

警方继续在C市对罗家海进行搜捕行动的同时，也请求J市警方予以协助。由于罗家海的籍贯在J市，而且其父母也都居住在J市，因此，警方对罗家海父母家进行了严密布控，然而从案发至今，罗家海依旧毫无踪影，既没有露面，也没有联系过家里。

邰伟把协查情况跟方木简单通报了一下，最后颇有些为难地告诉方木，最近J市的恶性犯罪也频频发生，警力严重不足，所以对罗家海一案的协查只能更多地依靠基层公安机关，但是一有消息，肯定会第一时间通知他。

放下电话，方木的情绪有些低落，但是并不沮丧。其实这是一个意料之中的结果，罗家海无论在什么地方，都不至于蠢到回家的地步。

鉴于方木在此案中所犯的错误，厅里改为委任边平为罗家海做了一个心理分析报告。报告中，边平采纳了方木关于罗家海还在本市及可能动向的意见。方木对此颇为感激，因为他知道，边平还是信任他的。

既然自己在追捕罗家海的工作中已经无法发挥更大的作用，方木索性将精力放在了近期的两起杀人案上。他很希望能够尽快侦破这两起案件，抛去警察的职责不谈，一是为自己正名，二是为了报答边平。

边平对他的想法不以为然，他告诉方木，破案是警察的工作，但是仅此而已，不要把个人感情因素加在里面，否则就会让自己陷入一些不必要的麻烦。

“保护被害人当然是我们的天职，保护犯罪人的其他合法权益也没错，但是要有一个度。”边平颇有些严厉地用手指点着方木，“你最大的毛病就是容易感情用事。类似的错误最好别再犯，尤其是用自己的身体给罪犯挡子弹这种事！”

这是边平第一次正式跟方木谈这件事，他对自己的爱护不言而喻。只是方木听出了他和邰伟一样的论调：自己是一个很容易就把个人情感掺杂进工作中的人。

方木很清楚自己是这样的人，否则也就不会做了两年多的噩梦，不会独自面对吸血鬼，不会在地下室里对孙普的额头开枪，也不会为了罗家海差点被自己人击毙……

方木不无郁闷地想，也许我真的不适合做警察。

然而不论适合与否，眼下的工作都必须做好，这件事是不容选择的。方木闭门不出，整日待在厅里研究两起命案的案卷材料。

迷宫杀人案的侦破思路还算比较清晰，基本上指向了报复杀人。只是死者蒋沛尧的社会关系中，很难发现具有此动机的人。警方最初确立的犯罪嫌疑人谭纪已经证明没有作案时间，而对与其交往密切人员的调查结果显示，谭纪的朋友很少，与之接触较多的主要是广告公司的同事。在业余时间，谭纪更喜欢待在家里玩游戏，用一句时髦的话来讲，是一个不折不扣的宅男。因此，目前无法证明谭纪和他人一起共同犯罪。

方木的目光久久地停留在现场图片上，也许是拍摄当时的光线的缘故，照片竟有些油画的效果。幽暗逼仄的地下迷宫里，俯卧在地的死者看起来相当无辜。这让方木想起了欧洲文艺复兴时期那些大师们以宗教故事为题材的作品。

对，那种仪式感。

方木无法让自己从那种感觉中解脱出来。死者生前曾被束缚，并遭反复电击，从尸检情况来看，他的死亡过程是颇为漫长的。那闪耀的火花，痉挛的身体，渐低的惨呼，毫无疑问是那个邪恶仪式的最高潮，而之后抛尸于迷宫，又是这个仪式的完美结局。看到死者的尸体，方木感觉自己就站在他的身边，两侧是一些默然肃立的黑影，他们面目模糊，平稳的呼吸却好像就在耳畔。方木甚至感觉到他们心底那种得偿所愿的安详，而脚下这具尸体也不仅仅是被害人，而是刚刚结束的这个仪式的祭品。

从古至今，任何仪式都是一种情绪的象征，那么，这个仪式究竟象征着什么?

抛尸地点位于迷宫的正中，无论是前行还是后退，都会距离前后两个出口中的一个更近一些，所以，那里其实是迷宫的最深处。如果说迷宫带给人们一种迷失感的话，那么，恐怕在此处的感受是最最深切的。

这种最深切的迷失感，是凶手感到的，还是他希望让死者感到的，或者二者皆然?

如果凶手曾对此深有体会，同时也希望死者品尝个中滋味的话，那么报复的意味就很浓了。

仪式的象征意义也渐渐清晰：复仇。

临下班的时候，方木发现自己的手机没电了，就暂时放下手头的卷宗，回单身宿舍取充电器。

刚参加工作的时候，为了方便管理和集中，省公安厅为每个单身同志安排了宿舍，尽管方木就住在本市，还是申请了一间。说是为了工作便利，其实是不想回家。父母始终反对他做警察，为此，在毕业前夕还大吵了一架。

拧开宿舍的门方木就愣住了，早上还凌乱不堪的房间被整理得干干净净，床上散落的书本和杂志被插回书架，一个月没换的床单和被罩也不见了踪影，篮球鞋还在窗台上滴着水。方木的目光落在桌子上一个熟悉的布包上，是妈妈来了。

“闪开！”方木还在发愣，一个疲惫的声音就在身后响起，随后，自己就被一双手推到一旁。

妈妈板着脸，拎着一只大洗衣盆走了进来。她把洗衣盆塞进床底，一屁股坐在床上喘着粗气。

“谁的洗衣盆？”方木手忙脚乱地找杯子，倒开水，赔着笑脸问道。

“谁的？我买的！”妈妈放下高高挽起的袖子，没好气地说，“你这里连个能洗衣服的盆子都没有，也不知你平时怎么洗衣服。”

“送到洗衣房啊。”

“那能洗干净么？”妈妈一脸不耐烦，“你看看，你的被罩都成什么颜色了？”

方木拉过一把椅子，嬉皮笑脸地坐在妈妈面前：“老太太，今天怎么这么有时间？”

“哼，你当我愿意来啊？”妈妈撇着嘴，“你算算，你都多长时间没回家了？”

方木有些愧疚，低下头不说话。房间里一时陷入沉默，良久，妈妈叹了口气，开口说道：“你既然选择了这一行，我和你爸爸也只好接受。但是你不应该这么久都不回家看看，连电话也很少给家里打。我们怕影响你工作，也不敢过多联系你。但是你知道么，我和爸爸都很惦记你。”

“我知道。”方木拉过妈妈的手，放在手心里来回摩挲着。

“一定要注意安全，知道么？”妈妈摸着方木的头，“在师大和J大的两件事已经快把妈妈吓死了，要是再出事，你就干脆要了我的命吧。”

“没事。”方木笑笑，“我又不去抓杀人犯。”

“你少糊弄我！”妈妈拉下脸，“我又不是不知道，每天跟你打交道的都是些什么人！”

“我会小心的，你就放心吧。”

妈妈白了方木一眼，拍拍那个布包说：“里面是秋衣秋裤，天冷了就记得穿上。”随后，她伸手从口袋里拿出一沓钱放在床上。

“干吗？”方木急忙把钱拿起来，“你拿回去吧，我又不缺钱。”

“你跟你妈客气什么？”妈妈打了方木的手一下，“少跟我装富，你有没有钱我还不知道？”她不由分说地把钱塞进枕头底下，嘴里嘟囔着，“也不知你这臭小子把钱都花到什么地方去了。”

方木搔搔头：“那我请你和爸爸吃饭吧。”

“吃什么吃？乱花钱，再说，拿我的钱请我吃饭，你当妈妈是傻瓜啊？”

“呵呵，那我们买点好吃的，回家去吃。”

“好！”妈妈终于露出笑脸，忍不住在方木脸上亲了一下，“这才是我的好儿子！”

吃了一顿丰盛的家宴，在熟悉的床上美美地睡了一觉，第二天方木显得精神抖擞、精力充沛，思路自然也就清晰多了。

如果说迷宫里的仪式象征着复仇，那么福士玛超市里的仪式又象征着什么呢？

问题集中在两点上：一是超市，二是那只玩具熊。

从现有的情况来看，凶手策划周密，甘冒极大风险也要完成的这个弃尸计划远比挟持并杀害被害人难得多。很显然，在超市弃尸对凶手而言是十分重要的，是完成犯罪必不可少的一个环节。那么，凶手为什么要将尸体弃置在超市里？又为什么把尸体挂在墙上？

展示。

超市最大的特点就是人流密集，如果要为自己的罪行寻找观众的话，超市的确是一个最合适不过的场所。

如果凶手选择在超市弃置尸体的目的是为了在最大程度上展示自己的罪行，那么就至少可以证明一个问题：凶手，或者说主犯有异常心理的倾向。因为他把展示尸体看得比杀死被害人还要重要。

就好像所有的仪式一样，形式的意义要大于内容本身。

那么，这样的展示能给凶手带来何种心理的满足呢？

是嘲笑警方的无能，还是炫耀自身的强大？

一名网络作家，在网上发表自己的作品后，会忍不住时时关注作品的点击率和回复。

一名电影导演，在作品上映后，会亲自坐在影院里观察观众的反应。

每个作者都希望让更多的人看到自己的作品，而如果作品引起读者或者观众的惊叹，恐怕最得意的，就是作者了。因为他证明了自己。

如果凶手也有这种心态，那他要证明什么呢？

答案恐怕就在那只玩具熊上。

方木反复端详着现场图片，脑子里也在不断回忆第一次到现场时的感觉。除了那种深刻的仪式感，留给他印象最深的就是这只玩具熊——并不是让他感受强烈，而是觉得这只玩具熊太突兀。他无法想象一个玩具能让凶手有多么强烈的自我认同感。

忽然，方木意识到自己忽略了一个最明显的线索。

如果玩具熊是凶手表达内心需要的物品的话，他大可不必把它掏空，而掏空的目的，是让死者像穿衣服一样把它穿在身上——也就是说，穿着玩具熊外皮的人，才是凶手真正需要的。

他想起物证科蔡科长的话，穿着毛绒玩具熊的外皮，其实是一个广告人的形象！

杀死这个打扮成毛绒玩具熊的广告人，才是凶手真正的目的！

然而问题还是没有解决，凶手决意这么做，又想证明什么呢？不管他想证明什么，有一件事是可以确定的，那就是这种心态已经极其强烈，几乎到了难以遏制的程度。而激发这种冲动的动机，无外乎两种：一是自救，二是仇恨。凶手的动机，究竟是哪一种呢?

方木兴奋起来，这两起案件越来越有意思了。

想到这里，方木不由得失笑，自己还是固执地把两起案件联系在了一起。直觉也好，臆断也好，现在至少有两件事需要查明：

第一，迷宫杀人案中的死者蒋沛尧是否曾体罚过自己的学生，并因此与学生结怨；第二，福士玛超市杀人案的死者申宝强是否曾做过广告人，如果做过，在此期间是否发生过意外事件。

第十九章

伤童

按照鲁旭的要求，第三次心理剧由他本人来扮演自己。因此，杨锦程对原来的演练计划进行了修改，首先，将投影屏幕拉近，让鲁旭有更强的代入感；其次，增加了一个情节：鲁旭在医院治愈，康复回家。

心理剧临近结束的时候，鲁旭大步流星地从代表医院的幕布后走出来，父母在身边陪着他，同事手捧鲜花，欢迎他归队。此时，又一个让鲁旭意想不到的人物出现了。

他的女友站在训练馆门口，泪眼盈盈地看着他。鲁旭先是一怔，紧接着一言不发地奔过去，将女友紧紧地揽在怀里。

监控室里，杨锦程抱着肩膀，笑眯眯地看着监视器的屏幕。

“很好。鲁旭相信自己可以用一个健康的体魄和心态去面对女友，重新生活了。”杨锦程转头对边平说，“我建议给鲁警官放一天假，让他和女友好好聚聚。”

边平笑着点点头：“我去跟他的领导说。”

“那么，各位，阶段Ⅳ的治疗也差不多了，效果比我预想的要好。接下来就是对鲁警官的追踪观察和按时回访。希望能定期把鲁警官的康复情况向我反馈。”杨锦程逐一和边平、方木握手，“感谢大家的配合。”

“哪里话，杨博士。”边平用力握住杨锦程的手，“是我们大家应该感谢您。”

“职责所在，职责所在。”杨锦程转头对方木说，“方警官，我很羡慕边处长能有你这样的下属，如果有机会，希望能跟你再次合作。”

方木有些纳闷：“我并没有做什么啊，哦，如果您把我陪鲁旭练习搏击也算上的话。”

“不，你很不一样。”杨锦程从眼镜后面深深地看了方木一眼，“很不一样。”

廖亚凡急匆匆地往天使堂赶，心里惦记着回去帮忙做饭。刚转过路口，就看见赵大姐拎着菜篮子，站在一群老头老太太旁边，皱着眉头听他们七嘴八舌地议论着什么。

“赵姨，你干吗呢？”廖亚凡几步走过去，接过赵大姐手中的菜篮子。

赵大姐不耐烦地冲廖亚凡摆摆手，示意她别说话，继续全神贯注地听着。

廖亚凡有些摸不着头脑，站在原地也听了一会儿，老人们多半口音很重，只能听懂“补偿款”“开发商”之类的字眼。

她有些着急，拉拉赵大姐的袖子：“赵姨，再不回去做饭就来不及了。”

赵大姐看看手表，阴沉着脸和廖亚凡回到了天使堂。

一进门，她就让廖亚凡去洗菜，自己转身去了周老师的房间。廖亚凡刚把菠菜泡到水里，赵大姐就回来了，劈头就问：“老周呢？”

“我怎么知道啊，”廖亚凡莫名其妙地说，“我也刚回来。”

赵大姐在鼻子里哼了一声，小跑到院子里，随便逮住一个孩子就问：“周老师呢？”

廖亚凡看着二宝略显惊恐地看着一脸凶相的赵大姐，嘴里含混不清地啊啊叫着，忍不住从厨房里跑出来。

“是不是出什么事了？”

“没事！”赵大姐没好气地说，“就是有事，你个小屁孩子也帮不上忙！”

廖亚凡委屈地噘起嘴巴。

晚饭过后周老师才回来，手里还抱着一个先天唇裂的孩子。新成员的加入让天使堂很是热闹了一阵，大家手忙脚乱地给他安排床铺，换尿布，洗澡，冲奶粉，然后几个孩子看着他躺在小床上，吮着手指沉沉睡去。

周老师把孩子安置好后，笑呵呵地去了厨房，赵大姐随后跟了进去。

廖亚凡去厨房拿开水的时候，厨房里烟雾缭绕，吃了一半的饭菜冷在桌上，周老师吸着烟，和赵大姐相对而坐。

见她进来，两个人都不说话了，周老师冲廖亚凡笑笑，赵大姐压根儿连眼皮都没抬。

廖亚凡拎起暖水瓶，出门的时候有意在门口停了一下。他们说话的声音很低，只听到周老师说："……这件事先别跟孩子们说……我会想办法的……"

什么事让他们这样忧心忡忡？廖亚凡忽然觉得浑身没了力气，照顾新成员的那股兴奋劲儿一下子了无影踪。

边平把杨锦程博士对鲁旭的治疗情况向公安厅领导作了汇报，领导听了很感兴趣，恰逢全省正在搞科技强警活动，于是厅里指示有关部门将杨锦程博士聘为心理辅导专家，并寻找合适时机举办心理辅导讲座。

边平和方木去研究所给杨锦程送聘书，助理陈哲告知杨主任正在接待来访者。

"要不要我去通报一声？"

"不用，不用。"边平急忙说，"别打扰他，我们等一会儿就行。"

陈哲把他们带到二楼休息室，又送了两杯矿泉水就离开了。

休息室宽敞明亮，座椅宽大又舒适，方木摸摸价值不菲的实木桌面，对边平说："杨博士这里条件不错啊。"

"那是自然，"边平舒舒服服地靠在椅背上，"这是省政府出资的科研机构，每年得到的社会捐助也不少。"

正说着话，又有两个人被工作人员带了进来，边平一看见他们，"咦"的一声坐直了身子。

那是一个中年妇女，领着一个七八岁的小男孩，看起来是一对母子。妈妈显然也认出了边平，身子竟不由自主地哆嗦了一下，带着孩子坐到了房间的远端。

“怎么，认识？”方木有些奇怪。

“当然认识。”边平悄声对方木说，“福士玛超市杀人案还记得吧？那孩子就是第一个发现尸体的人。”

“哦？”方木一惊，不由得扭头去看那孩子。

孩子脸色蜡黄，形容憔悴，和瘦小的身躯相比，座椅显得异常宽大。他安静地坐着，眼睛停留在面前的桌面上，一动不动。

方木想了想，起身走了过去。

孩子妈妈察觉到方木的动作，马上紧张起来，身子微侧，似乎要做一个把孩子挡在身后的动作。

方木冲她点了点头，微笑了一下。她仍然没有放松警惕，皱着眉头盯着方木的脸。

方木蹲下身子，用手摸了摸孩子的头，在他的手和孩子的头发接触的一瞬间，他明显感到孩子哆嗦了一下，虽然孩子仍然目视前方，但是脖子上立刻暴起一层鸡皮疙瘩。

方木放下手，笑笑，问道：“你叫什么名字？”

孩子没有回答，也没有看方木，依旧面无表情地盯着前方。

“说呀，小朋友，你叫什么名字？”

“夏天。”孩子妈妈代替他回答，语气中仍然饱含敌意，“我知道你们是警察。别问孩子了，有什么事情问我！”

方木站起身来，坐到夏天妈妈身边：“孩子怎么了？”

“吓着了。”夏天的妈妈脸上立现愁云惨雾，“儿童医院心理科的大夫推荐我到这里来找杨博士。”

“因为那天的事？”

夏妈妈长叹一声：“这孩子自从那天开始，成宿成宿地做噩梦，每次哭着喊着醒过来的时候，枕巾、被子什么的都被汗湿透了。不睡觉的时候，就是这副样子，不搭理人，直勾勾地看着同一个地方。”

方木扭头看看夏天，他还是仿佛定格般一动不动地盯着前方，似乎对周围的一切都没有反应。

方木把手搭在孩子的肩膀上，用力朝自己怀里拉了一下，孩子的身体绵软无力地靠过来，头却执拗地看着原来的方向。方木想了想，从衣袋里掏出警官证，在夏天的面前晃了晃。

“夏天，叔叔是警察，你不要怕，告诉叔叔你怎么了？”

良久，夏天的眼珠转了一下，眼皮垂下来，低声说：“我害怕。”

“你害怕什么？”

夏天没有回答他，而是开口问道：“你有枪么？”

方木一愣，随即答道：“有。”

夏天低下头，忽然一把抓住方木的手：“打死他！”

“打死谁？”

茫然无措的表情又回到了夏天脸上，他重新盯着刚才的方向，不说话了。方木看着他，发现他的嘴唇在轻轻嚅动。

“毛毛……毛毛……”

方木正要开口问个究竟，休息室的门被推开了，杨锦程大步走了进来，直奔边平而去。

“不好意思，边处长，让您久等了。”

方木和夏天妈妈也站了起来。杨锦程看见方木和夏天母子，有些意外：“呵呵，方警官也来了，这两位是……”

跟在他身后的陈哲急忙说：“这是来问诊的，儿童医院梁大夫推荐来的。”杨锦程点点头，示意夏天母子稍等，夏天妈妈连连点头，而夏天还是一动不动地坐着。

边平把聘书递给杨锦程，把来意简单地说了一下，杨锦程连呼“不敢当”，看起来却很高兴，边平提出请他来做一次针对警察心理危机干预的报告，杨锦程也满口答应。

“没问题，时间由你们来定，提前一周通知我就行。”

“那我们就先走一步，不耽误您的工作。”边平和方木起身告辞，出门的时候，方木发现不知何时夏天正扭过头来望向这边，一双小黑豆般的眼睛一直盯着方木，直到他消失在门口。

回去的路上，方木始终看着窗外一言不发，边平边开车边看他的脸色。在一个路口等红灯的时候，边平丢过来一支烟。

“在想那孩子？”

“是啊。”方木无心掩饰自己的情绪，闷闷地点燃香烟，吸了一大口。

“怪可怜的。”红灯变绿，边平一踩油门，“搞不好又是一个PTSD。”

方木有些疲惫地闭上眼睛，眼前却依然是临别时夏天的目光，那眼神，宛若一个受了伤的小动物。

与夏天的偶遇让方木心情郁闷，而接下来的几天依然没有什么让人兴奋的消息。警方根据方木提出的两点侦查思路开展了一番调查，但均毫无进展。

迷宫杀人案的死者蒋沛尧虽算不上什么道德楷模，但也是个性格温顺的好人。17年前，蒋沛尧从大学毕业后就一直在商业高等专科学校担任教职。虽然专科学校的学生大多散漫顽皮，但也没听说蒋老师与他们发生过冲突。相反，很多学生说起蒋沛尧还挺喜欢他。方木原本设想的是，迷宫这个场所传达出一种“迷失”的情绪，也许是蒋沛尧曾对某个学生的严厉批评所导致的。而从现有的情况来看，这个设想是完全错误的。那么，会不会是蒋沛尧的某个无心之举导致了凶手的强烈迷失感，并引发了他的刻骨仇恨？

这个思路只要想想就让人感到绝望。蒋沛尧卒于39岁，在这39年来，曾与之交叉的人数何止千万？如果要考证他一生中对某人的某个无心之举，花费的时间恐怕要远远超过39年。

至于对福士玛超市杀人案的死者申宝强的调查则更让人失望。申宝强，大学本科学历，曾在某国有机械制造厂任技术员。29岁那年，申宝强辞职下海经商，一年后，因经营管理不善，开设的企业宣告倒闭，一度经济窘困。翌年妻子与其离婚，因二人未育子女，只是简单分割了财产。之后申宝强一直未婚，也一直没有稳定的收入。几年后来到朋友开办的果品批发公司任经理，据公司的员工讲，申经理是经历过苦日子的人，因此对下属颇为体谅，员工们也对他印象颇佳。警方对申宝强从企业倒闭至任果品批发公司经理之间的经历进行了调查，并找到当年的相关人员进行了走访。查明申宝强曾做过家庭教师、律师助理和保险业务员，确实不曾从事过广告人的职业，连临时帮忙的情形都不曾有过。

如此看来，毛绒玩具熊的外皮和申宝强本人似乎没有任何瓜葛。难道申宝强只是凶手随机挑选的牺牲品？从古至今，仪式的祭品大多是妇女、儿童或者青壮男子，一个人到中年的平凡男人如何会被凶手选中呢？

方木隐隐觉得两者之间还是有些牵连，它们的背后仍然是两个神秘的仪式，虽然这两个仪式的内容还不得而知，但仪式的“复仇”和“证明”象征意义，却让方木深信不疑。

第二十章

工具

心理辅导讲座的日期很快确定下来，主题为心理危机干预在公安实践中的应用。本期讲座的承办单位是C市公安局，通知下发到各分局，要求各分局派代表参加讲座。各分局的反响之强烈让市局始料不及，要求听讲座的人数远远超过计划人数，最后不得不把讲座的地点从市局会议室改到了公安厅的小礼堂。

其实这也难怪，在和平时期，工作危险系数最高、压力最大的职业恐怕就是警察了。每天面对死亡、事故和狡猾残忍的犯罪分子，时间长了，警察的心态难免不受影响。尤其是那些从警时间不长的年轻警察，执行任务时开一次枪都要神经紧张好几天。有些警务人员嗜酒、嗜赌，其实是一种排遣心理压力的无奈之举。所以这个讲座引起了很多干警的兴趣。

周三下午，公安厅小礼堂里座无虚席，过道上都挤满了人。公安厅和市局领导坐在前排，之后是犯罪心理研究室的成员。鲁旭原来和市局的同事坐在一起，后来在公安厅领导的安排下，也坐在了前排。

13点30分，一袭黑色西装的杨锦程开始了他的讲座。简单的开场白后，他就直接切入正题，先从西方国家警察心理危机干预制度谈起，对比我国目前警察心理健康现实，提出保持警务人员良好心态和提高装备水平同等重要的论点。看得出，杨锦程对此次讲座作了精心准备，讲座内容引经据典，表达方式深入浅出，这让心理学知识偏弱的警察们听起来毫不吃力。

因为时间有限，杨锦程着重讲解了创伤后压力障碍症的特征和干预措施。平心而论，这个论题选得非常合适，因为警察每天都可能遇到各种各样的突发型恶性事件，因而，引发创伤后压力障碍症的概率也比常人要高很多。也许正是这个原因，论题引起了与会者的一致关注，杨锦程侃侃而谈，全场听众屏气凝神，鸦雀无声。

方木却觉得不舒服，几次偷偷扭过头去观察鲁旭的神色。他的手里不知道什么时候多了一束花，想必是局里安排他在讲座结束后上台献花。和其他人频频点头或是会心微笑的表现不同，鲁旭的脸上基本没有表情，只是躲在那些鲜花后面，一动不动地盯着台上神采飞扬的杨锦程。

杨锦程终于开始用案例来说明问题，这恰恰是方木最担心、最不愿意看到的一幕。

“我们有一位干警——在这里我不便披露他的姓名，姑且叫他X吧。X在一次执行任务的过程中，遭遇了一场突如其来的车祸……”

方木觉得自己不能再听下去，也不忍再看到鲁旭的表情，起身沿着拥挤的过道溜出了会场。

今天下午的阳光不错，竟微微有些暖意，如果不是院子里遍地的落叶，会让人产生春天的错觉。方木靠在院子里的单杠上，摸出烟来一支接一支地抽。

作为一名科研人员，为了阐述观点，拿真实案例来说明问题无可厚非，但是拿大家如此熟悉的一个人来作为例子，让方木觉得有些不快。杨锦程有意隐去了鲁旭的名字，但毕竟这件事就发生在近期，与会者不可能不知道案例中的患者就是鲁旭，更何况患者的代号“X”就是“旭”字拼音的开头字母。想到杨锦程要在台上提及鲁旭的勃起障碍，连方木都觉得无比尴尬。

想起在对鲁旭进行心理剧治疗时，杨锦程曾将自己当作一个简单的道具，方木对他的好感在一点点降低。但是想到杨锦程在治疗鲁旭的整个过程中所起到的关键作用，方木又不得不自我安慰：也许他就是这样的风格，也许杨博士是一个视科研高于一切的人，也许他觉得鲁旭应该有足够的勇气来重新面对这件事情……

只是，作为一个心理学家，如果对可能引发患者不良情绪保持如此淡漠，他怎么能彻底治愈病人呢？

方木隐隐觉得，杨锦程这么做，恰恰是因为他正处在一个万众瞩目的场合之中。

算了，如果能让更多的警务人员从此摆脱心理疾患，缓解精神压力，那么，鲁旭的尴尬、自己的不快，也许都是微不足道的。

方木回到会场的时候，恰逢讲座结束，全体与会者起立，向台上的杨锦程报以长久不息的热烈掌声。杨锦程走出讲坛，向台下的听众微微鞠躬，挥手致意。此时，一脸僵硬微笑的鲁旭手捧鲜花，从舞台侧面沿阶而上，走到杨锦程面前立正敬礼，将鲜花递到杨锦程手里。

杨锦程单手揽住鲁旭的肩膀，台下的闪光灯亮成一片……

散会后，方木先回到办公室。又过了一个小时，全程陪同杨锦程的边平才回来。

边平也是一脸疲惫，眉头微蹙，和方木简单打了个招呼，就坐在办公桌前默默地吸烟。

一支烟吸完，边平抬起头，恰好遇见方木的目光。四目相对，彼此都苦笑了一下，心里都明白对方在想什么。

“杨博士这么做……”边平斟酌了一下词句，“……确实有点不太合适。”

“何止是不太合适！”方木终于把一直憋闷在心里的话说了出来，“他一点也没考虑鲁旭的感受！”

“算了。”边平一摆手，一副息事宁人的口气，“他大概是太关注自己的专业了。毕竟他对鲁旭的治疗是很成功的。”

方木也无心再争执下去，换了个话题：“领导们都回去了？”

“回去了。”边平看看手表，“快下班了，你也早点回去吧。”

方木下楼回宿舍，路过院子的时候，看见一个人孤零零地靠在单杠上。是鲁旭。

方木想了想，抬脚走了过去。鲁旭也看见了方木，冲他笑笑，站直了身子。

“还没回去？”

“嗯。刚才跟杨博士告别来着。”鲁旭朝大门口望望，“同事们先开车回去了。”

“哦，那我送你回去吧。”

“不用，不用。”鲁旭连连摆手，“我自己打个车回去就行。”

“没事，反正我也要出去。”方木撒了个谎。

“那……好吧。”鲁旭犹豫了一下，点点头，“多谢了。”

坐在车里，鲁旭一直没有说话。他解开春秋装的上衣扣子，领带也松了下来，整个人靠在椅背上，一副颓废不堪的样子。

方木注意到他的指尖一直在捻搓着一个已经发黑的小纸团。

“那是什么？”

“呵呵。”鲁旭轻轻地笑了笑，“分局一个老大哥神秘兮兮地塞给我的，据说是壮阳秘方。”

他摇下车窗，把那个纸团用力扔了出去：“真把我当成废物了。”

方木有些尴尬，不知道该怎么安慰他，憋了半天没头没脑地说了一句：“不是那样的。”

鲁旭没有搭腔，依旧盯着前面的路面出神。开到一条小路上，鲁旭突然开口问道：“方木，你吃饭没有？”

“没有。”方木减慢了车速，“怎么？”

“我请你喝酒吧。”

“现在？”方木看看鲁旭身上的制服，“改天吧。你穿着这身衣服喝酒，会惹麻烦的。”

“没事。”鲁旭把大檐帽摘掉，又三下五除二脱掉上衣，摘掉领带，一股脑扔到后座上，“这不就OK了？”

“你不怕冻着啊？”方木扫视了一下车里，“我这可没衣服给你穿啊。”

“没关系。”鲁旭一脸兴奋地指指路边一家小饭店，“就去那儿吧。”

尽管脱去了缀满警务标志的上衣，但是那淡蓝色的衬衫和深藏青色长裤仍然透着一股制式服装的味道，更不要说皮带头上银光闪闪的警徽。鲁旭大踏步地走进小饭店，身后跟着提心吊胆的方木。

点菜的时候，鲁旭一口气要了10瓶啤酒，然后才点了几个小菜，似乎喝酒才是目的，吃饭倒成了次要。

喝了一杯啤酒后，方木就以要开车为理由拒绝再喝，鲁旭的眼睛一瞪：“喝这么少？不行！”

“我还得开车……”

“没事。”鲁旭拨开方木的手，把两瓶打开的啤酒推到他面前，“不消灭掉你就别走。”

鲁旭的架势挺吓人，其实酒量也很一般。两瓶啤酒下肚，舌头就已经开始发硬。方木理解他的苦楚，心想大不了把车扔在这里，打车回去，也索性陪着他喝。

东拉西扯了一阵闲话后，话题不得不回到当天下午的讲座上。

“咳，讲座办得不错！”满脸通红的鲁旭把一把花生米塞进嘴里，“杨博士还是有水平，把这帮大老粗都听傻了。”

他呵呵地笑起来，碎花生末也喷到了桌子上。方木不知道该怎么安慰他，只能点头附和：“是啊。”

鲁旭低着头嚼花生米，似乎有什么话想说，抬起头来的时候，方木分明在他的眼睛里看到了倾诉的渴望，可是话到嘴边，却变成了一个举杯的动作：

“喝酒！”

方木和他碰了一下杯子，抿了一口酒，忍不住说道：“鲁旭，你别有负担。我相信杨博士是想……让大家领会得更深刻。”

鲁旭垂着眼皮没回答，片刻，轻轻地叹了口气：“我知道……没啥……能给大家解决点实际问题……这点委屈无所谓。”

他抬起头，仿佛抽搐般笑了笑：“我无所谓的。”

这回方木主动举起杯子：“对，那么多麻烦都挺过来了，这点小事算什么！”

鲁旭灌下一大口啤酒，由于喝得过猛，啤酒顺着嘴角流到了胸前。他马马虎虎地抹了一把，嘴里絮絮叨叨：“没问题……当然没问题……”

方木见他说得毫无信心，心中越发同情他，又不知说什么好，只能默默地递过一支烟。鲁旭点燃吸了一口，就夹在手上，低着头继续神经质般喃喃自语。

再抬起头来说话的时候，鲁旭的脸上呈现了一种充满歉意的笑。

“按理说，我没有理由埋怨杨博士，”他扭头看着窗外，“毕竟人家治好了我的病，用我的案例去帮助其他人，我应该感到欣慰。”

交通高峰期已过，路上的行人却不见少，鲁旭映在玻璃上的倒影里，脚步匆匆而过，川流不息。

“只是他不该在这个场合拿我来举例子，都是一个系统的，傻子也能听出来那个X是我。”鲁旭丢掉即将燃尽的烟头，又重新点燃一支烟，“另外，就算拿我举例子，也不该把那些事都讲出来。”

“我觉得……”鲁旭摇头笑起来，“……我觉得我当时就像光着屁股站在台上，杨博士指着我说，这小子的那家伙不好使——我就像他展示自己睿智的一个工具一样。”

“别说了。”方木已经不忍再听下去，他给鲁旭倒满啤酒，“喝酒吧。”

“方木，”鲁旭瞪着通红的眼睛，“你是不是觉得我是个忘恩负义的人？”

“不！”方木斩钉截铁地说，“杨博士这么做的确很过分。但是鲁旭，你，不要因为这个让自己觉得有负担——为了谁都不值得！”

也许是烟雾刺痛了鲁旭的眼睛，他的眼眶刹那间红了起来，紧接着一把抓过方木的手，用力握了握：“兄弟，兄弟。”

临近午夜，方木才把烂醉如泥的鲁旭送回家里。一路把他扶到六楼，方木已是气喘吁吁。按响门铃后，一脸焦急的女友把几乎人事不省的鲁旭搀到沙发上躺好，并邀请方木喝杯茶再走。方木婉言谢绝，起身告辞了。

刚迈下几级台阶，就听见身后有人叫自己的名字。

方木回过头，一身凌乱制服的鲁旭腰板挺直地站在门口，盯着方木一字一句地说：

“我，一定会，找回那把枪！”

杨锦程今天心情不错，回家的时间也比平时早了许多。

杨展在家，父亲突然的早归让他有些慌乱，杨锦程在玄关换鞋的时候，他正捧着一大堆东西往卧室跑，推门的时候，一样东西从他怀里“砰”的一声掉落在地上。他来不及去捡，慌慌张张地回身锁门，随后就躲在卧室里悄无声息了。

那样东西骨碌碌地滚到客厅中央，杨锦程低头一看，是一罐可口可乐。杨锦程一边小声咒骂着，一边把可乐捡起来放在茶几上，却赫然发现沙发边摆着两箱可口可乐，其中一箱已经打开，大概还余下十几罐，几个空罐子还摆在茶几上。

他无奈地摇摇头，冲卧室吼了一声：“那玩意儿少喝，容易引起钙流失！”

卧室里毫无回应。

杨锦程把可乐箱塞进储藏间里，转身去了书房。

书房有整整两面墙的书架，其中一侧书架上摆着杨锦程的各种证书、聘书和奖杯。杨锦程从皮包里拿出公安厅的聘书，打开来，摆在一个早已准备好的小架子上。然后，他后退几步，上下端详了一阵，又走上前去调整了一番，最后满意地点点头。

这是杨锦程个人荣誉的展示柜。从排列密集的各种证书、聘书和奖杯来看，这些年来，他的科研成果颇为丰厚。展示柜的有些地方已经显得拥挤不堪，但是他仍然在正中间留下了一大块空白，似乎在等待着最重量级的一个荣誉。

杨锦程久久地看着这块空白，一丝微笑渐渐爬上他的脸庞。

填充这块空白的那一天，已经不远了。

深夜。

杨展小心翼翼地拧开卧室的门，探出头来张望着漆黑一片的客厅，片刻，他拎着一个大大的塑胶袋，蹑手蹑脚地向储藏间走去。

须臾，杨展吃力地端着一箱可口可乐走进了卫生间。把门反锁后，他撕开纸箱，掏出一罐可乐，坐在马桶上开始慢慢地喝。

他已经整整喝了一个下午加晚上，早已腹胀如鼓，手中的可乐只喝掉一半就再也喝不下去了。他有些忧愁地看着箱子里余下的23罐可乐，忽然像想起什么似的跳起来，把可乐倒进了洗手池里。

接下来的工作就简单多了，杨展轻手轻脚地拉开可乐罐，尽量把气体迸发的音量降至最低，然后把可乐倒进洗手池，再将空罐子小心地放进那个塑胶袋里。

略带药味的甜腻气味很快就充满了卫生间，在这让人稍感兴奋的气味中，孩子平静地重复着动作，嘴里轻轻数着：“31——32——”

第二十一章

回忆

“我说，我给你叫两个人下来帮忙吧。”邢至森看着满头大汗的方木，又看看那一大堆棉被。

“不用，邢局，你这就帮了我大忙了。”

“你小子，客气什么。”邢至森敲敲收发室的窗户，值班民警马上凑过来，“去，叫几个人出来帮忙搬东西。”

邢至森算是方木的老相识了，在他没做C市公安局副局长之前，曾经担任过经文保处的处长，在C市师大调查一起连环杀人案时认识了方木。此后在黄永孝系列杀人案等案件的侦破中，方木都给他帮了很大的忙。方木毕业之后，决定做警察的时候，邢至森还专门打电话来游说他去市局刑警队，后来是边平先行一步，硬把他的档案调到了省公安厅。为此，边平还特意请邢至森吃了一顿海鲜，聊作赔罪。

这一次是方木找他来帮忙，由于他做过经文保处的处长，所以跟C市各高校的头头脑脑们都挺熟，方木找他弄一批高校毕业生弃置不用的棉被。老邢问清是送给孤儿院的，答应得很爽快，没过几天就弄来了一大批旧棉被，还让自己在医院工作的妻子帮忙洗得干干净净。

在其他同事的帮助下，棉被很快就被打包塞进了吉普车里。邢至森递给正在擦汗的方木一支烟，自己也点了一支。

“孙梅的女儿也在那儿？”

“嗯。”

邢至森不说话了，靠着吉普车和方木默默地吸烟。一支烟吸完，方木拍拍手说：“邢局我走了，不跟你客气了。”

“等会儿。”邢至森从怀里掏出钱包，数出10张百元大钞，塞进方木手里，“给那孩子带去。”

“不用了。”方木急忙推辞。

“让你拿着你就拿着。”邢至森把钱直接塞进方木的口袋里，“以后有什么我能帮得上的，尽管开口。”

方木无奈，只得收下，跟老邢打了个招呼后，转身上了吉普车。

天气越来越凉了，尽管已经是下午，路面上仍然随处可见尚未化开的薄冰。在这样的低温下，天使堂的孩子们那些露着棉花的被子肯定是无法挨过严冬的。方木从后视镜里看看塞满车厢的棉被，心下稍感欣慰。

天使堂二层小楼右侧的小平房里，周老师正和赵大姐领着几个稍大些的孩子清理锅炉。锅炉连接着房间里的那些简易暖气，这是冬天里唯一的取暖设备。锅炉房边是一个不大不小的煤堆，几个小孩子正在上面兴奋地摸爬滚打，浑身上下都沾满了黑黑的煤屑。

周老师看着满满一车棉被，既意外，又感激，他拍着方木的肩膀说："这让我怎么感谢你……"

方木有些不好意思地说："周老师您别客气，都是些旧的。"

赵大姐眉开眼笑地招呼孩子们帮忙把被子抱进楼里，刚从煤堆上下来的二宝也呀呀叫着要来帮忙，结果被赵大姐在屁股上拍了一巴掌，赶到了一边。

卸完车，方木又自告奋勇帮忙清理锅炉，这一干就是两个多小时。等清理完毕，已经是下午四点多了。洗过手脸，又把身上的黑灰拍打干净，方木和周老师就站在院子里闲聊。

赵大姐大呼小叫地把那些在煤堆上玩耍的孩子一一拎进小楼里洗脸。方木看看煤堆，问道：

"新买的？"

"是啊。"

"够用么？"方木大致估算了一下，"暖气至少得烧到明年3月份呢。"

"先烧着看吧。"周老师愁眉不展地说，"再说，这小楼能留到哪天还不一定呢。"

方木有些纳闷，刚要问为什么，就听见院子外有人在叫周老师。

是一个老者，看打扮似乎是附近的居民。周老师跑到门口跟他说了几句话，走回来的时候眉头皱得更紧了。

“怎么了？”方木忍不住问道。

“通知明天开会。”周老师轻轻地叹了口气。

“开会，开什么会？”

“拆迁会议。”周老师摇摇头，“这附近的居民觉得我还算有点文化，让我出头跟开发商谈条件。”

“什么？”方木瞪大了眼睛，“这里要拆迁？”

周老师没有回答，苦笑着点了点头。

方木的心一沉，看到周老师同样郁闷的表情，开口安慰道：“没事，拿到补偿款，我们可以重建天使堂。”

“哪有那么简单，拆迁这段期间，让我领这些孩子住在哪里？”周老师回头望望天使堂的院子和二层小楼，“再说现在要买一块地建孤儿院，那要花多少钱啊。”

“实在不行，恐怕就得去农村买地了。”

“现在农村的地也不好买。”周老师摇摇头，“再说，如果离市区太远，孩子们上学就太不方便了，影响他们接受教育。”

方木不说话了，绞尽脑汁帮周老师出主意。想了半天，试探着说：“周老师，寻求一些社会捐助吧。靠您自己的力量，恐怕挺不过这一关。”

“不。”周老师轻轻地笑笑，“要是我肯的话，早就这么做了。我说过，我不能让我的孩子们从小就有低人一等的感觉。”

他扭过头，认认真真地对方木说：“心灵的贫穷比物质的贫穷要可怕得多。”

“那我不也算一个捐助者么？”方木试图说服周老师，“跟其他人也没什么分别啊。”

“你不一样。”周老师冲方木笑笑，“你只是代表你个人，而且你不会向我提出回报的要求。”

提到捐助，方木一下子想起邢至森的嘱托，他从怀里拿出的1000块钱，递到周老师手里。

“你这是干吗？”周老师有些惊讶，“你这个月已经拿过钱了，还带了这么多东西。”

“不是我的。”方木把邢至森的意思简单转述了一遍。

周老师掂着手里的钱，沉思了一阵，又看看前后左右，低声说：“小方，我一直都有件事搞不清楚。”

“嗯？”

“你为什么要帮助廖亚凡？”

方木看看周老师的眼睛，老人的目光温和宽厚，让人心生信赖。

“因为我认识她的妈妈。”方木艰难地开口，“我读大学的时候，她妈妈是我们宿舍的管理员。大三那年，也就是1999年，我遇到了一场突如其来的灾祸，她妈妈用自己的性命救了我。”

方木无意谈及细节，而周老师也无意追问，沉默片刻后，周老师轻轻地拍了拍他的肩膀：“知恩而图报，可见你是个品格高尚的人。”

“这算不了什么。廖亚凡的妈妈付出了生命，她付出了童年。我能做的和这些相比，太微不足道了。”方木看看周老师，“我觉得品格高尚这个词，和您才恰恰匹配。”

不知为什么，周老师的目光一下子黯淡下来。“不一样。”他看看西方越来越低的太阳，喃喃地说，“我和你不一样的。”

回忆是一种很奇妙的东西，它能够让你瞬间就跳入一条曾经的河流，而且难以自拔。方木不知道此刻的周老师想起了什么样的往事，而且相信周老师也同样不知道他的。也许都是难以启齿的经历吧，它们让回忆者都陷入了一种低落的情绪中。周老师的阴郁直到晚饭后也不曾减轻，而方木的阴郁则一直绵延到回家的路上。

吉普车在C市平整的路面上飞驰，两边是熟悉或陌生的街道与楼群。对方木而言，这是一个有着太多回忆的城市。无忧无虑的童年，懵懵懂懂的学生时代，悲喜交集、幸福与恐惧并存的大学时光。21岁的时候，一生的快乐似乎都在1999年戛然而止。而这场悲剧，一直延续到他离开家乡前往J市求学。

方木想起第一次看到鲁旭的时候，他眼中那种无助、惊惧的目光。是的，那曾是自己的目光。这也是方木一直不愿正视的问题：在师大系列案件发生后，自己就是一个不折不扣的PTSD患者。

方木曾经自我封闭，曾经让那把军刀片刻不离，曾经噩梦连连，曾经无法正视火焰和烧烤的味道，曾经为那些人的死伤内疚到撕心裂肺……

吉普车穿过华灯初上的市区，车内亮如白昼。方木从后视镜里看看自己的眼睛，那里面早已没有了恐惧、焦虑和自我否定，取而代之的是镇定与坚韧。没有阶段Ⅰ、Ⅱ、Ⅲ、Ⅳ，没有心理剧，方木依然可以平静地活着，每天沉沉入睡。

自从在地下室里向手握军刀的孙普扣动扳机的那一刻起，一切就已经结束了。

很多事情都是我们无法——或者难以正视的，一旦回头认真审视，恐怕我们都要对某个曾经确定无疑的事实大吃一惊。

难道杀人，真的是一种解决问题的手段么？

方木躺在宿舍的床上，看窗外清冷的月光静静地泼洒进来，桌上的事物影影绰绰，唯独警官证外皮上的警徽闪闪发光。

也许邰伟断言自己不适合做警察，还有别的原因。

猜透别人的心思的确是一件困难的事情，而更困难的，是正视自己不堪的内心。

这一夜，方木失眠了。

第二十二章

J 先生的故事

我今天要讲给大家听的，是一件难以启齿的事情。在我开始讲述之前，我已经做好了接受你们的鄙视，甚至是唾骂的心理准备。Z先生，你可以把照片分给大家了。

是的，你们都看到了，这是一些被偷拍的照片。照片上的人——也就是我——在自慰。

对不起，Q小姐，让你看到如此猥琐的一幕。但是我不得不跟大家说明的是，我手里的内衣，是我女儿的。

呵呵，我知道你们都很惊讶，也许你们都在心里咒骂我，骂我是个禽兽不如的畜生。我知道我是个畜生，但是请相信我，我至今没有碰过我女儿一根手指，最不堪的事情，也就是照片上那样。

（J先生颤抖着举起茶杯，却把半杯茶都洒在了身上。Q小姐递给他一包纸巾。）

谢谢你，Q。我好多了，不，Z先生，我完全可以讲下去，相信我。

和你们大家一样，我这种让人不齿的心理源自一场遭遇。说起来，那是19年前的事了。

那时候我15岁，是一个单纯到极点，每天只知道闷头读书的初二学生。我知道，如果不读书，以我的身世背景是不可能出人头地的。当时虽说不像现在这么开放，但是校园里也有偷偷摸摸处对象的，偶尔还能在角落里看见男女学生拥抱接吻。我当时忙得连看一眼都顾不上，对男女之事更是一窍不通。

升初三那年暑假，我不像其他同学那样到处去玩，而是天天在空无一人的学校里读书。那是一段很苦的日子，你们可以想象，一个精力旺盛的男孩子，每天坐在一片死寂的教室里背单词，做数学题，唯一的消遣就是坐在窗边看着操场发呆。现在想起来，我宁可那年暑假疯玩一夏，考不上好高中不要紧，考不上大学也不要紧，即使现在只是一个无业游民我都心甘情愿。如果那样的话，至少我是一个人格健全的人，是一个堂堂正正的父亲!

（J先生手按额角，痛苦不堪地弓起身子。Z先生示意欲起身安慰他的罗家海不要动，让大家静候J先生恢复平静。）

渐渐地，我发现每天下午都会有一对父女来校园里玩。我之所以肯定他们是父女，是因为我听见那个女孩叫那个男子“爸爸”。女孩子有十二三岁，梳着两条辫子，很漂亮，经常穿着颜色各异的花裙子。爸爸也很英俊，戴着一副金边眼镜，很斯文的样子。

当时我们的教室在平房里，窗下就是一排花坛。夏天的时候，会有阵阵花香从开着的窗子里飘进来。那对父女有时在操场那边玩单杠，有时会在花坛这边摘花、捉蜻蜓什么的。每当听到那个小女孩的笑声，我就提醒自己该休息一下了。我的所谓休息，就是坐在窗边看那对父女嬉戏。有时候他们看见我，也会友好地冲我笑笑。那时候，这幅场景会让我感到生活的美好。试想，在午后的阳光下，父亲陪着女儿在花园里玩耍，这是多么动人的画面。这让我时常幻想将来的生活——日子安逸富足，风度翩翩的我，领着女儿尽情玩耍，旁边是一个家境贫寒的男孩艳羡的目光。我每天都盼着他们能来玩，这样就可以让我有那么几分钟脱离现实尽情幻想，这对当时的我而言，已是非常大的满足。

（J先生的表情迷茫，带着微笑，同时又在微微颤抖，似乎在回忆一个让他既感到痛苦，又感到甜蜜的场景。）

我记得那是个非常炎热的下午，没有一丝风，我坐在教室里汗流浃背，空气仿佛都凝固了一般。我想这么热的天，他们不会再出来玩了。可是下午3点多，那对父女又出现在校园里。

他们径直来到我窗下的花坛旁边，女孩的爸爸还冲我点了点头。不过我发觉他的表情有些扭曲，似乎很紧张。女孩则一直没有抬头。

这一次他们没有摘花或者捉蜻蜓，而是坐在了花坛靠窗一侧的水泥台上，那样，他们就彻底躲在了茂密的花丛后，但他们的一举一动却完全暴露在我的眼前。父亲把女孩抱坐在自己的膝盖上，接着……

（J先生艰难地咽了口唾液，嘴里似乎干燥得沙沙作响。）

接着他就掀起女儿的裙子，脱下了女儿的内裤。

我的脑子里一片空白，整个人像被施了定身咒一样动弹不得。眼前是女儿在爸爸身上起伏的身体，耳边是爸爸粗重的呼吸和女儿的呻吟。

他们仿佛表演似的更换了好几种姿势，最后爸爸在女儿身后低吼着结束。然后他们极自然地穿好衣服，擦干身体，还把女儿用来擦拭下体的一方手帕放在窗台上，最后齐齐地对我报以满足的微笑，走掉了。

他们走了好久，我还傻呆呆地看着窗外发愣。接下来几个小时的时间，好像就在几秒钟内一晃而过。直到夜幕降临，我的妈妈来学校喊我回去吃饭，我才醒过神来。我把那方手帕偷偷塞进书包里，跟着妈妈回家了。

第二天我很早就去了学校，第三天、第四天也是，可是直到暑假结束，却再没有等到那对父女。之后的日子和之前的毫无区别，可是我知道我发生了变化。在目睹了一场荒唐的性爱之后，我仿佛被强迫知晓了某个秘密。那是一种充满诱惑的邪恶感觉，让人从心底里憎厌，而又无比渴望。如果用某种味道来形容，那就是略带腥气的甘甜——事实上，那个暑假的绝大多数时间里，我都躲在空荡荡的教室后面，边嗅着那方手帕，边自慰。

之后我考上了重点高中，然后就读于某大学法律系，毕业前夕考取了律师资格证，结婚生女，一切按部就班。那方手帕从那一刻起始终没有离开过我，伴随我从一个少年直到中年。我有了自慰的习惯，结婚后仍没有戒除。在我从一个男孩成长为一个男人的过程中，我发现我始终对小女孩情有独钟，我的妻子也是因为身形娇小、单纯可爱我才下决心跟她结婚的。

这个秘密伴随了我20年，也折磨了我20年。每当我看到同事或者邻居的小女儿的时候，我就控制不住内心的激情。不，那不是成年男性对小女孩该有的怜惜和疼爱，而是赤裸裸的性欲！她们不知道在甜甜地叫我叔叔的时候，我正在脑子里幻想着什么！如果说我对其他人的女儿抱有性幻想还可以原谅的话，那么，我女儿的出生对我而言，就是一个甜蜜的灾难！

（J先生突然不说话了，头几乎要低到膝盖上，过了半天他才重新抬起头来，却又用一只手捂住半张脸。）

女儿6岁的时候，已经很漂亮了。我妻子很爱她，每天都变着法地打扮女儿。她不知道，女儿越大，越漂亮，我就越痛苦。我不敢抱我的女儿，我怕看到她那天使般的面孔和小辫子，触碰到她柔软的身体后，我会无法遏止地勃起！可是无论我如何掩饰自己，女儿7岁那年，事情终于还是发生了。

那天妻子和女儿在卫生间里洗澡，出来的时候，女儿脸蛋红红的，湿漉漉的长发披散在肩膀上，整个人只围着一条浴巾。我的身体当时就出现了异样，为了躲避，更是为了迫不及待地发泄，我冲进了卫生间。正当我拉下裤子自慰的时候，我看见了洗衣筐里女儿刚刚换下的内衣。我几乎想都没想就把内衣缠绕在我的器官上，拿起另一件在鼻子下使劲嗅着。正当我即将喷发的时候，我妻子突然闯进来拿爽肤水……当妻子看清那沾满我体液的竟然是我女儿的内衣时，她一下子把手指塞进了自己的嘴里，惊恐万状地向后躲着，我拉着她，哀求她原谅我，听我解释，可是她拚命咬着自己的手指，疯狂地摇头，无论我说什么，回答我的都是一声声从胸腔里挤出的嘶吼。我们在狭小的卫生间里无声地撕扯，直到女儿过来敲门才分开。

从那天开始，我妻子不再允许我靠近女儿，也不再跟我同床，而是搬去和女儿一起睡。女儿不知道我们之间发生了什么，仍旧跟我很亲昵，在被我妻子厉声喝止了几次之后，也渐渐跟我疏远。表面上看，我们依然是平静和睦的三口之家，可是我的内心已经痛苦得无以复加。我有几次想找妻子恳谈，可是看到她眼底深深的厌恶和轻蔑，我就失去了开口的勇气。

（J先生的声音渐渐哽咽，大颗大颗的泪珠滴落到膝盖上。）

我知道我不是一个好爸爸、好丈夫。但是我无法控制自己的情欲，在失去家庭之后，这种欲望似乎反而更加强烈。我继续想尽办法偷女儿的内衣自慰，然后在夜里躲在卧室狠狠地扇自己的耳光。我考虑过自杀，于是我拼命地办业务、接案子，我打算在3年内赚够200万，够她们母女生活后，就找个地方自我了断。直到……

（J先生抬起泪痕交错的脸，对Z先生说："直到你来找我。"）

Z先生只是微微颔首，其他人也都不说话。这个被Z先生称之为"暖身"的阶段其实残酷无比，听到别人的伤痛并不是一件令人愉快的事情。但是大家别无选择，既然决定在一起彼此帮助，就要坚持到底。

J先生已经恢复了平静，正在用纸巾细细地擦脸。Z先生看看他的脸色，慢慢地说："我们曾根据这张照片的偷拍角度，推算出拍照者当时就在你家对面的楼顶。蹲守了几次之后，没找到那个人。所以，对于策划者，我们还是无能为力。不过，我们找到了他。"他把一组照片推到J先生面前。

照片上的场景各异，主角都是一个衣着寒酸的老人，看年纪已经接近60岁。J先生把几张照片摆在眼前端详，几分钟后深深地呼出一口气。

"就是他！"J先生的眼中陡然爆出一丝杀机，"他女儿呢？"

"那不是他女儿。"Z先生摇摇头，"当年她只是一个雏妓，6年前死于三期梅毒。"

他把另一个资料袋丢给J先生，J先生翻看着里面的资料，脸上的表情有些失落。

Z先生读懂了他的情绪，笑了笑，说道："就我们的计划而言，有他一个人就够了。"他指指照片上的老者，神情严肃起来，"相信不久之后，你就能重新赢回你的家庭和你的妻女。"

J先生看看照片，又看看Z先生，目光渐渐变得决绝。

"那我们还等什么呢？"

第二十三章

他和“她”

方木向边平请了一天假，没说明去向，边平也没多问，嘱咐了一句“开着手机”就准假了。

两个小时后，方木的吉普车驶进了J大校园。

大半年没回学校，这里的变化已经非常明显。几栋高楼拔地而起，让学校里多了几分建筑物的硬冷，少了几分象牙塔的闲适。

方木减慢车速，让吉普车在校园里漫无目的地游荡。驶过田径场，驶过食堂，驶过游泳池，最后停在南苑五舍门前。

方木没有下车，透过车窗看着面前这座七层建筑。它还是老样子，唯一不同的，大概是这里进出的面孔。脚步匆匆的学生有的好奇地看看停在路边的吉普车，有的视而不见，昂头而过。他们中的有些人也许听说过这里曾发生的故事，对他们而言，会给自己平淡的生活中增添一点刺激、新奇的谈资，而对当事人来说，恐怕就是一生都难以磨灭的回忆。

方木忽然想起很多人，想起杜宇、邹团结、刘建军，还有陈瑶、孟凡哲。他们中的有些人，正开开心心地生活在别处；有些人，方木宁愿相信他们已然堕入轮回，正在某个幸福的妈妈腹中孕育，或者在温暖的襁褓中睁开懵懂的眼睛。

无论如何，请你们把一切都忘记。如果一定要有人回忆，那就让这个人是我好了。

方木发动汽车，开向校园的东北角。

地下室附近荒草遍地，方木想起这里春夏两季郁郁葱葱的样子，恐怕在J大校园里，这是最大的一片绿地了。不知校方是不愿再动还是不敢再动，眼前的一切都没有变，好像仍然是方木搀着邰伟走出时的样子，就连门口倒伏的枯草都一模一样。方木走到那两扇铁门前，摸摸门上缠绕的铁索，一手的锈蚀和冰冷。

“要进去看看么？”

方木回过头，是邰伟。

两个人默默对视，彼此都没有惊讶在此地看到对方，似乎这是一个早就定好的约会。

邰伟踏着枯草走过来，把脸凑近铁门间的缝隙，向里面张望了一阵。

“漆黑一片。”邰伟扭头对方木说，“如果你想进去看看，我可以去找管理员。”

“不必了。”方木摇摇头。

“我就知道你会回来。”邰伟向四处看看，似乎在回忆某件事情，“每当工作压力大的时候，我也会回来看看。”

他耸耸肩膀：“在这里坐一会儿，我会感到轻松不少。那么困难的日子都挨过来了，那么凶残的罪犯我都见过，眼前这点压力，这些小蟊贼又算得了什么呢？”

邰伟拉着方木坐在一片稍高的草地上，又给两人点上烟。

邰伟也和眼前的景物一样没有变，也许稍稍不同的是他脸上增添的些许皱纹。这并不妨碍方木的回忆，他能够轻而易举地想起当时邰伟的表情、动作和话语。

“你知道么，其实我很羡慕你。”

“羡慕我？”邰伟吃惊地扬起眉毛，“羡慕我什么？”

“并不是所有人都能在遭遇这样的事情后，还能保持一个正常的心态。”

“哈哈。”邰伟的脸上略显自得之色，“你是说我意志坚强？”

“不。”方木突然笑了，“我管这叫没心没肺。”

邰伟在方木肩膀上用力捣了一拳，方木一个趔趄，差点从高地上滚下去。

善意的拍打让两个人似乎一下子亲密起来，邰伟嘻嘻哈哈地拉住方木：“你小子，怎么做了警察，体格还这么差？”

“没办法。”方木揉揉酸疼的肩膀，“天生如此。”

邰伟上下打量着方木，脸上的笑容却渐渐隐去。

“其实在你毕业之前，我曾经碰上过两起棘手的案子，连赵永贵都动员我去找你帮忙，可是我没这么做。”

“为什么？”

“因为我不想让你再参与这些事了。”邰伟认认真真地说，“我希望你能做个大学教师，或者公务员，哪怕是律师，也不想让你做警察。”

方木笑笑，低下头不作声了。

“你刚才说的，也许就是我和你之间的不同之处。”邰伟自顾自说下去，“如果你非要做这一行，我就奉劝你一句：好自为之。”

过了半天，方木轻轻地说：“我会的。”

邰伟嘿嘿一笑，在方木肩膀上用力一撑，站起身来。

“走吧。我送你去。”

“去哪里？”

“那还用问？你这次来，总不会仅仅是为了要看这里吧？”

邰伟开来了自己的白色吉普车，方木想了想，决定把自己的车留在校园里，拿起早已准备好的花束上了邰伟的车。

坐在驾驶室里，看着手握方向盘的邰伟，一切仿佛时光倒流。好像他们正准备动身去调查马凯的案子，又好像刚刚从孟凡哲的家里归来。

要遗忘，又怎能遗忘？

息园是J市唯一的公墓，过去只能存放骨灰盒，殡葬也商业化之后，开辟了大大一片墓园。从远处看，大大小小的墓碑沿着山坡密密排列，无端地就有一种宁静肃穆的氛围。

邰伟把车停在车道边，让方木一个人进墓园。方木知道他的用心，心下颇有些感激。

乔老师的墓碑就在那片碑林之中，看上去并无特殊之处。这块墓地是乔老师生前的学生们筹资买下的，最初曾考虑买一块单独的墓地，后来师母说乔老师生前最反对浪费，遂安排在普通的墓园里。

乔老师的墓地很干净，看得出经常有人来打扫。方木把手里的黄菊花摆在墓碑一侧，又拆开一包芙蓉王香烟，点燃了一支放在台阶上，接着整装肃立，向乔老师的墓碑连鞠三躬。

方木没能参加乔老师的追悼会，那时他还在看守所里。其他人也未能目睹乔老师的遗容，因为他的遗体在地下室里几乎被毁坏殆尽。说起来，方木是最后看到乔老师的人，他不知道自己该感到庆幸还是悲伤。

方木看着墓碑上镶嵌的乔老师的遗照，似乎那个腰板挺直、眼神严厉的老头就站在自己面前。方木伸出手去抚摸那张照片，眼前渐渐模糊。

他背靠墓碑坐下来，此刻太阳悬挂在头顶，大理石墓碑竟有了暖暖的温度。方木感到自己背上有一股热流在慢慢扩散，既踏实，又心安。

如果乔老师还在的话，自己的迷惑也许就会有人来排解。乔老师会告诉方木他究竟适不适合做个警察。但是反过来说，如果乔老师在那场灾难中安然无恙，方木会义无反顾地去做警察么？

这个问题他从来没有认真思考过，毕业时只是近乎偏执地报考了C市公安局。如果不是边平半路“抢人”，自己现在大概是邢至森麾下一员刑警了。方木不知道做警察究竟是兴趣使然，还是其他别的原因。如果不是上次见面时邰伟说他是为了遵从乔老师的遗愿，恐怕他自己永远不会去探求这个问题的答案。

不是从未想过，也许只是逃避而已。

方木不由得转过头去看着乔老师的遗像。如果你能听到我的心声，告诉我，我该怎么做？

就在此时，衣袋里的手机响起来。

乔允

郤伟百无聊赖地坐在驾驶室里四处张望，忽然看见方木从墓园中飞跑出来，上车后只有简短的一句话：

“送我回去拿车！”

回到C市比来时要快很多，一个多小时后，一路拉着警笛的吉普车驶入了市第11中学。

校门口早已拉起了警戒线，外面是前来围观的附近群众。方木越过警戒线，在一名刑警的陪同下直奔现场。

市第11中学是一所历史较久的中学，“文革”后始建，校址却一直没动。校内的很多老式建筑和景物都保存了下来，包括随处可见的参天大树。不远处的一棵树下，郑霖正阴沉着脸抽烟。

他把陪方木过来的刑警打发走，自己领着方木往现场走去。

现在是下午2点，校园里应该正是热闹的时候，可是走了一路，一个学生都看不见。

“学生都哪里去了？”

“停课了。校园里出了命案，校方为了谨慎起见，给学生统统放了假。”郑霖的脸色略有不满，“你去哪里了，怎么才来？”

“去外地了。”方木撒了个谎，“调查罗家海那件案子。”

“等你半天了。”郑霖的脸色稍稍缓和，“你上次不是说福士玛超市杀人案的现场有一种仪式感么？”

“是。怎么了？”方木的心一沉，脚步也有所停顿。

“你看看这个现场吧。”郑霖顿了一下，“你所说的仪式感更强。”

方木不再说话，小跑起来。

现场位于仓库附近的花坛边上。死者是一名男性，年纪60岁上下，身高在1.75—1.8米之间，体重约75公斤。尸体呈坐姿，全身赤裸，后背靠着花坛，面朝北方。死者周围未见衣物，可见此处并非杀人第一现场。死者头部低垂，在皮肤松弛的颈部可见一处裂伤，目测几乎深达气管。死者双手环拥于身前，而尸体怀抱之物，就是现场最诡异的一样东西。

那是一个塑料人体模特，从模特的身形来看，“她”应该是一个小女孩。塑料模特穿着一条鲜艳的紫底白花裙子，“双手”垂下，按在死者的两条手臂上。

模特的双眼热切却空洞地盯着前方，仿佛一个从死者身上跃起的动作做了一半就定格下来。方木绕到死者的正前方，无意中发现自己的倒影就在右侧。他下意识地扭过头，眼前是一扇窗子，透过污渍斑斑的玻璃，能看见里面堆放着破破烂烂的桌椅和扫帚、簸箕等清扫用品。

“怎么样？”郑霖也走过来，和方木并排凝视着死者和他怀抱中的塑料女童，“可以开始勘验了么？”

“没耽误你们干活吧？”

“没事。物证都固定、提取得差不多了。”郑霖看看四周，又看看地上几个画好的白圈，“尸体检验还没完事，不过天气对物证提取影响不大。”

方木点点头，郑霖一声令下，早就等候在一边的勘验人员马上忙碌起来。

“死因能确定么？”方木转头问郑霖。

“法医初步推断是失血性休克。”郑霖朝死者脖子上的伤口努努嘴，“气管也被割断了——割喉。”

“死亡时间呢？”

“昨天22点至今天凌晨3点之间。”

“哦？”方木思索了一下，“抛尸时间也应该在夜里。现在已经是下午了，怎么才发现尸体？”

“是一个校工发现的。”郑霖指指花坛对面的平房，“这里是仓库，平时很少有孩子到这边来玩，另外，你瞧那花坛……”

花坛里种植着茂密的花草，虽然早已花叶尽落，可是从花坛另一侧来看，依然不容易看清对面的情形。

“……那校工进仓库里来取工具，恰好从死者对面的窗户里向外看了一眼，结果就发现了死者。”

方木点点头，看着法医上前把尸体的双手小心地掰开，两个刑警抓住“小女孩”的双臂，慢慢地把它从死者怀里抽离出来……

“嗯？”方木的眼睛突然瞪大了，“那是什么？”

其他人也看见了，不约而同地“咦”了一声。

死者的下体纠缠着一方格子手帕。一个法医取出镊子，小心地拨弄着手帕。

“系上去的。”他用镊子夹起死者的男根，“你们看，这手帕把死者的阳具捆起来了。”

“靠！”郑霖哭笑不得，“这他妈是什么意思？”

方木蹲下身子，仔细端详着那方手帕，又扭过头看看摆在一边的“小女孩”。

“老郑，”方木若有所思地问道，“你说如果把男人那话儿捆上，会怎么样？”

“还能怎么样？他怎么也不能怎么样了。”郑霖不自然地夹紧双腿，仿佛他那里也被紧紧地系上了一根绳子，“不能撒尿，那个……也不成了。”

“对。他什么也做不成了。”方木看看死者，又猛地朝“小女孩”一指，“包括侵犯这个小女孩！”

第二十四章

挽回

11月22日下午，C市11中学校内发现一具男性无名尸体。由于死者全身一丝不挂，没有任何可以证明其身份的物品，故警方在全市范围内通过认尸启事查找尸源。第二天下午，一马姓市民向警方报案，称死者是其父亲，并经警方安排辨认尸体，确认无误。

死者马春培，男，57岁，汉族，无业，丧偶独居，生前居住在红园区台北街83号三单元四楼一号。死者生前育有一子马光，系某国有企业出纳。由于马光与其父甚少来往，所以直到案发后第二天，看到认尸启事后才发现死者已被害。

死者生前独居，与亲属、邻居很少来往。由于他平时喜好到附近的麻将社打牌，所以牌友们对他倒比较熟悉。警方的调查走访结果显示，死者在案发前一天穿黑色呢子外套，米色手编毛衣，深藏青色长裤和一顶毛线帽子，但在案发现场及附近没有发现上述衣物。

死亡时间为11月21日22点至22日凌晨3点之间，死因为失血性休克。死者头部无明显伤痕，四肢及躯干处有多处软组织挫伤，但均非致命伤，死者颈部深达气管的割伤才是致命伤所在。凶器为锐器，具体种类不详，单双刃不详。死者手脚和面部均有被胶带缠绕及密封的痕迹，怀疑死者生前曾被劫持及拘禁。

在死者下体提取一条缠绕状手帕，经检验，该手帕的质地为普通棉布，生产时间大约在15至20年前。手帕上提取到部分体液，经化验为精液和女性阴道分泌物，分属O型血男性和AB型血女性。经过与死者的DNA比对，手帕上的精液为死者所留，但年代久远。经死者之子马光辨认，此手帕并非其父所有，在家中从未见过这条手帕。

死者怀中的塑料儿童服装模特为南方某厂家所制，在本市多处地点有售，查明购买者非常困难。模特所穿的裙子为某童装品牌服饰，本市各大中型商场均设有专柜，查明购买者同样需要假以时日。至于模特所穿内裤具体厂家不详，无法查明来源。

警方对死者社会关系的调查走访结果显示：死者于1982年大学毕业，曾在某国有企业任会计，10年前企业倒闭，死者买断工龄后先后在多家私人企业打工，但从业时间都不长。55岁后死者不再就业，靠养老金度日，晚景颇为凄凉。死者生前社会关系相对简单，为人低调内向，不曾与人结怨，但偏偏与其独子关系冷淡。警方多次走访死者之子马光，询问父子交恶的原因。马光最初避而不谈，后经警方耐心开导，马光说了这样一件事：约7年前，家里忽然频频接到一年轻陌生女子的电话，女子要寻找的人正是自己的父亲马春培，有一次居然还找上门来。当时马光尚未结婚，看到该女子的穿着打扮后，觉得此人可能从事性服务业。而父亲马春培对此事言辞躲闪，似乎另有隐情。几日后，马春培的妻子发现家中存款少了7000块，经追问，马春培承认该笔款项是自己拿给那名女子治病了。妻子再三追问，马春培不得不承认女子所患之病为梅毒，至于二人关系，马春培拒绝讲明。妻子怀疑马春培与该女子有不正当关系，羞愤交加，一病不起，并于一年后病逝。马光始终将母亲的亡故归咎于父亲的行为不检，自母亲去世后，他与父亲之间的关系日益冷淡，结婚后更是甚少来往。

鉴于此案案情复杂，且与一般命案区别显著，故C市公安局再次求助于公安厅犯罪心理研究室。

其实即使市局没有委托犯罪心理研究室参与办案，方木也对此案充满了兴趣。凶手作案手法的诡异以及对现场的精心布置，都表现出凶手有心理异常的倾向。此外，郑霖对方木说现场有更强烈的仪式感，方木在现场感触也颇深。凶手将死者与模特安排成如此诡异的组合，绝不是任意为之，而是要表达出一种情绪。那么，他要表达什么呢？

首先，案发时死者全身一丝不挂。凶手这么做，显然不是为了隐瞒死者身份这么简单，而他似乎也无意这么做，否则他完全可以肢解死者或者毁坏死者面部。凶手之所以让死者裸体，应该是为了表达出某种与性有关的情绪。

其次，凶手选择了一个女童形象的塑料模特。如果要在现场传达出性信息，凶手的做法显然是毫无必要的，而他之所以这么做，说明凶手想象中的性交对象乃是一个幼女。然而塑料模特身上却穿着一条裙子，这显然不是一件应季的衣服。警方经检验确认，这条裙子是全新的，从未被人穿过。如果凶手临时起意，那么在冬季里去商场购买这件裙子是相当困难的。这说明凶手早就准备好了这条裙子，而这恰恰可以证明凶手对此蓄谋已久，换句话来说，模特和身上的裙子都是凶手犯案及布置现场不可缺少的。

再次，模特穿着内裤。这是一个意味深长的举动。为了证明这一点，方木特意去本市的各大商场转了一圈。当天，很多女性服饰店的营业员都目睹了一个专门掀起服装模特衣物察看的年轻男子，更离谱的是，这男子还询问店员是否会给模特穿上内裤。调查结果显示：给塑料模特穿上内裤是一个对凶手而言非常必要的附加行为，他这么做，显然是出于一种很特殊的心理需要。

最后，也是最耐人寻味的一样东西，就是死者下体缠绕的手帕。死者之子断言手帕并非其父所有，但检验结果证明，手帕确实被死者用过，而且是死者与AB型血女性交媾后擦拭所用。那么就有两种可能：一是死者长期秘密保存了这条手帕，二是凶手长期保存了这条手帕。无论是谁保存了这条手帕，都说明这手帕对他而言非常重要。方木比较倾向于第二种可能，因为警方对死者家里进行了搜查，现场并没有翻找物品的痕迹，而死者将这条手帕时刻带在身上的可能性不大。这说明，死者并非是凶手随机选择的被害人，肯定与凶手有某种瓜葛。此外，曾与死者发生过关系的这名AB型血女子，也许与本案有很大的关系。

据勘验人员介绍，检验尸体时，他们将手帕取下很是费了一番周折。因为手帕捆扎得非常紧，勘验人员费了九牛二虎之力才将其从尸体上完整地分离开来。有人开玩笑说，如果用这样的力度把活人那活儿扎上，用不了12

个小时就会使尿道坏死、破裂。正如郑霖所言，死者的下体被捆扎后，他就什么都做不了了，而凶手这么做，显然也是为了表达出这种情绪。

综上，方木觉得这个仪式要表达的是——被拒绝的性行为。

死者赤身裸体，这本身带有极强烈的性色彩，而偏偏下体被一条手帕紧紧缠绕，这意味着死者其实已经失去了性能力，而塑料模特的装束则更能反映出这一信息。第一，“小女孩”衣着完整；第二，“小女孩”并不是内衣模特，却出人意料地穿着内裤。一方面，这再次强化了“小女孩”不可能，也并未受到性侵犯的结局。另一方面，这说明凶手确实在把“小女孩”当作一个活生生的人来看待。

赋予物品强烈的代入感，并且极为缜密地安排细节，这恰恰是仪式的特点。

凶手要表达的情绪渐渐明晰：他要阻止这种针对幼女的性行为。

方木又回到市第11中学。此时是上午10点，学校已经恢复了正常的教学秩序，陈旧的校舍中传来琅琅书声。方木沿着校园低矮的围墙环行一周，看着不足两米的砖墙不觉苦笑，这样的高度，实在是太容易翻越了。警方推测凶手应该是借助机动车辆运送尸体到这里，而校园的西、南两侧墙外都是马路，车辆遗留的痕迹根本无从查找。

方木来到现场所处的位置——花坛和仓库之间的狭小过道。他蹲在花坛前面，透过面前密集的枯枝向外看。这的确是校园里相对隐蔽的一个场所，而这一点，恰恰是方木觉得奇怪的。凶手对现场进行了精心布置，显然是为了向他人进行展示。如果说他抱有这种心态的话，那么他选择的这个地点会使这种效果大打折扣。其一，市第11中学地处城郊，又并非重点学校，并不会引发多么轰动的社会效果；其二，在一个偏僻的学校里选择一个隐蔽的场所展示他的仪式，而尸体直到弃尸后9个多小时才被发现。如果凶手并不想追求震惊社会的效果，那么，他是想展示给谁看呢?

方木扭过身子，坐在尸体曾被摆放的位置——面前是仓库那扇污渍斑驳的窗户。

难道是这窗户后的某个人?

方木站起身来，再次透过玻璃观察仓库内部的情形。这是一个典型的校园仓库，凌乱且肮脏不堪，到处都是灰尘和蛛网。方木的视线投向仓库前方，忽然，在成堆的破烂桌椅后面，看到了一样东西。

方木沿着外墙向前走去，换了一扇更靠近的窗户。不错，仓库前部的墙上是一块大大的黑板。方木想了想，起身向教学楼走去。

教导主任告诉方木，仓库的前身是一间教室，刚建校的时候，由于全市的中学并不多，生源充足，所以那排平房也被当作了教室。后来随着有竞争力的中学逐渐增多，在第11中学就读的学生越来越少，那排教室就闲置下来了，1999年之后成了仓库。

如果方木推断得没错，那么这所学校是凶手刻意选定的一个弃尸场所，而仓库和花坛之间的弃尸位置，也并非随意为之。也许，凶手曾就读于这所学校，甚至可能就曾坐在那间仓库里上过课!

这个推断让方木有些兴奋，他要求教导主任提供曾在仓库里上过课的学生名单。教导主任面露难色，当时学校的学生名录并未实行计算机管理，而是记录在名册上，而查找那些十几年前在这里读过书的人的名字，需要到故纸堆里翻找一阵，不过他还是答应尽量协助警方调查。

两天后，市第11中学送来了十几摞学生名册。方木看着那些硬皮、泛黄的名册，大致估算了一下，足有上千人，心里先凉了半截。考虑到凶手为男性的可能性很大，方木让市局的同事先从现居本市的男性查起，务必搞清这些人的现住址和职业等情况。

同时，根据方木的建议，警方对那名AB型血女子的外调也有了初步结果。方木觉得，现场出现的那条手帕是本案最重要的物证，凶手的作案动机很可能与那次性行为有关。死者个性低调内向，与性工作者有染的可能性很小，但其子马光的证词恰恰说明他的确曾与某个卖淫女发生过关系。那么，那个身患梅毒的女子，会不会就是在手帕上留下体液的人呢？方木建议市局在全市范围内（包括各医院和诊所）查找近10年内因梅毒前往医院诊治的AB型血、年龄在25岁—35岁之间的女性。经调查，C市10年内因患梅毒而去医院诊治的共有1162人，基数虽然较大，但其中为女性、AB型血且在25岁—35岁之间的仅有56人。警方对这56人进行逐一筛选，最后查找出其中曾从事性服务业的18人。

这18人中，2人下落不明，6名死亡，其余10人都在本市。警方安排死者之子马光辨认这18人中是否有当年找死者要钱的那名女子。最初，警方对此并不抱太大希望，一来时间太长，马光出现记忆模糊甚至记忆错误的可能性很大；二来，警方统计的人数中是否存在黑数尚不可知，当年那名女子很可能并未去正规医院诊治。然而幸运的是，马光在6名已死亡的患者中认出了当年那名女子，并确认无疑。

“把我妈气死的人，我一辈子都不会忘记！”

夏黎黎，女，S市奋进县八台乡人，小学文化，自幼父母离异，10岁起随其母来C市谋生。据调查，其母一直从事性服务业，而夏黎黎不久后也堕入此道。据一同从业的姐妹讲，夏黎黎13岁时，其母因嫖资与客人发生纠纷，被打成植物人。由于缺钱，夏黎黎在那段时间拼命接客，但终究回天乏力，其母3年后去世。此后夏黎黎独自生活并继续从事性服务业，直至26岁那年死于三期梅毒。

这个发现让市局和犯罪心理研究室十分兴奋，但是双方却形成了不同的推测。

市局方面的推测是：凶手很可能是嫖宿夏黎黎之后被感染梅毒，而马春培正是将梅毒传染给夏黎黎的人，凶手的动机是报复。但是夏黎黎已死，所以凶手将一腔怒火发泄在马春培身上。但是马春培的尸体经检验后发现，他没有，也不曾患过梅毒。此外，如果凶手是为了报复杀人，那么他为何在夏黎黎死后6年才动手？他又是如何得到那块手帕的？

边平的意见是：凶手很可能是与夏黎黎关系密切的人，对夏黎黎悲惨的身世十分同情，进而在夏黎黎死后报复当年的嫖客。而从手帕上的痕迹来看，马春培嫖宿夏黎黎的时间大概就是夏黎黎为其母拼命赚钱的时期，那时夏黎黎仅有13岁左右。凶手把现场布置成“无力侵犯幼女”的样子，就是要强迫马春培赎罪。

方木对这两种推测都不同意。市局的推测明显不符常理，而且没有证据佐证。至于边平的意见，虽然能解释凶手为什么要选择女童形象的塑料模特，但是假设凶手基于这种心态作案，曾经染指夏黎黎的嫖客何止百千，为何在夏黎黎死后6年内没有类似案件发生？不过边平关于“赎罪”的思路倒是启发了方木。现场的情形的确传达出凶手的某种强烈情绪，但是如果将其理解为“赎罪”的话，还不如说是一种“挽回”。

资料里有一张夏黎黎和朋友出游时所拍的照片，当时她19岁，尽管脸上浓妆艳抹，但仍能在神情中感受到一丝难以遮掩的稚气。也许是因为长期病态的生活，夏黎黎身高不足1.6米。可见她在13岁的时候，模样是多么娇小。假设凶手选择塑料模特是为了代表夏黎黎的形象，那么他就在那个“小女孩”身上流露出两种信息：一是安全（模特衣着完整且穿着内裤），二是美好（没有什么比穿着可爱的花裙子的小女孩更能代表美好这个词了）。实际上，凶手要表达的是男子不可能，也没有侵犯这个女孩。那么，他要表达的情绪就不是“赎罪”，而是“挽回”——他想证明某件事情并未发生。

如果上述推论成立，那么，凶手就不是要展示给别人看，很可能是要展示给自己看。

而这个人，也许就是当年在那个仓库窗后目睹了某件事的某个学生。

经过几天的努力，市第11中学送来的学生名单终于筛选完毕，符合查找条件的仍多达464人。负责筛选名单的警察一面揉着通红的眼睛，一面毫不避讳地提醒方木，对这464人进行逐一排查要花费大量时间，此外，局里的警力都在按照边平的建议，集中追查与夏黎黎关系密切人员。潜台词是：费时费力筛选出来的这份名单，估计是白费力气。

方木一边心不在焉地应付他，一边随手翻看着手里的名单，忽然，他的眼睛瞪大了。

“郑霖在不在？”

得知郑霖正在办公室里之后，方木二话不说就朝电梯跑去。惹得那同事在身后直嘀咕：

“这小子，小时候是不是让狼撵过啊？”

连续忙了几天，刚要在沙发上和衣躺一会儿的郑霖被方木硬叫起来，直截了当地要他分配点警力调查一个人。

“调查谁？”

方木翻开名单，指向一个他们都熟悉的名字。

姜德先。

第二十五章

失乐园

姜德先从黑色奥迪A6车中钻出来，四处张望了一下，快步走向省医院住院部。他的身影刚刚消失在门口，另一个在路边报亭买杂志的年轻人立即动作迅捷地跟了过去。

马路对面，一辆黑色吉普车里，方木放下望远镜，用对讲机叮嘱了几句：

“别跟得太紧，小心惊着他。”

几日来，警方一直在方木的建议下监视姜德先，然而收获甚少。姜德先出院后，似乎一直沿着原有的生活轨迹平静地走下去，每天开车上班、与当事人见面、出庭，偶尔和妻女在楼下的园区里散散步，一派安宁祥和的样子。鉴于手中掌握的证据不足，而对方又是法律专家，警方决定暂时不对姜德先进行讯问，而是通过监视他的活动，试图寻找有力证据。

半小时后，姜德先忽然从门诊部的楼里走了出来，他脚步匆匆，尽管动作不大，但方木在望远镜里仍然能看出他在前后左右地观察，随后，他就发动汽车，快速离去。

另一组人员驾驶着一辆白色桑塔纳轿车，悄然跟上。

姜德先的车开远，负责跟踪他的警察才跑过马路，径直上了吉普车。

“什么情况？”郑霖回过身来问道。

“不清楚。”那警察稍歇了口气，“这小子在住院部大厅里等电梯的时候，遇见了两个人。我感觉他们认识，但肯定是偶遇，因为双方都是一脸惊讶，彼此还交谈了两句。我离得远，没听清他们在谈什么。随后姜德先就离开住院部，沿着通道去门诊部了，挂了一个神经内科的号，看过医生后，又去药房拿了点药就出来了。”

“方木，”郑霖想了想，“你说我们是不是已经惊着这小子了？”

“有这种可能。”

姜德先去门诊部显然是临时起意，在神经内科挂号，他自述的症状肯定是头疼，这是最简单，同时也是最不容易检验的一种就医理由。他这么做，显然是为了掩人耳目。姜德先径直去了住院部，这说明他肯定是为了去看望某人。那他为什么又突然改变主意，去了门诊部呢？

难道是因为在一楼遇见的那两个人？

“那两人长什么样？”

“是一男一女。”那警察回忆着，“女的挺漂亮，男的嘛，跟我差不多高，看起来挺时髦，好像还染着头发……哎，哎！”

他忽然手指窗外，大声叫起来：“就是那两个。”

一对青年男女从住院部门口匆匆而出，径直上了门口的一辆出租车，绝尘而去。

方木和郑霖交换了一下眼神，彼此都掩饰不住内心的惊讶。又是一个熟人。

那个男人是谭纪。

“兄弟，再麻烦你跑一趟，”方木的目光从谭纪消失的方向收回，“你去查查姜德先看什么病，拿的是什么药。”

那警察爽快地答应一声，跳下车去了门诊部。

“老郑，咱俩去看看医院里住着什么人，”方木拉拉郑霖，“没准还能遇见熟人。”

姜德先从医院出来后直接回了律师所，并在所里一直工作到下班。然后回家，始终再没有出过门，也没跟其他人接触过。

至于他在医院里自述的症状果真是头疼，并对医生说自己最近睡眠不好，在药房所配的药剂是最普通的镇静剂。

至于方木和郑霖这边，倒有一个不能算是收获的收获。由于姜德先曾在大厅里等过电梯，所以方木和郑霖决定从三楼开始查起。查看了住院病人名单，并来到病房逐一核对之后，并没有在病人中发现可疑人员，倒是普外病房里有一个病人在当天下落不明，这引起了方木和郑霖的注意。

这名病人叫李明，症状为头皮裂伤和左前臂锐器割伤，伤及神经和肌腱，并有轻微脑震荡，送诊时间为前天晚上。据主治医生回忆，患者为男性，自述35岁，身高在1.75—1.8米之间，相貌平平，没有明显特征。不过给医生留下深刻印象的是，患者就诊时情绪极不稳定，结合头皮裂伤的位置（头部右侧偏上）和左前臂的锐器割伤，怀疑患者系自伤。

院方介绍，李明不辞而别的原因应该不是无力负担医疗费，因为他预交的医疗费里尚有3000多的余额。警方按照他留下的地址进行调查，结果查无此人，看来李明这个普通至极的名字是个假名。

尽管此人无从追查，但是至少可以提供这样一个思路：此人可能与姜德先和谭纪都认识，姜德先和谭纪不约而同的探视对象就是他。如果上述假设成立的话，那么他们之间必然有某些不可告人的秘密，以至于双双放弃探视，“李明”也从医院不告而别。

这次的聚会只有4个人：Q小姐、T先生、罗家海和Z先生。

Z先生面色阴沉，不停地吸烟喝茶。T先生也冷着脸，抱着肩膀一言不发。

Q小姐低着头摆弄着衣角，不时看看T先生，又看看Z先生。倒是罗家海显得置身事外，躲在窗帘后，掀起一角朝外面窥视着。

“我记得我曾经说过……”Z先生终于开口了，但是语气强硬，“我们彼此之间不要私下里接触，稍有不慎，就可能前功尽弃。”

“对不起。”Q小姐看T先生要开口反驳，马上抢在他前面说道，“我们下次不会了。”

“现在H先生只能在家养病，”Z先生似乎越来越生气，“J先生也在短期内不能来参加我们的行动了。这全都因为你们……”

“我们怎么了？”T先生终于忍不住了，“我和Q都很关心H先生，J也是。H出了这么大的事，作为朋友不该关心一下么？”

“朋友？”Z先生冷笑一下，“我们只是互相帮助的搭档！”

“只是搭档？”T先生激动地站起来，“从我们知道教化场的那一刻起，我们的命运就已经连在一起了。否则我们也不会冒着那么大的风险去救罗家海！”

“Z，你当时也同意去救L，其实，你也是把我们当作生死与共的朋友的。”Q小姐柔声说道，“我们都是一样的人，本来就应该在一起，不是么？”

Z先生低头不语，片刻，他回头看看依旧站在窗边的罗家海。后者一动不动地看着窗外，似乎对他们的谈话充耳不闻。

“总之大家一切小心。”Z先生低声说，“我们既要完成计划，拯救我们自己，也要保护自己。”

他叹了口气：“其实上一次行动让我很不满意，J先生选择的地点太危险了。”

“只要他自己觉得合适就行。拯救自己比杀死那些混蛋更重要。”T先生的语气也有所缓和，“别担心，我们做了这么多次，不是没事？”

Z先生笑了笑，挥挥手说：“大家散了吧，分头走。T，你先走吧。”

T先生走后，Z先生看了看罗家海，开口说道：“L，有件事要跟你商量。”

一直站在窗边，仿佛木雕泥塑般的罗家海终于回过头来：“嗯？”

Z先生示意罗家海坐到自己对面：“本来计划先解决你的事情，好让你尽快离开这个城市。可是现在H先生的情况很不好，我们可能要先帮助他，你的事往后拖一拖，行么？”

“行。”罗家海很快回答。

“多谢了。”Z先生友善地笑笑，拍拍罗家海的肩膀。在那一瞬间，罗家海似乎有一个本能的躲闪动作，但是很快他就坐正了身子，端起一杯茶。

Q小姐看看手表："下一个是我还是L，或者你？"

"你先走吧。"Z先生说道，"一会儿我送L回去。"

Q小姐点点头，刚要起身，Z先生又开口了："Q，我有件事要问你。"

"嗯？"Q小姐面朝Z先生，表情有些紧张，"你问吧。"

Z先生并不急于发问，而是细细地端详着Q小姐的脸，直到那张脸慢慢变红。

"Q，你是不是在跟T恋爱？"

方木放下电话，跟边平请了个假，驾车向天使堂开去。

周老师很少主动打电话给他，这次在工作时间让他去天使堂一趟，估计是有重要的事情发生。

刚转入天使堂门前的马路，方木就看到几辆高级轿车停放在路边，几个衣着光鲜的胖子和几个剪着平头，身着皮衣黑裤的男子被附近的居民团团围住，似乎在争执什么问题。方木无心他顾，从他们身边呼啸而过，径直开到天使堂门口。

停好车，绕过热情地扑上来要求划拳的二宝，方木匆匆地跑进二层小楼。

周老师和赵大姐都在，他们坐在周老师的房间里，面色阴沉。见方木进来，周老师挥挥手示意方木坐下，赵大姐则哼了一声就把头扭过去。

方木有些莫名其妙："怎么了，出什么事了？"

两个人开始都不说话，这让方木越发地迷惑，又问了一遍，周老师才抬起头，一副欲言又止的样子。

赵大姐看周老师不开口，直截了当地问道："方木，你单单资助廖亚凡一个人，到底是什么居心？"

方木听出赵大姐言辞不善，更加摸不着头脑，他把目光投向周老师：“这是怎么了？”

“你说，”赵大姐站起身来，手指着方木的鼻子，“你是不是对亚凡有什么坏心眼？”

方木惊讶之余更有些恼火：“这是从何说起啊？”

“小赵！”周老师抬手喝止赵大姐，“你不了解情况，别一上来就跟机关枪似的。”

赵大姐狠狠瞪了方木一眼，气哼哼地坐下不说话了。

“方木，你也别着急。”周老师递过一支烟，“你最近是不是送给亚凡什么东西了？”

“是啊。”

“你看，你看！”赵大姐又跳起来，手指着方木不断地抖动，“他自己都承认了。”

“我承认什么了？”方木火了，“那些衣服、裤子，还有文具什么的，你们不也都看见了么？周老师不是还嘱咐你分几次给廖亚凡么？”

赵大姐愣住了，刚才还咄咄逼人的手也不知所措地停在半空。

“哎呀，小赵，你就别在这儿瞎搅和了。”

周老师从口袋里拿出一个心形的缎面小盒子，递给方木：“这是你送给亚凡的么？”

“这是什么？”方木心下纳闷，随手接过盒子打开一看，吓了一大跳。是一枚闪闪发亮的钻石戒指。

“这是谁送的？”他茫然地看看周老师，又看看赵大姐，“送给廖亚凡的？”

周老师仔细看看方木，似乎在判断他有没有撒谎，几秒钟后，他转头对赵大姐说：“应该不是小方送的。”

赵大姐有些尴尬：“那能是谁呢？”

方木问道："在哪里发现的？"

"廖亚凡的枕头底下。"

"会不会是她在外面捡的？"

"不会。"周老师摇摇头，"这孩子要是捡到这么贵重的东西，肯定会交给我的。"

"是啊。"赵大姐插嘴，"前些日子，亚凡捡了不少易拉罐，卖废品的钱都如数交给我们了。"

"那会是谁送给她的呢？"方木皱起眉头。

赵大姐打趣道："这下你这警官可以大显身手了，帮我们立案调查一下。"

方木还有点生她的气，不冷不热地"唔"了一声。赵大姐也觉得有些不好意思，说了句"我去看看孩子们"，就转身出去了。

赵大姐一出门，周老师就压低声音问道："真不是你送的？"

"周老师！"方木又委屈又好笑，"我哪买得起那玩意儿？我每月工资的三分之一都交给这里了，哪还有那么多闲钱啊。"

"呵呵，不说了不说了。"周老师笑着摆摆手，"我也没别的意思，就是不想让你送她太贵重的东西。"

"哼，赵大姐可不是这么想的。"

"你别在意。亚凡是个女孩子，我这个老头不好过多关心她生活上的事情，小赵平时操心得多一些。再说，她也不知道你和亚凡之间的渊源——不知者不怪嘛。"

方木笑笑表示理解，紧接着眉头又皱起来："那会是谁送的呢？"

"现在还不知道，等亚凡回来问问她就清楚了。"周老师想了想，"这孩子不会去偷东西，我只是担心她交上什么坏朋友。"

方木沉默了一会儿，想起一件事。

"拆迁的事情怎么样了？"

这件事显然让周老师更郁闷，他把烟头按熄在烟灰缸里，长叹一声。

“不是很顺利。”周老师用手按按太阳穴，“开发商给出的补偿款太低了，附近居民都不满意，双方谈崩了。”

方木想不出什么话来安慰他：“别上火。就算拆迁，一时半会儿也落实不了，最起码要等到明年春天以后。”

“希望如此吧。好歹让我熬过这个冬天再说。”

忽然，院子里传来了孩子的哭声和赵大姐尖厉的叫骂声。周老师往窗外瞄了一眼，立刻跳起来冲了出去。方木见状，来不及问什么，也跟着跑了出去。

院子里一片大乱。刚才方木在路边看到的那伙人站在院子里，二宝躺在地上，嘴角流着血。赵大姐冲一个肥头大耳的家伙连嚷带叫，孩子们也纷纷帮腔，一时间，嘈杂声不绝于耳。

周老师跑过去把二宝抱起来，二宝的嘴唇破了，血和泪水、灰尘混在一起抹在脸上，看上去凄惨无比。

“这是怎么回事？”周老师语调微微颤抖，听得出他在极力压抑着内心的愤怒，“为什么打人？”

原来，刚才赵大姐领着孩子们在院子里玩，忽然从门口闯进了一伙人，对着小楼和院子指指点点，嘴里还说着“这栋楼要拆掉”“把大树砍倒”之类的话。赵大姐问他们是做什么的，这伙人没理她，还冲到菜地里一通乱踩。偏偏这时二宝又挤过去跟那个领头的胖子玩猜拳，胖子嫌他身上肮脏，躲了几下没躲开，一巴掌扇到二宝脸上，又把他踹倒在地。

周老师的脸色越听越阴沉，给二宝擦脸的手也不停地哆嗦。

那伙人也认出了周老师，其中一个人在领头的胖子耳边嘀咕了几句，胖子的脸上立刻换了一副笑脸。

“误会，都是误会。”他向周老师伸出手来，“周国清老先生是吧？”

周老师没理会那只手，冷冷地说："你是谁？"

旁边的人立刻插嘴："这是我们侯总。"

胖子不羞不臊地放下手，一脸倨傲地说："鄙人是恒金地产的副总，侯国富。周老先生，借一步说话。"

说罢，他不由分说地揽过周老师的肩膀，强行把他拖到一边。

"周老先生，我知道你是这伙老百姓的头儿，上次拆迁会议，就是你代表他们发言的对吧？"侯国富低声说，"咱们废话少说。你不就是要钱么？我给你比其他人多三成的拆迁补偿，再给你5万块钱，你帮我搞定这帮老百姓。"

周老师拨开他的手，高声说道："拆迁的事有法律，有政策，还有政府，该怎么办就怎么办吧。"

"多四成，8万？"

"侯总，你请回吧。"周老师盯着侯国富的胖脸，一字一句地说道，"但是你得给我的孩子道歉！"

侯国富看看二宝，金丝眼镜后的小眼睛里冒出咄咄逼人的光。

"周老头，你这种刁民我见得多了。"他阴着脸说道，"别弄个傻子出来博取同情。你这是什么地方，傻子窝？"

周老师再也控制不住自己的情绪，抬手向侯国富脸上打去。侯国富躲闪不及，重重地挨了一巴掌，金丝眼镜也飞了出去。周老师还要再打，刚刚挥起手，一个皮衣男子就在他身后狠狠地踹倒了他。

周老师扑倒在地上，另外几个皮衣男子也围上来，嘴里不干不净地骂着："死老头，敬酒不吃吃罚酒！"

赵大姐尖叫着扑过去，拼命要拦住这些打手，孩子们也挥起小拳头在他们身上捣着。

周老师挣扎着要爬起来，刚才踢倒他的皮衣男子又抬脚欲踹，刚把腿抬起来，却忽然眼前一黑，整个人也横飞出去，重重地跌倒在地上。

方木脸色铁青，手握一根ASP警棍站在周老师身边。

皮衣男子捂着嘴在地上打滚，鲜血从指缝间不停地涌出来。另外几个打手都吓傻了，醒过神来后，纷纷从身上摸出刀子。正要一拥而上，侯国富叫了一声："都给我停手！"

打手们莫名其妙地看着自己的老板，侯国富则盯着方木手里的警棍。

"标准的警用品啊。"侯国富扫了一眼地上不停翻滚哀号的皮衣男子，"兄弟，你是哪儿的？"

方木没有回答他，朝旁边一努嘴，赵大姐拿着方木的手机正对准这边，显然是在录像。

方木冷冷地说："你走不走？"

侯国富干笑一声，挥手示意手下把刀子收起来，随后，他用手点点方木："我会再找你的。我们走！"

一伙人气势汹汹地走出院子，恰好与放学归来的廖亚凡和几个孩子打了个照面。廖亚凡看着他们气急败坏地爬上汽车，又看看门口的墙垛，飞跑过来。

"怎么回事？"她的目光依次扫过满身灰尘的周老师、一脸血渍的二宝和手握警棍的方木，"出什么事了？"

没有人回答她的话。方木收好警棍，忙着察看周老师的伤势，赵大姐翻开二宝的嘴唇，嘴里小声咒骂着。孩子们都吓坏了，挤成一团簌簌发抖。

"到底怎么了？"廖亚凡见没有人搭理她，急得大叫。

赵大姐仿佛刚刚看见她，不由分说，一把揪过她就往小楼里拖。方木也扶着周老师走回他的房间。他让周老师趴在床上，掀起他的上衣，后背上一片淤青赫然在目。

方木有些担心，毕竟周老师年岁大了，就提议去医院看看。周老师坚持不去，方木劝了一会儿，见周老师态度坚决，只能作罢。

"我倒没事，会不会给你惹麻烦？"周老师有些担心地问。

“没关系。人民警察遇到这种情况出手制止是应该的。”方木笑笑，“恐怕那混蛋短期内别想啃排骨了。”

周老师被逗乐了，随后就是一阵剧烈的咳嗽，方木急忙在他背后轻轻拍着。

“周老师，没想到您也这么大脾气。”

“咳，他要是说别的我就忍了，”周老师好不容易止住了咳嗽，“他说二宝是傻子，说天使堂是傻子窝，这我可忍不了。”

说到二宝，周老师费力地站起来，让方木跟他去看看二宝的伤势如何。

刚走出门口，就看见满脸通红的廖亚凡怒气冲冲地从赵大姐的房中跑出来，边走边整理着裤子。赵大姐紧跟着走出来，嘴里还不依不饶地嘀咕着：“这孩子，这孩子……”

廖亚凡走过方木身边的时候，脸已经红到了耳根，还是硬挺着向周老师一伸手：

“把我的东西还给我！”

“亚凡，”周老师和颜悦色地说，“东西还给你可以，但是你要告诉爷爷是谁送给你的。”

廖亚凡紧抿着嘴唇，手倔强地伸着，似乎在说：“就不！”

赵大姐也在一旁帮腔：“对！不说清楚，就别想要回去。”

廖亚凡的眼中渐渐盈满泪水，她看看周老师，又看看赵大姐，最后把乞求的目光投向方木。方木有些不自在，无奈地冲她撇了撇嘴。

眼泪终于夺眶而出，廖亚凡大叫一声：“你们凭什么拿走我的东西！”说完，就转身跑掉了。

直到晚饭时廖亚凡也没有出现，也许是因为今天发生了太多的事情，晚饭的气氛很沉闷，唯一兴高采烈的就是二宝，嘴唇上的伤口并没有影响他对食物的兴趣，依旧吃得开心无比。

周老师的伤不轻，无法挺直腰板，只能佝偻着身子，简单吃了一点东西就回房休息了。廖亚凡不在，方木自告奋勇帮赵大姐收拾碗筷，赵大姐死活不让，方木也只好停手。

在周老师房里聊了一会儿，方木就起身告辞。路过赵大姐的房间的时候，又看见了那孩子的遗像。方木忽然意识到赵大姐似乎从来不关门，想了想，走了进去。

房间里灯光昏暗，雾气缭绕，由于长年都点着长明灯和烧香，四壁都被熏得黑黄。方木凝视着黑镜框里的孩子，忽然想起赵大姐曾说过的那句话：

“我的儿子一定会回来的。”

她长年拜祭自己的儿子，而且从不关门，似乎确实在等自己的儿子回来。香炉里厚厚的香灰下，埋藏的是一颗母亲的心。方木拈起两株香，点燃了插进香炉里，轻轻地说：“如果你真的泉下有知，就回来看看吧。”

“一定会的。”不知何时，赵大姐回来了。她拖着疲惫的脚步走到床边坐下，放下挽得高高的袖子，又拍打一下身上的灰尘。

“你坐啊，小方，大姐这里也没什么好招待你的。”

方木应了一声，坐在桌旁的椅子上。

“赵大姐，你在周老师这里工作多久了？”

“六年多了吧。”赵大姐掐指算算，“六年零七个月。”

“你今年……”

“41了。”赵大姐爽快地说，“老太太了。”

“怎么没考虑再组建一个家庭？”方木整理着自己的词句，“也许还能再要个孩子……”

“不。”赵大姐坚决地摇了摇头，“我等着我的儿子，他一定会回来的。”

“赵大姐，”方木想了想，忍不住说道，“人死不能复生……”

“的确不能复生！”赵大姐打断方木的话，“但是人死了之后会有鬼魂，鬼魂是能回来的！”

方木无言以对，赵大姐看看方木的表情，慢慢地说：“你不信是么？”

方木犹豫了一下，摇摇头。

“我信！”赵大姐的眼眶渐渐红了，“我一万个相信。七年前，我就是因为不信这个，才失去了我的孩子！”

毫无征兆地，赵大姐失声痛哭起来。

方木乱了手脚，不知道该怎么安慰她，只能茫然无措地坐着，喃喃地说一些无关痛痒的话。

母亲的哭声回荡在一片安静的天使堂内，许多孩子躲在床上，裹紧了被子。另一个房间里，老人垂下头，轻轻地叹息。

赵大姐哭了很久才慢慢平静下来，方木过去拉着她的手，递给她一条毛巾。

“大姐，到底怎么回事，跟我说说行么？”

赵大姐擦拭着满脸的泪痕，边哽咽，边慢慢讲述。

“那时候我有一个很幸福的家，一家三口，和和美美。维维不算聪明，但是也听话、懂事。他8岁那年，有一天突然张皇失措地跑回家，一头扎进卧室就不出来了。孩子他爸问他怎么了，维维战战兢兢地说在学校的厕所里看到鬼了。我和孩子他爸都没当回事，以为是小孩子的胡思乱想。谁知第二天维维说什么也不去上学，说怕再见到鬼。孩子他爸说了几句，最后动了巴掌，孩子才哭哭啼啼地去了。从那开始，维维的学习成绩直线下降，每天都无精打采的。老师打电话给我们，说维维在上课时经常趴在桌子上睡觉。我回家追问他，维维说他晚上不敢睡觉，闭上眼睛就能看到鬼。没办法，我和孩子他爸只能轮流陪他睡。可是，麻烦又来了……”

赵大姐用毛巾捂住嘴，又呜呜地哭起来。

“过了几天，我发现这孩子不肯吃饭，更不肯喝水，一问才知道他不敢去学校的厕所，怕再见到鬼。后来连自己家的厕所都不敢去了，好几次都尿在床上，拉在裤子里。我和孩子他爸都没什么文化，没想到要带维维去看看心理医生，认为这孩子就是太娇气。有一次他爸爸气急了，硬逼着孩子喝了两大杯水，结果半夜我们被维维的哭声惊醒，他说他要上厕所，孩子他爸陪他去，却发现这孩子怎么也尿不出来，仔细一瞧，维维居然在自己的小鸡鸡上绑了根线。我跟他爸赶紧把维维送到医院，医生把线剪断后，他还是尿不出来。医生说这孩子在有意憋着尿，让我们带他到厕所去，慢慢尿出来。孩子他爸硬拉着维维去了厕所，我去楼下交钱，结果我身上的钱不够，就回来找孩子他爸。孩子他爸从厕所里出来给我拿钱，再返回去，孩子就不见了。孩子他爸知道不好，赶快扑到窗边一看，维维就躺在楼下，孩子他爸一着急，也跳下去了……”

赵大姐的脸埋在毛巾里，哭声又起。

“孩子当时就没了，他爸在医院里挣扎了一个多月，也没了。操办完他们爷俩的后事，我花光了积蓄，又变卖了房子，真的是走投无路了。就在这时，周老师找到了我……”

赵大姐渐渐平静下来：“老周给了我工作，还给了我一个住的地方。我不知道自己上辈子到底是怎么了，家破人亡，却又让我遇见这么好的人……”

“是啊。”方木难掩心中的震撼，喃喃地说。

“我现在很知足，”赵大姐擦干眼泪，勇敢地笑笑，“我要照顾好这里的孩子，多积德，老天爷会把我的孩子送回来的，哪怕是他的鬼魂也行。到时候，我要对他说……”

她扭头看看镜框中的孩子，泪水再次盈满眼眶：“我要对他说，妈妈错了，妈妈相信你……”

方木离开的时候已经快夜里9点半了。他不知道廖亚凡去了哪里，也不知道她回没回来，就坐在天使堂的院子里抽了一支烟。天使堂，多美好的名字，只是每个天使，都有个受伤的故事。

吸完一支烟，方木走到院子外，上车，发动，车灯点亮的一刹那，他看见廖亚凡就站在车前不足5米的地方。

他看着她，在刺眼的灯光下，廖亚凡显然看不清驾驶室中的自己，但是她丝毫没有抬手遮挡灯光的意思，就那么直挺挺地站着，把自己全然暴露在方木面前。

方木关掉车灯，又跳下车。

“你怎么在这里？吃饭了么？”

黑暗中，廖亚凡的眼睛亮得吓人，方木清楚地听到她的牙齿在互相碰撞，宛若碎冰般清脆。冷不防，廖亚凡一把抓住了方木的胳膊，方木察觉到，她在发抖。

“我们这里，天使堂……”廖亚凡的声音如同她的身体一样在哆嗦，“是不是要拆掉了？”

“你听谁说的？”

“是不是？”廖亚凡的声音一下子提高了，手上的力度也骤然加大，“你告诉我，你不要骗我……”

方木忽然想起下午她曾在外面的墙垛处停留片刻，扭头去看，果真在墙垛上看到了一个大大的红圈，里面是红色淋漓的一个大字：拆。

“你别担心，会有办法的。”方木已经想不出更好的话来安慰她。然而这句话无疑已经证实了廖亚凡的猜想，她的手一下子松下来，整个人似乎也要瘫软下去。

“快回去吧，赵大姐都等急了。”

廖亚凡的身子晃了晃，却没有动。方木叹了口气，抓起她的胳膊把她带进了院子。廖亚凡步履轻飘，似乎失去了全身的重量，任由方木把她带进二层小楼，一直交到赵大姐手里。

回去的路上，方木留意观察了一下附近的房屋，触目惊心的“拆”字随处可见，这让他感到自己仿佛飞驰在一条行将毁灭的路上。有人以城市的名义毁掉别人的家，尽管有补偿，有新房，可是又有几人愿意离开生活了几十年的房子？

又有几个天使，愿意离开温暖的天堂？

第二十六章

跟踪

医院的偶遇让方木确信姜德先和谭纪之间有某种联系，这也为他的推断增添了几分砝码：迷宫杀人案、福士玛超市杀人案和市第11中学杀人案之间是有内在联系的。虽然第二起案件的联系不明显，但是第一和第三起案件的犯罪嫌疑人互相认识却是事实。当然，如果他们可以称得上犯罪嫌疑人的话。

谭纪有不在场证明，姜德先的作案嫌疑也不明显，但是在方木心中，这两个人的形象在所有嫌疑对象里是最突出的。他从不怀疑自己有察觉犯罪的天赋，但是在罗家海那件事看走眼之后，多少影响了一些自信。更何况，依据现有的证据，很难把这两人列为重点怀疑对象，更别提并案侦查了。

不过从目前反馈回来的信息看，边平关于“赎罪”的思路似乎行不通。警方对与夏黎黎关系密切人员的调查进展缓慢，并没有发现什么有价值的线索。这多少给方木赢得了一些空间，在他的建议下，郑霖要求技侦部门对谭纪和姜德先的手机进行跟踪定位。从调查结果来看，与姜德先联系的人群中没有发现可疑人物，多是亲属和诉讼当事人。与谭纪联系的人群也差不多，没发现与姜德先交叉联系的人物，但是近一个多月以来，一个手机号码与谭纪接触频繁，每天的通话少则四五次，多则十余次，其间还互通大量短信。

机主的资料很快就调查清楚。曲蕊，女，25岁，汉族，某外资企业营销部副主管，算是个白领。从她与谭纪之间的短信内容来看，二人应该是男女恋爱关系。

鉴于姜德先当日在医院的表现，怀疑姜德先已经对警方的行动有所察觉。这是一件比较头疼的事情，因为姜德先是一名资深律师，他对警方查案的一套了如指掌，如果他有所警觉，侦查工作就很难展开。如果姜德先和谭纪确有联系，那么相信谭纪也会有意逃避侦查，这将使案件的侦破难上加难。于是警方决定调整侦查策略，以秘密侦查为主，重点监控两个人的手机。

这种手段其实是无奈之举，甚至可能有使犯罪嫌疑人脱离控制的风险。因为姜德先和谭纪都可能使用其他手机号码进行单线联系，但是在尚未掌握有力证据之前，也只能姑且为之。

然而这无奈之举，却有了一个小小的收获。警方经过几天的监控后，发现曲蕊与谭纪之间的联系突然中断，从中断的日期来看，恰好是方木和郑霖在医院看到他们之后的第二天。这不得不让方木产生怀疑：如果曲蕊与谭纪仅仅是恋爱关系，与案件无关的话，谭纪大可不必与之中断联系。也就是说，曲蕊也可能有作案嫌疑！

边平提醒方木，也许是二人恰好在当时中断了恋爱关系，毕竟对当今的男女而言，分分合合是常有的事情。方木特意安排了几次对曲蕊的跟踪，前几次跟踪都没有什么收获，跟踪到第五天的时候，恰逢一个周末。曲蕊下班后打车去了一家大型商场，在女式内衣区挑选内衣时，男侦查员怕自己跟进内衣区太醒目，容易暴露，遂要求更换女侦查员，就在交接的时候，曲蕊却消失在监控范围内，手机也关闭了。失去目标后，方木还不死心，又派人在曲蕊家楼下化装成保洁人员蹲守，守候三天后，终于在曲蕊家的一个垃圾袋里发现了一张被撕碎的用餐小票。从点餐的数量来看，消费者肯定不是曲蕊一个人。方木拿着谭纪的照片去了那家餐厅，一名服务员证实当日确实是谭纪和曲蕊在餐厅里吃过饭。

这说明谭纪和曲蕊仍然保持着联系，而且已经对警方的行动有所警觉。由此看来，曲蕊也与案件脱不了干系！

这案子越来越有意思了。

下雪了。这是这个北方城市入冬后的第一场雪，不大，仅能给路面覆盖上薄薄的一层白色。而当车辆驶过，那刚刚留存没多久的洁白又荡然无存。雪花被车轮卷起，混杂了尘土后面目全非地落下，变得与路面一个颜色，渐渐消融。

罗家海静静地看着窗外，双目无神。

沈湘说她出生在一个下雪的日子里，所以一生钟爱白色。方警官说得对，喜欢白色的人往往向往纯洁，沈湘就是这样一个人，好像窗外飘洒的雪花，美好又脆弱，小小的污垢都能让她毁灭。

为什么有人忍心碾过那洁白平整的雪地？

为什么有人忍心伤害那单纯可爱的女孩？

罗家海的拳头渐渐攥紧，每次想到这些，他都会痛彻心腑，随之而来的就是刻骨的恨。都是那个人！都是他毁了自己和沈湘！

罗家海很后悔答应Z先生把自己的事情往后拖一拖。他每天焦躁不安地在这间屋子里走来走去，感觉胸中的仇恨好像一个膨胀的气球，它每分每秒都在胀大，压得他无法呼吸！每次离开这里，前往那间路边小店的时候，他都会感到稍稍放松。可是看到Q小姐和J先生如释重负的表情和大仇得报的畅快时，他又感到迫不及待。为沈湘复仇是他留下来——甚至是活在这个世上的唯一理由，可是这一天，何时能来到呢？

门忽然被敲响了，长短规律的敲门声让罗家海刚刚提起的心又落了回去。应该是T先生来送吃的东西。

罗家海打开门，门口站着的却是Z先生。Z先生看他愣着，微笑着努努嘴，示意他快点让自己进去，好把门关好。

“T怎么没来？”罗家海看着Z先生把手里的两大包东西放在餐桌上，有些不安地问道。

“他短期内不能再来了。”Z先生皱着眉头，随手拿起一条烟扔给罗家海，“听T说，你学会抽烟了？”

罗家海接过烟，眼睛始终盯着Z先生：“出什么事了？”

“警察可能盯上他了。”Z先生略略沉吟了一下，“这家伙在和Q谈恋爱，搞不好连Q都不安全了。”

“J先生呢？”罗家海马上问道。

“他也一样。”Z先生的眉头皱得更紧，“上一次的行动，我们有太多考虑不周的地方。”

“那怎么办？”

“没事。警察手里没有证据，也不能把他们怎么样，只是以后要更小心些了。”

罗家海沉默了一会儿，问道：“你们……也帮助过T先生么？”

“是的。”Z先生看看罗家海，“你知道，我们这些人，包括你，都是‘教化场’的受害者。”

“那他……是怎么回事？”

“我就知道你要问这个。”Z先生笑笑，从衣袋里摸出一盒烟，抽出一支点燃，“十几年前，T还只是个小孩子，天真烂漫，跟别的小孩没什么不同。有一天，他在放学回家的路上，遇到一个男人，他说他是T的爸爸的同事，还直接叫出了T的名字。他问T想不想跟他一起去看武打片，T很高兴地答应了。随后，男子带T去了一家电影院，还给T买了一瓶汽水，可是T喝了汽水后就睡着了，醒来时他发现自己被塞在了座位底下，他拼命爬出来，发现整个电影院已经空无一人。你可以想象，在漆黑一片的电影院里，一个小孩子该多么害怕。他叫，他喊，却没有人回应。他哭着，摸索着东奔西走，却只是一次次撞在那些冷冰冰的椅子上。就这样，直到第二天，进场的观众才发现了昏迷不醒的T。”

“后来呢？”

“T的父母当晚就报警了，可是在T的父亲的同事中没发现那个人。T在家休息了半个月，身体恢复了，可是他从此却失去了一样东西——方向感。”

“方向感？”

“对。”Z先生的表情凝重，“T再也无法分清左右和东南西北。读书的时候他需要父母送他上下学，否则连家都找不到。上大学以后没法参加军训，因为训练队列的时候他就乱转一气，曾被教官训斥，同学也认为他有意破坏集体荣誉。大学四年，他只能跟着别人上课、吃饭、回宿舍、上厕所，否则就会在校园里迷路。工作后，只能选择最不需要方向感的职业——文字编辑，而且只能打车上下班，万一司机不熟悉公司所在的地点，就只能拉着他在市区里一圈一圈地绕。”

“天啊，这可怎么活下去啊？”罗家海听得目瞪口呆，“后来呢，你们也找到那个人了？”

“找到了。”

“然后……也杀了他？”

“当然。”Z先生轻松地说，面露自得之色，“我们设计了一个很完美的计划。我们把那个人绑到了店里，身上绑好电线，把店里布置成毫无光线的密室状态。然后把红外摄像装置连接在电脑上对准他。我们还做了一个遥控触发装置，让T带着它去了一家网吧。通过网络，T可以在网吧的包厢里看到密室里的情况，还可以通过语音跟那家伙对话，当然，更可以用那个遥控装置让他尝尝电击的滋味。”

“哦……”罗家海恍然大悟，“这也是一个不在场证明，对么？”

“是啊。”Z先生嘿嘿一笑，“T这家伙很聪明，自作主张地即兴表演了一场大闹网吧的戏，让那里的服务员都记住了他。”

“尸体呢？怎么处理的？”

“我们把它扔进了一个迷宫。”

“迷宫？”

“对。那是T经常光顾的一个地方，他还给我们画了一张详细的地图。说来也奇怪，这小子在迷宫里反而如鱼得水。看来能走出迷宫的只有两类人：方向感特强的人和压根儿就没有方向感的人。哈哈。”

“可是，为什么要把尸体扔在迷宫里呢？”

“谁知道？”Z先生耸耸肩，“你也知道，每次我们结束的时候，都是由主角自己选择谢幕的地点。我想，T一定非常仇恨那个人，要让他死后也找不到方向，呵呵。”

罗家海不说话了，低着头想心事。Z看看他，起身拍了拍他的肩膀。

“L，跟你说这些，希望能让你相信我们一定会安全、彻底地帮你给沈湘报仇。”

“嗯。”

“等到你做主角的时候，一切都听你安排。”Z先生顿了一下，“在保证安全的前提之下。”

“好的。”罗家海把手按在Z先生的手上，“谢谢大家。”

“那我先走了。”Z先生看看手表，“你也早点休息。”

起身的时候，罗家海注意到Z先生似乎把什么东西塞进了自己的口袋，定睛去看，好像是他刚刚吸过的烟头。送他出去，又关好大门后，罗家海突然意识到，Z先生从进门到离去，始终没有摘下他的手套。

一上班，方木就被叫到了边平的办公室。边平阴着脸，问他最近都干什么了。方木有些纳闷，说我还能干什么啊，查案呗。

“那为什么有人举报你滥用警械？”边平指指桌上的一张纸，“都告到厅里了，厅长让我问问你怎么回事。”

方木立刻就知道是因为天使堂的事情，他没有解释，直接把手机里的视频放给边平看。边平反复看了两遍，脸色稍有缓和，指示方木把这段视频刻录成光碟，好拿给厅长交差。交代完了，边平又像想起来什么似的问方木：“你怎么会在那里？”

方木简单解释了一下，边平听后沉默了一会儿，开口说道：“你先把手头的工作做好。拆迁的事情，涉及的利益方太多，轻易别往里搅和。”正说着，桌上的电话响了。

边平一边冲方木指指茶几上的烟盒，一边接听电话，刚说了几句，脸色就变了，那是一种混合着喜悦和诧异的复杂表情。方木看在眼里，心头的疑惑渐多，边平放下听筒却不说话，坐在椅子上好像在运气。

“你小子这下可以大显身手了。”边平终于开口了，“还记得那个玩具熊里面的头发么？是罗家海的。”

第二十七章

H 先生的故事

我的职业相信大家也都知道，我是一个货车司机。我的文化不高，跟你们比起来，我算是一个粗人。过去我觉得只有那些酸了巴唧的知识分子才会有心理疾病，现在看起来，任何人的脑袋都会出问题。

那件事发生在两年前，当时，我结婚还不到三年的时间。我妻子跟我一样，都没什么文化，但是也温柔善良。我们的日子虽然不宽裕，但也其乐融融。当时，我们打算要个孩子，我也在公司里拼命干活，希望能给她们娘俩好日子过。

6月份的一天早上，我突然接到一个陌生的电话，刚一接通，手机里就传来一个歇斯底里的声音："你在哪儿呢？快来芙蓉小区！快来！！"

我有些莫名其妙，急忙问他："你是谁啊？"

"我是陈冰她老公，陈冰她……她跳楼自杀了！！"说罢，电话就挂断了。

我吓了一跳，再回拨过去，对方的手机已经无法接通。我想了想，决定开车去芙蓉小区看看。一路上，我拼命回忆陈冰这个名字，终于想起她是我的初中同学。可是我们毕业后就再没有见过面，平时也素无瓜葛，她丈夫怎么会有我的手机号码？又为什么在这个时候首先打电话给我呢？

我赶到芙蓉小区，看到门口停着警车，小区里的一栋楼下已经聚拢了好多人。我跑过去，还没等跑到跟前，就看见人群"哗"地闪开一个缺口，几个急救员抬着一副担架跑出来，担架上，躺着一个覆盖着白布的人，从白布下露出的黑色长发来看，这是个女人。我吓傻了，难道这真是陈冰，难道她真的自杀了？

正在我发愣的时候，一个男人突然从人群中冲出来，一把拉住我就往另一栋楼后拖。我好不容易挣脱了他，他却直接叫出了我的名字，抬手就在我脸上重重地打了一拳。我被打蒙了，捂着脸冲他大叫："你是谁？为什么打人？"

他冲我吼道："我是陈冰的老公！你这个王八蛋，都是你害死了陈冰！”说罢，他把一包东西摔在我身上，转身跑了。当时有很多人都往这边看，而我当时的想法，就是赶快离开这里，我顾不得被打破的嘴，捡起那包东西，就匆匆开车离开了。

那天我没有回公司，也关掉了手机。我把车停在路边，坐在驾驶室里打开了那包东西。里面是几本日记和一沓信，从日记和信的日期来看，都是从十几年前一直写到现在的。我翻看着那些日记和信，发现居然都是写给我的。她在日记里说，她从初中开始就一直暗恋我，却始终不敢对我表白。毕业之后大家各奔东西，她也嫁作人妇，却始终对我无法忘怀，还辗转托人知道了我的电话号码和工作单位。这期间，她还给我写了好多信，却都没有寄出去。后来，她老公发现了她的日记和信，大怒之下把她暴打一顿，此后就像盯贼一样盯着她，有不顺心的事情还打她撒气，几番折磨之后，陈冰也对自己的婚姻彻底失去了信心。就在她跳楼自杀的前一天晚上，她丈夫还因为一些琐事找茬打了她一顿。陈冰把自己关在卧室里，给我写了最后一封信后，在窗台上一直坐到天亮，然后跳了下去……

（H先生忽然把脸埋在青筋毕露的大手里，全身都在微微地颤抖。）

从那天起，我的生活就完全变了。我拼命回忆陈冰的长相，却怎么也想不起来。我的初中毕业照早就不知道扔到哪里去了，后来联系了一个初中同学，在他的帮助下，才在毕业照上找到了她的身影。她那时瘦瘦的，不爱说话，初中三年，我对她完全没有印象。可是从那天开始，这张脸就时常出现在我的眼前。从始至终，我都没有看见她的尸体，但是我觉得我目睹了她跳楼的整个过程。她就坐在窗台上，抱着窗框呜呜地哭，嘴里还喊着我的名字，然后，一松手，跳了下来……

（H先生的话戛然而止，突然，他跳起来，端起面前的托盘就朝自己的脑袋狠狠地砸了下去。茶壶和茶杯乒乒乓乓地滚落到地上，滚烫的茶水也泼了他一身。）

众人急忙拦住他，而H先生脸色苍白，牙关紧咬，似乎已经快要休克过去。Z先生指示大家把H先生扶到墙角的毛毯上躺下，又撬开他的嘴，塞了两片镇静剂进去。处于半昏迷状态的H先生烦躁不安地挣扎着，嘴里含混不清地说着什么。片刻，他的动作渐渐轻微，最后沉沉地睡去。

大家回到桌前坐好，Z先生重新泡好了茶，略一沉吟，说道："接下来的事情，我来替H说吧。"

H先生在脑海中不停地幻想陈冰跳楼的场景，每一次都让他痛苦得无以复加。他认为陈冰的丈夫说得对，的确是自己害死了陈冰。这种强烈的内疚感让他已经无法正常地工作和生活。他从心底里厌恶自己，觉得只有毁灭自己才能平息他对陈冰的内疚。于是，H先生到医院去，要求捐献自己的器官。医生发现H先生的情绪极不稳定，怀疑他有精神障碍，就拒绝了他。如是几次，H先生越发觉得自己令人厌恶，终于有一天深夜，他在卫生间里用刮胡刀割伤了自己，这一幕恰好被他妻子发现。H先生无法对妻子说明实情，只能用狂呼乱吼来回答她。H的妻子不明就里，被自己的丈夫吓坏了，就回到娘家暂住。

"那，那个叫陈冰的女人，"Q小姐问道："是不是真的因为H而自杀呢？"

"呵呵，不是。"Z先生翻看着手里的材料，"这件事跟我们所遭遇的事情一样，都是一个预先设计好的实验。根据我所掌握的资料，陈冰确有其人，也确实是H先生的初中同学。但是她5年前就患上了重度抑郁症，前前后后已经自杀数次。相信'教化场'的始作俑者事先研究了陈冰的病例，知道她早晚还会自杀，并选择了H先生作为陈冰自杀后的实验品。"

"那些日记和信件是怎么回事？"T先生问道。

"当然是伪造的。"Z先生笑笑，"而且据我所知，陈冰暗恋H先生的事情纯属子虚乌有。"

"既然都是假的，陈冰的丈夫还那么配合？"Q小姐又问道。

“呵呵，那个也是假的。”Z先生从资料里抽出一张照片，“也是‘教化场’招募的所谓志愿者。这家伙是一个演员。他算准了H先生不敢去找他核实真假，当然就无所顾忌了。”

大家传看着照片，气氛凝重。

“最近H先生的病情突然加剧。”Z先生语气低沉，“Q和T也看到了，H先生又开始自我伤害。”

“可是，为什么会这样呢？”

“我们营救L的时候，H先生配合J先生制造了一场车祸。他目睹了车祸的惨相，无意中加重了自己内心的歉疚感。这也是PTSD最常见的发病原因。所以，”Z先生转向罗家海，“我们提前帮助H先生，你不会有意见吧。”

罗家海看看在墙角沉睡的H先生，摇了摇头。

“没意见。”

第二十八章

实验

市局在方木的建议下，决定将迷宫杀人案、福士玛超市杀人案、市第11中学杀人案进行并案侦查，并成立专案组专门负责侦破此系列案件，郑霖被任命为专案组组长，方木和边平都是专案组成员。

之所以作出这个决定，那个爱炫耀的技侦人员功不可没。

这小子在单位没日没夜地加班，备受冷落的女朋友直接找到了局里。为了哄女友开心，他就给她演示DNA对比的过程。他用毛绒玩具熊里的头发作为样本，然后在数据库里随手挑出一份进行对比。他原本是想得出一个不符合的结论，可是对比完毕后，结论让他大吃一惊：两组数据相似率达到了99.99%！他急忙翻找出刚才的对比数据，发现此组信息采自罗家海。罗家海被起诉的罪名中包括强奸罪，为了确定是犯罪中止还是犯罪既遂，曾提取了罗家海的血液样本与被害人的阴道内容物进行比对。没想到，在罗家海脱逃后，这组信息竟发挥了作用。

能够将这三起案件进行并案侦查是一个大突破。对方木而言，这一方面证实了他此前的思路是正确的，而另一方面并案侦查也仅仅只是个开始。正如边平所言，方木擅长从连环杀人案中描绘犯罪嫌疑人的心理变化轨迹，并对其体貌特征、职业背景等进行画像，但是眼前这三起案件，并不那么简单。

连环杀人案之所以有迹可循，原因在于凶手经常会在案件中留下一些标记。这些标记通常是一些明显的行为模式，并且属于凶手的性格特征之一。通常状况下，这种标记行为是凶手在作案时不必实施的，但如果实施，就意味着这一行为要满足凶手的某种特殊的心理或情感需要。而这三起案件中的标记，太奇怪了。

这三起案件有明显的共同点：多人作案，使用机动车辆，杀人现场和弃尸现场分属两处，现场强烈的仪式感。尤其是最后一点，这是方木坚持这三起案件存在联系的重要依据。然而这三起案件表达出的情绪却截然不同。迷宫杀人案的仪式象征着“复仇”，福士玛超市杀人案的仪式象征着

“证明”，而市第11中学杀人案的仪式象征着“挽回”。这么复杂的情绪不可能同时出现在一个人身上。结合多人作案的情况，方木产生了一个大胆的设想：这三起案件，很可能是由彼此联系的三个人分别干的。

“你的意思是……”边平皱着眉头，“团伙杀人？”

“我觉得有这种可能。”

“那他们为什么纠结在一起，目标是什么？”

“这个我也想不通。”方木坐在边平对面，“所以请师兄来帮帮忙。”

从现有的证据材料来看，三起案件的被害人显然不是凶手随意挑选的，都与凶手存在着某种联系。这样就会形成一个奇异的组合：蒋沛尧—谭纪；申宝强—罗家海；马春培—姜德先。

“所以，我们不妨反其道而行之，查查蒋沛尧、申宝强、马春培之间有没有什么内在联系，如果有线索的话，谭纪、罗家海和姜德先之间的关系也就清楚了。”

方木觉得边平的建议很有道理，但是他也提出了不同的意见。他觉得申宝强和罗家海之间并不是对应关系。如果罗家海要杀人的话，被害人肯定是当年残害沈湘的人。而从福士玛超市杀人案的现场来看，完全不像是因为遭遇性侵害而报复杀人的样子，此外，沈湘曾自述的案情中，也没有提及与玩具熊有关的情节。不过，这也引出另一个结论：如果罗家海仅仅是参与的话，说明与申宝强对应的凶手另有其人，这个互助杀人组织可能包括四人，甚至更多！

“也有这个可能。”边平想了想，“你还记得福士玛超市提供的录像资料么，那块幕布下至少有四个人。”

更严峻的事实摆在眼前：既然可能有多人参与这个组织，那么命案可能再次发生。

专案组开始着手调查三个被害人之间是否有交叉关系。同时，鉴于犯罪嫌疑人可能已经对警方的行动有所警觉，所以决定暂时不对他们展开直接调查，仍然保持秘密侦查状态。方木的任务是继续研究三起案件的有关证据材料，力求寻得蛛丝马迹。在他的办公桌的隔断上贴满了照片和复印件，其中，处于最醒目位置的，是罗家海的照片。

罗家海是将三起案件串联起来的关键人物，而在他身上，仍然有很多线索值得挖掘。

其一，种种迹象显示，罗家海依然潜伏在本市。C市警方对他的围捕已经不像前段时间那样严密，而现在恰逢年末，车站、机场的旅客流量大，现在逃跑，是一个最合适的时机。他没有逃离本市，显然是另有目的。如同方木曾设想的那样，罗家海是一个报复心很强的人，他留下来的目的，很可能是为了给沈湘复仇。

其二，罗家海能够在C市潜伏这么长时间而不被人发现，有人在暗中掩护他的可能性很大。这不得不让人怀疑罗家海的越狱乃精心谋划的结果。姜德先很可能就是策划者，至少也是参与者。至于那个引发连环车祸的货车司机黄润华，可能也是参与者之一。姜德先先是极力争得为罗家海辩护的机会，力求免罗家海一死，辩护失败后又冒这么大的风险去救罗家海出来，必然是出于某种极为重要的原因。这个原因，可能就是罗家海参与杀死申宝强的原因，更有可能是这个互助杀人组织成立的初衷。

市局户籍科的同事送来了一张照片，方木把它粘在了罗家海的照片旁边。照片上是一个清秀可人、略显羞涩的女孩——沈湘。

案情发展至今，沈湘也可能是一个关键人物。这可怜的女孩因为受到性侵害而留下难以磨灭的心灵创伤，尽管曾短暂享受过爱情的慰藉，但最终她的伤痛还是被公之于众，在对生活完全绝望之后，她和罗家海杀死了泄露当年秘密的人，男友身陷囹圄，自己也用一把刀子结束了生命。

想到这里，方木忽然心思一动。假设罗家海是为了给沈湘复仇而加入这个互助杀人组织，那么与这些参与者有关的就可能不是罗家海而是沈湘。

这个新的思路让方木一下子兴奋起来，他抓起电话想到市局调取本案的案卷资料，可是刚拨了两个数字就放下了。他想起这案子当年并没有报警，所有的案情陈述都是从罗家海那里听来的。

方木铺开纸笔，开始逐字逐句回忆罗家海讲述的案件始末。纸上很快布满了长长短短、勾抹涂改的字迹。渐渐地，其中两段话被方木画上了重重相嵌的圆圈。

根据罗家海的讲述，那个强奸犯曾对沈湘说："你的身体里从此就留下了我的东西，你一辈子都会带着它的味道。"这句话虽然经过罗家海的转述，但方木不怀疑它的真实性，因为这对于沈湘来说是一生不可磨灭的遭遇，其中的每个细节，都可能记忆深刻。而这句话，让方木有种奇怪的感觉。

是的，它显得太刻意了，就好像一句早已准备好的台词。这样的话从一个强奸犯嘴里说出来显得怪异无比。如果说这是犯罪人变态心理的一种真实流露的话，那么同期肯定有类似案件发生。方木大致估算了一下，请求市局提供7至10年前立案的所有强奸案的卷宗材料。他在办公室里整整看了半天卷宗，没有发现与本案相似的案例。那么，犯罪人属于心理异常的可能性就不大了。既然如此，就不妨假设犯罪人说这句话是有意为之，那么，它听起来就是一个暗示，似乎犯罪人希望沈湘对"味道"产生极强烈的反应。

另一段话是罗家海提及沈湘每次去洗澡，或者去购物的时候，都会感觉有人在跟着她。如果说沈湘由于早期遭遇性侵害而患有被害妄想症的话，方木丝毫不会觉得奇怪。感到有人在跟踪她，这也许是沈湘的错觉或者幻想。但是如果结合犯罪人有意使沈湘对"味道"形成情绪反应的假设，那么沈湘所感到的所谓跟踪，也许就不是她的错觉或者幻想。换句话来说，的确有人在跟踪沈湘，而跟踪的目的，就是观察及记录沈湘的种种过激反应。

方木心头一凛，难道是某种心理实验？不，不会，这太残忍了。如果用强奸行为作为实验手段的话，那么这已经不仅仅是违背心理学研究伦理的问题，而是犯罪！

可是，如果这个假设真的成立的话，那么这个互助杀人组织的其他人，会不会也与这个心理实验有关呢？

方木凝视着沈湘的照片，这是一张户籍登记照片。当时沈湘大约十七八岁，眼神中却过早地蒙上了一层阴郁，那略带羞涩的笑容中有一些紧张、一些拘谨。然而这一切都掩盖不住她的青春与秀气。想到她对自身味道的恐惧和近乎自虐般的掩饰，方木也不觉黯然，但是同时他也猛然意识到，其实沈湘的过激反应是典型的创伤后压力障碍症症状。

“PTSD……”方木不自觉地喃喃自语。如果她当时遇见杨锦程博士，也许一切都不会发生。

杨锦程照例在下班前对研究所进行了当天最后一次巡视，同往常一样，一切都很令人满意。他所到之处，看到的都是忙碌的身影和有条不紊的工作。他喜欢这样，只有不懈奋斗才会有收获，多努力一分，离成功就更近一步。心情愉悦，脚步就显得轻快，杨锦程比平时提前5分钟结束巡视，决定回办公室换衣服回家。

推开办公室的门，杨锦程却发现本应空无一人的办公室里多了一个人，而且就站在他的办公桌后。

陈哲微微颔首，笑着打了一声招呼：“杨主任。”

杨锦程看看门外：“你什么时候进来的？”

“刚进来。”

“有事么？”

“哦，是这样。患者夏天的妈妈刚才打电话来，希望能跟您约定下次治疗的时间。”陈哲指指杨锦程摆在桌上的台历，“您不在，我就看看您最近的日程安排，好给夏天妈妈一个答复。”

“哦。”杨锦程面无表情地看看陈哲，站在原地不动。陈哲急忙从桌后绕出来，拉开靠背椅等杨锦程入座，然后垂手站在桌边。

杨锦程看看台历上记录的日程安排，说道：“约在下周二吧，上午9点。”

“好的。杨主任，那我出去了。”陈哲转身退出了办公室，还把门小心地带好。

杨锦程看着门口若有所思，片刻，他伸手打开了电脑。

第二十九章

折翼天使

专案组对三名死者的背景和社会关系再次进行了深入的调查，希望能够找到交叉点，然而结果令人失望，这三个人就好像三条平行线，生活在各自的空间中。

方木没有灰心，他坚持认为自己的推断是准确的。然而，这仅仅是一个推断，仅靠这个是无法将他们送上被告席的，他还需要更有力的证据。鉴于该组织可能有多人，专案组决定继续秘密监控谭纪、曲蕊、姜德先、黄润华四人，对与这四人接触频繁者也要进行监控。

这天傍晚，方木一直在研究案卷材料，想起抬头看表的时候，才发现早已过了饭点，这会儿食堂里估计只剩下刷锅水了。方木揉揉饿得发疼的肚子，决定出去找个小店解决一下晚饭。

走到车前，方木打开车门，再抬头的时候，赫然看见廖亚凡就站在车的另一侧。

方木可以肯定前一秒钟那里还空空如也，廖亚凡仿佛从天而降，但是却并不看他，低着头绞着胸前的书包带。

“你怎么在这儿？”没有回答。

“你是来找我的？”还是没有回答。

方木轻轻地叹口气：“上车吧。”

这次廖亚凡有了反应，她顺从地爬上车，安安静静地坐在副驾驶的位置上。方木原打算随便吃碗面条了事，现在多了个廖亚凡，这顿晚饭就别应付了。

在车上征求了几次廖亚凡的意见，她依然沉默，方木无奈，最后决定还是去那些孩子们喜欢的餐厅。

这一次方木带她去了必胜客。比萨饼同样是方木不喜欢的食物，他不知道廖亚凡喜不喜欢，看她没有拒绝，就点了新推出的一款比萨饼，几样小食，两杯饮料。

比萨饼果真很难吃，方木吃了半块就不想动了。周围的顾客们倒是对眼前的面饼蛮有兴趣，令人不解的是，大家都斯斯文文地用刀叉。外国人对这种快餐都是用手抓着直接往嘴里送，到了这里却成了和鹅肝、鱼子酱一样的稀罕食物，不用刀叉不显其珍贵。

廖亚凡的刀叉也用得笨手笨脚，见方木不吃了，也有些紧张地停下来。方木注意到她的窘迫，不得已又抓起那半块比萨饼，塞进嘴里大嚼起来。方木的动作似乎鼓励了廖亚凡，她也学着他的样子，大口吃起来。

晚饭吃到一半，方木的电话响起来，是周老师。周老师焦急地问方木能不能开车去帮他找找廖亚凡。方木捂住话筒，小声问廖亚凡是不是偷着跑来的，廖亚凡没回答，依旧低头吃饼。方木无奈，对周老师说廖亚凡跟他在一起。周老师长长地“咳”了一声，让方木把手机递给廖亚凡。廖亚凡既不接手机，也不抬头看他，依旧小口撕咬着比萨饼。

方木没办法，只能对周老师说：“吃完饭我就送她回去。”

挂断电话，对面的廖亚凡终于抬起头来，手里捏着半块比萨饼，一字一句地说道：“我不回去。”

“别说孩子话。”方木指指盘子里的食物，“快吃，要不周老师该着急了。”

“我不是孩子。”廖亚凡一动不动地盯着方木，清澈的眼睛里似乎有某种坚硬的东西。

“好好好，你不是孩子。”方木又好气又好笑，“廖亚凡女士，快吃吧。”

廖亚凡低下头去，保持着刚才的姿势不动，忽然，一滴泪水落在桌布上，紧接着，两滴、三滴……

廖亚凡无声地哭起来，却始终捏着那半块比萨饼不松手，似乎吃不下去，又把它当作唯一可以牢牢抓住的东西。

方木尴尬无比，邻桌的男女已经投来了诧异的目光，似乎对他们的关系表示怀疑。的确，如果说他们是父女关系，方木显得太年轻，如果说是恋人，方木又显得太老。也许唯一合理的解释：方木是一个勾引高中女生的成年流氓。

几分钟后，廖亚凡的哭泣戛然而止，就像开始那样突然。她用餐巾擦擦眼泪，抿抿头发，继续吃那块已经被她捏变了形的比萨饼。满桌的食物方木基本都没有动，却被廖亚凡一点点吃光了。她并不是食量大，而是在有意拖延晚饭的时间，邻桌的客人都换了三拨，这顿漫长无比的晚饭才吃完。

方木看看手表，已经9点多了，衣袋里的手机又在振动，不用看就知道是周老师在催他。

方木结完账，站起身对廖亚凡说："走吧。"

廖亚凡坐着不动，手按着桌角，眼睛一眨不眨地看着方木说："我不回去。"

方木板起脸："不行。"

廖亚凡把头扭过去，意思很明显：那我就不走了。

方木无奈："好好好，不回去。"

廖亚凡又转过头来："你保证？"

"我保证。"

按照廖亚凡的要求，车只能行驶在远离天使堂的城南。她以手托腮，贴着冰冷的车窗看着夜色中的城市。看似沉思，其实这女孩敏感无比。每次方木向北转弯，不管是有意还是无意，廖亚凡都会无声地扭过头来，长久地盯着方木，直到他再次转南。

接近夜里11点的时候，方木把车停在了路边。

"太晚了，你必须得回去。"

"不。"女孩的声音很轻，却很坚决。

"那我们也不能在车里待一夜啊。这么冷的天，我们会冻坏的。"

廖亚凡沉默了一会儿，扭过头去不看方木，片刻，传来颤抖的声音：“你带我去宾馆吧。”

方木无语，摇下车窗，又吸了半支烟，一踩油门。

吉普车朝天使堂的方向飞驰，廖亚凡盯着方木足足看了5分钟，也许是察觉到方木这一次不可能再宽容自己，她慢慢地低下头。

“今天晚上你即使送我回去，我一样会再跑出来。”

方木铁青着脸一言不发，开过几个路口后却一打方向盘，向另一条路驶去。

10分钟后，方木把车停在了宿舍楼下。

“跟着我，别出声。”方木可不想让同事们看到自己深更半夜把这么小的女孩子带回宿舍，廖亚凡倒显得既紧张又兴奋，猫着腰，小心翼翼地跟在方木身后。

短短两层楼的路程显得无比漫长，幸运的是，在走廊里始终没有遇到同事。终于进了自己那间宿舍，方木靠着门，长长地吁出一口气。

廖亚凡倒是显得很放松，她把书包甩在方木的床上，在小小的宿舍里好奇地东张西望。方木从水房里打了一盆水回来，又从暖水瓶里倒了些热水进去，指指窗台上的洁具示意她先洗洗脸。廖亚凡顺从地走过来，脱下校服外套放在椅背上。方木赶紧关好门，站在走廊里打电话。

周老师的声音很着急：“你怎么不接我的电话？”

“您别急，我也是没办法。”方木捂住半边嘴，压低声音说道，“亚凡说什么也不回去，也不知这孩子怎么了。”

“你们现在在哪里？”

“我的宿舍。恐怕今晚她得在这里过夜了。”

周老师有些犹豫，而方木清清楚楚地听到赵大姐在那边说“不行”。

“好吧。”周老师最后还是同意了，“明天一早你直接送她去学校。”

“没问题，您放心吧。”

再回到宿舍，廖亚凡已经洗漱完毕，清清爽爽地坐在床边。方木拉过一把椅子坐下，一时无话，最后冒出一句：“你的作业写完了么？”

话一出口，连方木自己都觉得可笑。他拿起车钥匙，站起身来说：“你睡吧。明早我来叫你。”

方木的手刚刚搭在门把手上，就感到一只手拉住了他的外套。

“你别走。”

随后，一双手臂就紧紧地环住了他的腰。

一瞬间，方木的身体变得僵硬，寒毛直竖。他本能地要转身推开廖亚凡，可是那双手抱得如此之紧，无论他转向那里，廖亚凡都紧紧地贴在他的后背上。他无端地想起老鹰捉小鸡的游戏，自己是那只母鸡，廖亚凡是一只躲在他身后的小鸡。

方木又去掰廖亚凡的手指，掰开一只，再去掰另一只的时候，前一只手指又会不依不饶地重新箍紧。两个人心怀默契般无声地挣扎，掰来掰去，方木累了，也怕把廖亚凡的手指弄伤，只能站着不动。

廖亚凡高度戒备了一会儿，察觉到方木没有继续挣扎的意思，就舒舒服服地把脸贴在方木的背上，方木的全身又是一抖，下意识地向前躲避，廖亚凡也顺势随着他的动作贴过去。这种弯腰弓背的姿势可坚持不了多久，又过了5分钟，方木只好投降。

“我不走，你先放开我。”

廖亚凡的手松开了一些：“你保证？”

“嗯，我保证。”

那双手犹犹豫豫地放开了。方木龇牙咧嘴地捶着腰回身的时候，廖亚凡已经逃回床上，背对着他躺下了。有那么一瞬间，方木很想趁机拉开门溜出去，可是一想把这女孩一个人留在宿舍里，还说不准会闹出什么事，只好郁闷无比地坐在椅子上。

睡觉是不可能了，方木打开电脑，摊开资料，准备彻夜工作。看了一会儿资料，还是忍不住扭头看看床上。廖亚凡面朝墙壁，抱着肩膀一动不动地躺着。方木想了想，把床尾的被子摊开，小心翼翼地盖在廖亚凡的身上。女孩纹丝不动，但是方木很清楚她并未睡着。苦笑了一下，方木打开台灯，又关掉电灯，回到桌前继续工作。

工作是一件奇妙的事情，它可以让你忘记饥饿，忘记寒冷，忘记自己的床上睡着一个无法对外人道明的少女。方木再抬头看表的时候，已经是夜里两点半。女孩缩在被子里睡得正香，能听见均匀的轻微鼾声。方木悄悄地起身，拉开一点窗户，靠在窗台上点燃了一支烟。

室内灯光昏暗，香烟燃出的雾气泛着淡淡的蓝色，刚刚吐出口，就被窗口的缝隙飞快地吸走。玻璃上已经冻起了霜花，楼下值班室门口的红色吸顶灯在窗户上氲开一片模糊的橘黄，看上去，似乎有暖暖的温度。方木把手指按上去，却立刻感到了指尖处传来的刺骨冰冷。

身后的女孩发出轻轻的呢喃，方木回头一看，廖亚凡翻过身来，被子被踢到了旁边。方木赶紧拉好窗户，走到床前，刚弯下腰去给她把被子拉好，女孩的一只手忽然抓住了他的胳膊。

“妈妈……”

廖亚凡显然还沉浸在睡梦中，脸上是混合着撒娇和乞求的复杂表情。方木试着拉回胳膊，女孩却不松手。

“妈妈……”

仿佛是心底最柔软的部分被轻轻触动，方木犹豫了一下，踢掉鞋子，半靠在床头躺下。廖亚凡的身子依偎过来，把脸紧紧地贴在方木的胸口，一副心满意足的表情。

“妈妈……”她轻声呢喃着，声音渐低，最后沉沉睡去。

方木的手悬在半空，足有半分钟后，终于轻轻地落在女孩的肩膀上，透过薄薄的绒衣，能感觉到女孩凸起的肩胛骨。她太瘦了，轻巧得像一片羽毛，头顶的长发虽浓密却显现出营养不良的枯黄。方木的手微微用力，轻而易举地就把女孩全然揽入怀中。

她是天使堂里年龄最大的孩子，其他的孩子对拆迁的后果只是懵懵懂懂，廖亚凡却知道天使堂一旦解散对她而言意味着什么——她将再次失去一个可以暂时栖身的地方。未来会怎样，前途在哪里，她统统看不到。

迷茫，对廖亚凡来说，是最可怕的事情。

从夜幕深沉到天色微明，从寂静无声到人声渐响，方木一动不动地抱着廖亚凡，大睁着眼睛看着窗户上的霜花一点点亮起来。然而不知什么时候，他还是睡着了，再猛然醒来时，廖亚凡已不在怀中。

方木噌的一下爬起来，在室内惶然四顾，却发现廖亚凡静静地坐在窗前，手里捧着一本外语书，看着窗外发呆。

方木有些尴尬，转头去桌子上寻找眼镜，却发现书桌被收拾得整整齐齐，凌乱的资料被叠好，塞得满满的烟灰缸也倒掉了。宿舍里的其他地方也是如此，看起来焕然一新。方木坐在床边，看看始终背对着自己的廖亚凡，一时竟无话，只能起身去水房打水。

廖亚凡洗漱完毕后，方木也草草地擦了把脸，示意廖亚凡跟自己悄悄出门。

单身的懒鬼们不到8点钟是肯定不会起床的，方木和廖亚凡在空无一人的走廊里顺利下到一楼，站在拐角处等了一会儿，终于听到值班的大爷起床开大门，上厕所，方木赶紧带着廖亚凡一溜小跑出了宿舍楼。

吉普车开出公安厅宿舍的院子，方木才松了一口气。他问廖亚凡："几点上课？"廖亚凡乖乖地说："7点钟上早自习。"方木看看表，一踩油门。

路过一家肯德基的时候，方木下车买了一份早餐交给廖亚凡，嘱咐她找时间吃掉。廖亚凡小心地把早餐放进书包里，然后就安安静静地坐着，一直到校门口。

校门口进出的都是些哈欠连天的孩子，都穿着和廖亚凡一样的蓝白色运动服。方木看看手表，6点55分。

“快下车吧。下课后直接回天使堂。”

廖亚凡低着头不动，手里反复捻着书包带，片刻，她小声说：“你能不能带我走？”

“什么？”

廖亚凡的脸渐渐红起来，方木看着那一抹红色从脸颊一直蔓延到耳根，廖亚凡用耳语般的音量喃喃说道：“我可以做你的女朋友……”

“你你你，别想那么多，”方木的身子一震，脸色惨白，口吃起来，“快快快去上课。”

廖亚凡的头更低了，声音却高起来：“我可以帮你打扫卫生、做饭、洗衣服……我什么都会……我保证不会给你带来麻烦……”

方木猛地伸手打开另一侧的车门：“下车！”

廖亚凡吓了一跳，紧接着扭过头来盯着方木。

方木看到了混合着屈辱和仇恨的复杂眼神。

廖亚凡跳下车，重重地甩上车门，一溜小跑进了校园。跑过门口的垃圾筒时，方木分明看到她从书包里掏出一样东西，狠狠地扔了进去。

第三十章

枪

对姜德先、黄润华、谭纪、曲蕊四人的秘密监视已经持续了一段时间，专案组相信这个互助杀人组织迟早还会作案，为了不打草惊蛇，主要采用手机定位配合派人跟踪。几天后，技侦部门终于反馈回一条有价值的线索：当天中午12点左右，曲蕊用手机和姜德先通话2分37秒，具体内容不详。

这是一个振奋人心的消息。专案组迅速作出判断，这两人很可能为该组织的联络人和召集人，如果准备当晚作案的话，那么其他成员也可能同时出现。此时正值元旦前夕，警力不足的情况时有发生，专案组决定撤回对其他人的人力监控，只监控手机，集中力量监控曲蕊和姜德先二人，并安排特警待命，希望可以将组织一网打尽，彻底瓦解。

当晚18点30分左右，曲蕊从公司出来，搭乘出租车前往城北，一组警察立刻悄无声息地跟上。几乎是同时，另一组人员传来消息，姜德先离开了律师事务所，也驾车前往城北。半小时后，两个人在一家湖南菜餐厅会面。进了210包房之后，二人一直没有出来。专案组派两名警员以顾客的身份进入210包房对面的213包房用餐，严密监视此包房人员的进出情况。同时，在与餐厅沟通后，一名警员化装成服务员进入包房送菜，反馈回的信息是：包房内只有姜德先和曲蕊两个人，别无他人。

时间一分一秒地过去，2小时后，210包房仍无人进出。21点20分左右，姜德先和曲蕊在饭店结账后离开，一同乘车开往城东，半小时后，又进了一家茶馆。

郑霖觉得不对，指示手下继续化装成顾客和服务员进行监视的同时，又联系了技侦部门，反馈回的信息是：谭纪和黄润华的手机处于开机状态，从位置上来看，仍停留在各自的住处。郑霖想了想，指示化装成服务员的警察以送赠品为由再次进入包房，尽量偷听两人交谈的内容。孰料两人始终在包房内低声交谈，服务员进入后就一言不发，再次失败而归。

“这是在搞什么鬼？”边平在指挥车里不停吸烟，皱着眉头苦苦思索。时间已经临近午夜，考虑到前几次案发时间都是在凌晨时分，专案组不敢贸然撤离，只能继续等待。

方木始终坐在后座上沉思，越想越觉得这两人不像打算和其他人会合。他犹豫了一下，拉开车门跳了下去。

几分钟后，方木气喘吁吁地跑回来，一上车就说："我们可能中计了！"

他刚才在路边的公用电话亭分别拨打了谭纪和黄润华的手机，都是长时间无人接听。这说明，谭纪和黄润华可能把受到监控的手机留在家里，而本人很可能早就离开，换句话来说，这两个人已经脱控了！

调虎离山！

专案组留下一组人继续监视姜德先和曲蕊，其他人立刻撤离。一发动汽车，新的问题又来了，如果其他组织成员已经开始作案，那么该去哪里寻找呢？

"城西！"边平一指地图，"他们把我们调到城东，作案地点就肯定在城西。"

城西。医科大学附属医院正门。

一辆白色金杯面包车停在距离正门200米左右的路边，H先生手握方向盘，一副情绪高涨、跃跃欲试的样子。T先生坐在副驾驶的位置上，不时朝路的两边张望着。

"还不行么？"

"再等等。"T先生看着依旧有人进出的医院门口，"Q刚才打电话给我，警察还在她那边看着呢，不用着急。"

"没用她自己那个号码吧？"

"你这家伙！"T先生捶了H先生一下，"你以为Q像你那样粗心？"

H先生呵呵地笑起来，看上去情绪不错，他摸出两支烟，一支递给T先生，另一支甩给后座的罗家海，自己也点上一支，美美地吸起来。

“H，一切都结束后，你有什么打算？”T先生问道。

“我？”H先生的脸上露出笑容，“把我媳妇接回来，安安静静地过日子，再生个大胖小子，你呢？”

“呵呵。”T先生一脸幸福，“我嘛，我会辞职，然后跟Q一起去外地。”

“啊哈，原来你小子真的在跟Q处对象！”

“是啊。”T先生红着脸笑了，“共同经历了这么多事，只有我们能互相理解，互相信任。到时候我们也跟你一样，结婚，然后生个大胖小子！不过，你们要给我保密啊，否则Z又会唠叨了。”

H先生连说没问题没问题，罗家海却始终吸着烟，一言不发。

T先生察觉到罗家海的冷淡，也热情地问道：“L，你呢，以后有什么打算？”

罗家海戴着棒球帽，半张脸都隐藏在竖起的衣领后面，半晌，才听到他闷闷地回答：“不知道。”

H先生看看罗家海阴郁的脸，有些歉疚地说道：“对不起啊，L，大家先帮了我。如果我能控制自己，你的事情早就解决了。”

“别这么说。”罗家海抬起头，勉强一笑，“要不是你，我早就被枪毙了。”

三个人边吸烟边聊天，狭小的车内很快就被厚重的烟雾灌满。

“L，拉开点车窗，太呛了。”H先生一边咳嗽，一边问T先生，“怎么样，现在就干？”

T先生看看医院门口，除了那盏孤零零的灯，门口已经空无一人。

“好！”T先生回过头，“L，你把那袋子往车门口挪挪，到时候动作利索点。”

罗家海应了一声，正要低头搬动那个袋子，车窗突然被敲响了。

那声音虽然不大，但是对三人而言无异于炸雷一般，一时间，大家都不会动了。

车外站着两个警察，为首的警察不耐烦地敲敲H先生一侧的车窗，后面的警察举起手电筒朝车里照射着。

“开门，我们是警察。”

T先生朝H先生使了个眼色，H先生摇下一半车窗。

“有事么？”

后面的警察毫不客气地用手电筒照照T先生的脸：“你们在这儿干什么？”

“等人。”

“等人？”为首的警察皱皱眉头，“等谁？”

“我家属在这里住院，我接她出院。”H先生朝医院努努嘴。

“现在出院？”为首的警察满脸狐疑，正要发问，身后的警察忽然一把拉住了他，手里的电筒在后座快速照射了几遍后，退后一步，右手扶在了腰间的枪套上。

“所有人，立刻下车！”他示意同事拔枪，“快点！”

话音未落，H先生的左手忽然从车窗里伸了出来，一把手枪赫然在目！

“砰！”

鲁旭今晚值班，整理了一天的接警记录后，正准备拿去归档，就听见楼上传来噼里啪啦的脚步声，他急忙来到走廊里，看见特勤中队的小伙子们全副武装地跑下楼来。其中一个特警肩膀上的无线电正传来一阵急促的呼叫：“……各单位注意，犯罪嫌疑人已沿着永泰大街向北逃窜……注意，犯罪嫌疑人可能携带枪支……”

鲁旭一把拉住他：“怎么了？”

那个特警急着执行任务，匆匆忙忙地说了句“两个巡警在医大那边发现罗家海了”，就快步冲出了大门。

鲁旭站在原地愣了几秒钟，忽然像豹子似的一跃而起，直奔停车场。

郑霖放下无线电，眼睛里是遏制不住的狂喜。

“发现罗家海了，就在城西的医大附属医院周围！”

“什么？”边平和方木不约而同地扑到前座，“几个人？怎么发现的？”

“两个巡警发现的，算上罗家海，至少有三个人。”郑霖马上联系留下监控姜德先和曲蕊的那一组警察，“给我牢牢地盯住！绝对不能跟丢了，听到没有？！”

下完命令，郑霖又催促司机加快速度。

“大围捕已经开始了。”郑霖眯起眼睛，一副踌躇满志的样子，“这下看他们还往哪里跑！”

白色面包车在路上飞驰，后面300米开外，一辆拉响警笛的警车正急转过来。

H先生面色铁青，全神贯注地看着前方的路面，旁边的T先生一脸惊魂未定的模样。

“你怎么会有枪？”

H先生没有回答他，脚下的油门猛然加力，面包车的速度已接近极限。

T先生看他的脸色可怕，不敢再问，猛拍了自己的脑袋几下，强迫自己冷静下来。

“往城外开吧。”

“不行！”H先生不时看着倒车镜，“现在全城的出口肯定都已经被封死了。”

的确，就在他们拼命逃跑的同时，交管部门正通过各路口的摄像监控随时向警方通报面包车的逃窜方向，而C市通往外地的各主要道路也已经被警方彻底控制。

“那怎么办？”T先生已经彻底乱了方寸，“这下完蛋了……”

“你们都给我闭嘴！”罗家海的声音突然从后座传来，“Z，是我，我们被警察发现了……对，警察正跟着我们……”

T先生回过头，罗家海正拿着手机通话。

“好的。我明白了。”罗家海挂断电话，“H，往小路上开，主要道路不安全。”

H先生重重地“嗯”了一声，在下个路口突然来了个右转弯。

交管部门已经有5分钟没有提供面包车逃窜方向的信息了，而从唯一一辆还在紧追的警车上汇报的情况来看，犯罪嫌疑人已经进入C市的旧城区。

“他妈的，这下坏了。”郑霖一拳砸在车门上。旧城区是C市棚户区所在地，道路狭窄，地形复杂，很不利于围堵。犯罪嫌疑人一旦进入旧城区，随时可以弃车逃跑，成功逃离的可能性很大。

郑霖想了想，又拿起无线电：“继续围捕，重点放在旧城区，如果发现犯罪嫌疑人，不要贸然行动，先通告方位，然后等待支援。多调派些人手，请求武警部队支援。”

边平眉头紧锁，从目前的情况来看，驾车的也许是黄润华，他既有高超的驾驶技术，同时熟悉本市的道路情况，脱身的可能性也不是没有。

坏消息还是传来了，10分钟后，最后一辆紧追的警车宣告失去目标，但是汇报了犯罪嫌疑人消失前的最后方位。郑霖命令所有警力立刻将该地区包围，从外围向内进行搜索。

这是最后一招了。如果犯罪嫌疑人摆脱追踪后，寻找僻静处弃车，然后分头逃离，抓捕的难度就太大了。

一时间，指挥车上的人都不说话了，郑霖手上的无线电对讲机也只是传来嘈杂的电流声。目前，似乎除了火速赶往该地区，别的什么都做不了。郑霖脸色铁青，其他人也都是一副懊恼的样子，几十分钟前还以为可以将这个组织一网打尽，没想到这伙人的狡猾程度远远超过想象。方木一脸木然地盯着窗外，难道，这一次又让罗家海逃掉了？

突然，对讲机里传来一个清晰的声音："C09748呼叫总部，C09748呼叫总部……"

郑霖精神一振，急忙按下通话键："我是郑霖，什么情况？"

"我是警员C09748，在昌盛路发现犯罪嫌疑人所驾车辆，正由南向北逃窜。重复，在昌盛路发现犯罪嫌疑人所驾车辆，正由南向北逃窜……"

"继续跟踪，不要贸然行动，随时保持联系！"郑霖立即命令所有单位火速向昌盛路附近集中，准备实施抓捕。

下完命令，郑霖回头兴奋地说："回去查查这小子是谁，给他记一功！"

"C09748……"方木轻轻念叨着，忽然瞪大了眼睛，这不是鲁旭的警号么？

甩掉那辆一直紧追不舍的警车后，三个人都松了口气，H先生的脸上渐显自得之色。

"小样，还敢跟我飙车？"

"别得意太早。"罗家海捏着手机，"Z让我们把车扔了，分头跑出去。"

其余两人不敢怠慢，正在减慢速度，寻找合适的弃车场所的时候，后面忽然再次警笛大作，转眼间，一辆警用摩托车从后面赶上。

鲁旭已经察觉出犯罪嫌疑人的意图，他们减速是要寻找机会弃车，如果他们分头逃走，那会给抓捕行动带来极大的困难，必须要让他们留在车上，后援赶到就好办了。

面包车果真重新加速逃窜，鲁旭在后面保持一定距离，始终紧追不舍。

“他妈的！”T先生急了，从仪表盘上一把抓起H先生刚才用过的枪，打开车窗，冲着鲁旭扣动了扳机。

毫无反应。鲁旭却在月光下看到了那人手上拿着的是一支枪！一瞬间，他已经全然没有了躲闪的意思，向下一拧车把，摩托车“刷”的一下冲了过去！

“停车！所有人立刻下车！！”鲁旭单手扶把，另一只手指向车窗，“把枪交出来！”

“妈的，怎么不响？”T先生气急败坏地摆弄着手枪。

H先生嘴角紧抿，忽然向右猛打方向盘，面包车向摩托车撞过去。鲁旭一捏闸，车速骤减，顺势转到面包车的左侧。

“把我的枪——交出来！！”

H先生已经几近疯狂，又向左猛撞过去，鲁旭再次灵巧地闪开。路边一排自行车被面包车撞倒，飞起的残片撞在鲁旭的身上、头上，他竟感觉不到疼痛。

狭窄的路面上，面包车和摩托车各自撞击闪躲，一个要夺回失去的枪，一个要拼命摆脱，同时急欲置对方于死地。不知不觉间，这条路已经接近尽头，前方不远处，是一座桥。

H先生的眼睛里已经没有前面的路，只有不断在他左右飞驰的那个警察，借着微弱的月光，H先生发现那个警察已经血流满面，惊讶之余，杀机渐盛。

好，既然你这么不要命地穷追不舍，老子就成全你！

他眼见摩托车再次出现在右侧，一咬牙，向右连打两把方向盘，向摩托车狠狠地撞过去……

他没看到，前方就是高高的水泥桥墩。

待察觉时，H先生本能地向左转去，可是已经来不及了，面包车的车头右侧重重地撞在了桥墩上，整个车身横了过来，巨大的惯性让它在路面上连翻了几个跟头。鲁旭的摩托车紧急刹车，也在瞬间失去了平衡，车、人腾空而起，在翻转的面包车上弹了一下，摔了出去。

之后的几分钟仿佛一个世纪那般漫长。H先生第一个清醒过来，他在侧翻的面包车里拼命拽开安全带，抹了一把脸上的血，看见前挡风玻璃上有一个大洞，身边的T先生已经不知去向。他来不及多想，手脚并用地爬出车外。听见罗家海在车里大声呻吟，又返回去把他拽了出来。

两个人哆哆嗦嗦地在桥上站定，在残存的一盏车灯的照耀下，罗家海扫视了一下满是车辆碎片的路面："T呢？"

"不知道。不能把他扔下，快，快找找。"

两个人蹒跚着四处张望，边走边小声喊着："T，T，你在哪里？"

毫无回音。H先生挣扎着走到桥边，黑漆漆的桥下什么也看不见。

"会不会……"他指着桥下，声音颤抖，"T会不会掉下去了？"

话音未落，H先生就感到自己的腿被一双手死死抱住了，是那个警察！

他又惊又怒，拼命踢开了那个警察。那个警察向后仰躺在桥面上，满头满脸都是血，已经奄奄一息，还是挣扎着要爬起来。

"不……要走，把我的……交出来……"

H先生抬脚向警察的胸部踹去，骂声中已经带了哭腔："我杀了你父母还是你老婆？为什么不肯放过我！为什么！！"

肋骨折断的声音在夜空中显得异常清脆，警察的胸部塌陷下去，喉咙里咯咯作响，一只手还是不屈不挠地向空中抓着。罗家海焦急万分地抓住H先生的肩膀向后拖："你疯了么？别打了，我们快走！"

忽然，桥的一侧射来一束束强光，警笛大作。纷乱的脚步声由远及近，好几个声音同时呼喝着：“不许动，趴在地上！”

H先生先是惊恐，随后心底一片绝望，他转身猛地推了一把罗家海：“快跑！”罗家海向后趔趄了两步，顺着桥边的斜坡滚落下去。

H先生再回身时，眼前已满是耀眼的手电光，奇怪的是，他竟感觉心里平静无比。他弯腰捡起一片碎玻璃，抵在那警察的脖子上，刚喊了一句“别过来”，枪声就响了。

黄润华倒在地上抽搐着，在失去意识之前，他突然有了一个奇怪的念头：如果有机会，他要告诉别人，中枪并不疼，只是好像被人猛推了一把似的，除了瞬间感到的炽热，随之而来的，就是深深的寒冷……

方木不等车停稳就跳下来，推开面前身着各色制服的人，直奔现场而去。这一段不足200米长的距离似乎无比漫长，他看到了摩托车的残骸，心中不祥的预感越发强烈。

黄润华的尸体已经被特警队员们团团围住，好几支枪指着那张已经失去表情的脸。现场唯一的伤者已经面目全非，可方木还是从他胸前的警号辨认出这是鲁旭。

鲁旭的身体残破不堪，胸骨可怕地凹陷下去，方木不敢轻易搬动他，只能大声在他耳边呼喊着：“鲁旭，鲁旭……”

只见鲁旭的嘴角抽动了一下，随后就冒出一大股泛着沫子的鲜血。方木的心底一片冰凉，看来折断的肋骨已经刺破了内脏。他失声大叫：“救护车！快，快叫救护车！！”

忽然，一个微弱的声音从鲁旭嘴里传出：“枪……枪……”

方木急忙在四周寻找，可是满地的零件和碎片，到哪里去找枪？蓦地，方木看到了不远处侧翻的面包车，心下顿时雪亮。

“快！快！枪！”他急得语无伦次，“快去车里找枪！”

几个特警队员应声而动。方木低下头，一边拭去鲁旭嘴边不断外涌的血沫，一边喃喃道：“没事……没事……你一定要坚持住……”

鲁旭的眼睛已经睁不开了，身体在微微地抽搐，被方木紧紧攥住的手也渐渐失去温度。

几分钟后，一个特警边喊着“找到了”边挤进人群，把一个沉甸甸的家伙塞进了方木的手里。

深度昏迷的鲁旭听到这句话，被血污糊住的眼睛竟缓缓张开一条缝，失神的眸子瞬间冒出一丝亮光。方木却看着手里的枪愣住了。这是一支用发令枪改造过的火药枪。

鲁旭的手抬起来，声音也高了许多：“枪……枪……”

方木的大脑一片空白，眼角的余光却瞥见了旁边一个巡警腰间的枪套，他一言不发地拽过那个巡警，伸手把枪抽出来。那巡警本能地要阻止他，想了想，默默地从裤子上解下枪纲。

方木把枪塞进鲁旭手里，大声说：“找到了，鲁旭，枪找回来了。”

鲁旭的眼睛已无法聚焦，手上的力度却猛然加大，他几乎要把枪抢过来抱在怀里。

“我……”一丝难以察觉的微笑在他脸上慢慢绽开，“总算……”

这句话还没说完，警员C09748眼中的光芒就骤然暗淡，最后渐渐消失了。

第三十一章

捐赠者

姜德先合上电话，脸色惨白。他关掉手机，拔掉电话卡，又一把抓过桌上的餐巾，把手机里里外外擦了一遍，又示意曲蕊把手机递给他。

“专线联络内部，快点！”

曲蕊不知所措地把手机递过去，姜德先重复了一遍刚才的动作，然后用餐巾把手机包好，小心地揣在怀里，起身对曲蕊说：“你在这里别动，我很快回来。”

一出门，姜德先就感到对面包房里的顾客向他投来异样的目光，他佯装没有察觉，径直走向走廊尽头的卫生间。

关上卫生间的门，他就把怀里的手机掏出来，扔进一个隔断中的废纸桶里，又把电话卡扔进马桶冲走。随后，他拉开裤子，站在小便池边小解，从窗户向外看去，两个人影正在楼下的路边来回溜达。

他苦笑了一下，整好裤子推门出去。外间的洗手台上，一名男子正往手里挤着洗手液，姜德先认得他是对面包房的顾客之一。

回到包房里，曲蕊迫不及待地问道：“怎么了？”

姜德先压低声音说道：“H先生那边出事了。”

曲蕊的脸刷的一下变得惨白，她的嘴唇翕动了几下：“谭纪怎么样了？”

“还不知道。”

曲蕊猛地站起来，抓起手包就要往外冲。姜德先一把抓住她的胳膊，低声喝道：“你干什么？”

“我得去看看。”曲蕊拼命挣扎，“你别拦着我！”

“坐下！”姜德先的脸可怕地扭曲起来，“你要害死大家么？”

“反正也出事了，你以为还有什么活路么？”曲蕊已经几近疯狂，“你放开我！”

“啪！”一记耳光重重地打在曲蕊的脸上，连痛带惊，曲蕊的动作也停下来。

“对不起，Q。”姜德先低声说，“也许事情还有转机。我们不能先乱了阵脚。”

他的话让曲蕊暂时冷静下来，可是没过多一会儿，她又掩面抽泣起来。

“老天保佑……老天保佑……谭纪……”

姜德先苦笑着安慰她：“你别急，应该很快就有人来告诉我们消息了。不过你要记住，什么都不要说。”

果真，不到半个小时，包房的门被人猛地一脚踹开。暴怒的郑霖带着几个警察鱼贯而入，边平和方木紧随其后。

姜德先站了起来：“你们干什么……”

话音未落，两个警察动作利落地将他反剪双手，脸朝下按在桌子上，另一名警察立刻上前搜身。

“搜查证呢，你们有搜查证么？”姜德先被牢牢压住，嘴里兀自叫喊着，“你们这么做是违法的！”

郑霖没有埋会他，接过负责搜身的警察递过来的手机，另一个搜查曲蕊的女警也搜出了一部手机，郑霖分别拨打了这两部手机，脸色一变。

“不是这两个，继续找！”郑霖看看满脸通红的姜德先，挥挥手，“先放开他。”

两个人的物品都被翻了个底朝天，却再没有发现第三部手机。郑霖想了想，把留下负责监控的一组人叫到外面。在楼下负责封锁的人员表示包房的窗户和卫生间的窗户始终没有拉开，排除抛往室外的可能。负责在对面包房监视的警察一拍脑门，跑到卫生间里，片刻，他又跑回来，手里的物证袋里装着两部手机。郑霖端详着这两部手机，问那个警察：“你亲眼看见他扔进去的？”

那个警察略显尴尬地说：“没有。我只看见他进了卫生间。”郑霖小声咒骂了一句，指示下属把手机带回去检验指纹。

郑霖回到包厢，曲蕊已经被带到另一间包厢里。他在衣冠不整的姜德先面前坐下，死死地盯着他看了足有一分钟，缓缓说道："说说吧，你心里清楚我为什么来找你。"

已经恢复平静的姜德先冷笑一声："你也知道我是干什么的，诱供对我没用。"

郑霖也笑了："别得意太早，你以为我没有把握就会来抓你么？"他挥手示意身后的警察，"把他给我带回去！"

0点30分左右，两名巡警在医科大学附属医院附近巡逻时，发现一台可疑车辆。上前盘查时，发现车内一人与通缉犯罗家海非常相似，巡警要求所有人下车接受检查时，司机忽然开枪并驾车逃离。所幸两名巡警所穿的多功能执勤服较厚，火药枪喷射的铁砂只伤及皮肉。市局接到案情报告后，迅速组织围捕，并于今日凌晨1点20分将犯罪嫌疑人所驾车辆截获。犯罪嫌疑人黄润华被击毙，犯罪嫌疑人谭纪重伤，另一名犯罪嫌疑人罗家海在逃。警方在这次围捕行动中也付出了惨重代价，编号为C09748的警员鲁旭光荣牺牲。

另两名犯罪嫌疑人曲蕊和姜德先被依法拘留，考虑到此二人有结伙作案的重大嫌疑，专案组拟定向市局申请将拘留期限延长至30天。

医大附属医院的重症监护室里，面戴氧气罩的谭纪平躺在病床上，身上插满了粗粗细细的管子。方木站在他的病床前看了一会儿，转头问一直抱着肩膀默立的郑霖："情况怎么样？"

"特重型颅脑损伤，刚做完手术。"郑霖叹了口气，"暂时没有生命危险了。"

"他什么时候能醒过来？"

“不知道。可能是3天，也可能是30年。”郑霖的脸色更阴沉了，“医生说他很可能变成植物人。”

方木的心一沉，目前没有充足证据指控曲蕊和姜德先，黄润华也死了，只能依靠谭纪的口供，否则30天后只能放人。而谭纪苏醒的日子带有较大的不确定性，唯一的希望就是尽快抓住罗家海。

正想着，衣袋里的电话响起来，方木拿出手机一看，是边平。

“你马上回市局，在那辆面包车里有发现！”

经过今日凌晨的撞击，面包车已经严重受损，但是勘验人员还是在车里发现了大量物证，其中最重要的，是一具尸体。

死者为男性，年龄大约在35岁至40岁之间，全身赤裸，被装在一条麻袋里。法医推断他的死亡时间大约在昨天夜里20点至0点之间，死亡原因为机械性窒息，从尸检情况来看，应该是被人徒手扼死的。

死者皮肤粗糙，但从其面部提取出部分化学物质，经检验应该是一些护肤产品，从死者头发上厚厚的定型啫喱水来看，他应该是一个很注意个人形象的人。

方木弯下腰，在死者身体上来回嗅着，然后吸吸鼻子：“都死了这么久，还这么香。”

“嗯。”正在操作的法医头也不抬，“这小子喷了不少香水。”

方木想了想，转头问专案组的同事：“死者身份确定没有？”

“没有。死者身边没有任何身份证明，不过我们已经发出认尸告示了。”

“嗯。”方木点点头，“去大中型娱乐场所问问，带文艺表演那种的。”

那同事应了一声就出去了。方木回头指指尸体上遍布的红色圆圈：“你们画这些红色圆圈是什么意思，重点检验么？”

“不。”法医停下手里的工作，“那不是我们画的。”

“什么？”方木很惊讶，“你的意思是——尸体送来的时候，上面就有这些红圈？”

“对。”

有意思。方木兴奋起来，他仔细观察这些红圈，发现死者的眼眶上有一对，躯干部位也有几个。

“后背上还有两个。”法医伸手在自己的后腰上比画，“在这里。”

“这些红圈框住的——是什么位置？”

“哦，这我倒没想过。”法医也来了兴致，在死者身上大致比量了一下，“这是心脏，这是肝脏，这里是小肠，这里嘛，应该是胰脏，后背那两个是肾脏……有意思。”

“什么有意思？”方木急忙问。

“你看，”法医指指死者眼眶上的红圈，“这里对应的应该是眼角膜。心脏、肝脏、小肠、胰腺、肾脏，加上眼角膜，都是可捐赠移植的器官。如果再加上骨骼、皮肤、血管和造血干细胞……”他在死者身上比画着，“……这家伙就全身都是宝了……”

方木陷入了沉思。

据那两个巡警讲，发现面包车的时候，它正停在医大附属医院附近，而死者的身上又被凶手在可供捐赠的器官位置上画了红圈，难道他们是想把死者当作一个捐赠者弃置在医院？

这是不可能的，且不说死者身份待查，就算是无名尸体，也会被医疗单位用做试验和教学，不可能随便割下器官用来移植的。也就是说，凶手的真正目的并不是让死者捐赠器官，而是利用它的尸体来表达自己的某种情绪。

这又是一个仪式。

问题是，在这三个人中，仪式的主角是谁？

方木比较倾向于是黄润华。如果他估计得没错的话，以谭纪为主角的仪式已经进行完毕；如果这次的主角是罗家海，那么这个死者很可能就是当年强暴沈湘的人，可是从现场的情况来看，报复性犯罪的意味不是很明显。

他仔细查验了黄润华的尸体，发现他的身上除了枪伤之外，还有几处陈旧的皮肤割伤。从伤口的位置来看，很像是自己为之，看来他生前曾有过剧烈的自虐行为。方木忽然心思一动，也许想去捐献器官的是黄润华自己？

他马上安排人去走访黄润华的妻子，自己拿着黄润华的照片去了本市的几家医院。经过整整两天的调查，两家医院（其中就包括医大附属医院）都证实黄润华曾来要求捐献器官，医院见他情绪极不稳定，而且不符合捐献条件，都将其拒之门外。而从对黄润华妻子的调查走访结果来看，她证实曾亲眼目睹丈夫在家里的卫生间里用刀子割伤自己。

看起来，黄润华对自己的身体极其厌恶，恨不得毁之而后快。从心理学角度来看，这种情绪的起因往往是强烈的内疚。而黄润华将死者杀死后，打算将其作为捐赠者弃置医院，有一种“转嫁”心理危机的味道。

一直困扰专案组的问题似乎有了些眉目：这个互助杀人组织成立的初衷也许是为了摆脱某种心理疾患。

方木看看手里黄润华的照片，已经中弹身亡的他眉头紧锁，嘴巴大张，似乎心有不甘。也许他当时满心以为已经摆脱困扰，可以重新生活了吧。

方木疲惫地闭上眼睛。黄润华一定掌握着很多秘密，可惜，他永远也说不出来了。

死者的身份很快就查清了。聂宝庆，33岁，大学学历，演员。说是演员，其实就是在全市各娱乐场所表演一些格调低俗的小品。案发当天，聂宝庆要去金达酒店表演节目，18点左右，他居住的小区保安见他从家中离开，然而当20点节目开演，聂宝庆还没有到金达酒店，初步推断聂宝庆就是在这段时间被劫持的。

死者是娱乐场所的演艺工作者，与之接触的人员成分复杂。然而黄润华的妻子和同事都坚称黄润华平时安分守己，从不涉足此类场所。那么死者与凶手到底有何瓜葛？他与凶手极度憎恶自己身体的心理有什么关系？

谜团一个接着一个，而可能掌握秘密的五个人一死，一伤，一逃，另外两个始终不肯开口。

转眼间，十余天过去了，谭纪依然丝毫没有醒转的迹象。距离30天的拘留上限仅有不到半个月的时间，如果还不能找到有力的证据，只能把对姜德先和曲蕊的刑事拘留变更为取保候审或者监视居住，最多也只能监控12个月。专案组面临着巨大压力。

姜德先和曲蕊在被拘留后立即接受了第一次讯问，然而二人都提出要取保候审，随后就一言不发。市检察院拒绝取保后，姜德先和曲蕊的表现倒有了不同。姜德先每日在看守所闭目养神，每次接受讯问时只回答一些无关紧要的问题，对涉及案情的闭口不答。曲蕊则向办案人员反复追问谭纪的情况。虽然并没有告知二人案件进展，但是相信他们已经知道谭纪在医院里昏迷不醒，姜德先能气定神闲地等待拘留期限届满，恐怕也是这个原因。

在现场一共发现四部手机，通话记录中共出现了六个号码。根据技侦部门提供的情况，除谭纪和黄润华使用的号码外，另外四个号码最后出现的地点分别是那间茶馆（即怀疑曲蕊和姜德先使用过的号码）、撞车那座桥附近和城北的一间酒吧里。根据这六个号码的通话记录，专案组初步推断，罗家海从现场逃离后，用手机与酒吧里的神秘人物通话，然后该人指示罗家海关机，拔卡后丢弃，而后指示曲蕊和姜德先立刻遗弃手机，自己也如法炮制。而从茶馆里找到的两部手机上没有发现任何指纹，所以目前可供起诉姜德先和曲蕊的证据几乎没有。

酒吧里的神秘人物很可能是该组织的头目，但是显然已无从追寻，唯一的希望，就是尽快抓住罗家海。

市局将鲁旭的事迹上报到省政府，为他申请革命烈士光荣称号。省里却不批，理由是鲁旭参与抓捕属于擅离职守，不能享受革命烈士待遇。暴怒的邢至森带着郑霖去省政府拍了桌子，以辞职相要挟，省里才最终通过了市局的请求。

鲁旭的遗体告别仪式在龙峰墓园举行，除了留守必要的警力外，几乎全市的警察都来给鲁旭送行。

告别大厅中央，鲁旭身着全套制服，静静地躺在花丛中，遗容安详。在他的腰间，一只塑胶警用训练枪插在枪套里。这是方木送给他的临别礼物。他为寻枪牺牲，就让他带着枪上路吧。当方木眼含热泪向他三鞠躬时，眼前依然是鲁旭在小酒馆里紧握自己手的样子。

"兄弟，兄弟。"

如果有来世，我们还做兄弟。

鲁旭的遗体火化后被安葬在革命烈士公墓。几天来，前来凭吊的人络绎不绝，有当天没有赶上遗体告别仪式的警察，也有闻讯自发前来哀悼的市民。

方木也一直守在龙峰墓园，不过他的目标不是鲁旭，而是罗家海。

1月23日是沈湘的生日，如果罗家海尚未逃往外地，也许他会在近日来此地祭奠沈湘。警方在沈湘的墓碑附近秘密安装了视频监控装备，同时在墓园的工作人员中安插了大量警力，一旦罗家海出现，立刻将其抓捕归案。

前几日均无发现，23日当天上午，监控器里终于出现了一对男女，经辨认后确认是沈湘的父母。二位老人在墓前耐心地打扫，摆设祭品，冲着墓碑喃喃自语，最后哭泣着相拥而去。此后监控器内再无可疑人员出现，在墓园的各个角落里巡视的警察也不断传来“一切正常”的消息。边平指示所有设伏人员保持高度警惕，作好罗家海夜间前来祭奠的准备。

夜幕渐渐降临。在监视器前守候了一天的方木在边平的再三催促下，拿起早已变凉的盒饭狼吞虎咽起来。正吃着，负责监视的同事忽然“咦”了一声，随后就大叫有人来了。

方木把盒饭一丢，起身扑到监视器前。虽然室外的天色已黑，但是启动了夜视功能的视频设备还是把图像清晰地传回到监视器上。大理石墓碑前，一个头发花白的老人正缓缓弯腰，向沈湘鞠躬。

“这不是罗家海啊。”边平大失所望，“靠，我差一点就下命令抓人了。”

方木没有动，始终盯着眼前的监视器，画面上的老人已经让他的内心震撼到了极点！

第三十二章

斯金纳的箱子

尽管敲门声规律且熟悉，罗家海还是打开门镜向外窥视，被扭曲的走廊里，Z先生略显紧张地四处张望着。

罗家海打开门锁，顺手把手里的匕首合上。

Z先生飞快地闪进来，把手里的一盒蛋糕放在桌子上，坐在椅子上不停地喘着粗气。

“怎么累成这样？”

“哦，”Z先生抬手擦汗，“爬楼梯上来的。”

“怎么不坐电梯？”

“电梯里有视频监控，不安全。”

谈到这个，两个人都一时无话。又坐了一会儿，罗家海问道：“现在的情况怎么样？”

“J和Q还在看守所里，T始终在医院里躺着。”Z先生语气低沉，“H昨天上午火化了。”

“H是为了掩护我，”罗家海痛苦地抱住头，用力揪着自己的头发，“否则他有机会逃走的。”

“你别多想了，这只是个意外。”Z先生把手放在罗家海的肩膀上，“再说，H一直觉得欠你一份情。”

罗家海用力地摇头，肩膀也在微微颤抖。

“现在最庆幸的是其余的人都还安全。”Z先生犹豫了一下，“即使T醒过来，相信他也会守口如瓶，否则Q就完了。”

“我能为他们做点什么？”罗家海抬起满是泪痕的脸，“什么都行！”

“你现在唯一能做的就是保护好你自己。”Z先生在罗家海的肩膀上用力按按，“大家决定在一起做这件事的时候，都作好了出事的心理准备，你不必太放在心上。过一段时间，我们会给T先生和H先生的家人凑一笔钱。”

罗家海擦擦眼泪，点了点头。

Z先生笑笑，指指桌上的蛋糕："你要的蛋糕我给你买来了。"

"嗯，谢谢。"

"你要这个干吗，你过生日？"

"不，是沈湘的生日。"

"哦，"Z先生知道罗家海要做什么，起身说道，"那我不打扰你了。"

"Z，"罗家海突然开口说道，"我的事情……什么时候办？"

"恐怕要等一等了。"Z先生沉吟了一下，"现在风声太紧，J和Q在短期内也不可能参与行动了。你耐心点，时机成熟的时候，我会通知你的。"

Z先生走后，房间里再次陷入沉寂。罗家海表情木然地呆坐了一会儿，把视线投向了桌上的蛋糕。看到它，罗家海似乎又焕发了一些生机。

他拆开蛋糕的包装，把附赠的蜡烛一根根插在蛋糕上，又逐一点燃，接着，抬手熄灭了电灯。

小小的房间因为那摇曳的烛光竟有了些许温馨的气氛，罗家海呆呆地看着那些婆娑跳动的亮点，眼前渐渐幻化出一个身着白衣的清秀女孩。他笑笑，两行泪却从眼眶中扑簌簌落下。

"祝你……生日……快乐，祝你生日……快乐……"罗家海轻轻地鼓掌，低声吟唱，却因为不住地哽咽而唱不成句。

沈湘，生日快乐……

边平发现方木最近几天很反常，今天民政局，明天户籍科，偶尔在厅里看见他，还一言不发地坐在电脑前查资料。边平以为他又有什么重大发现，试着问他，方木却是一副遮遮掩掩的样子。边平心里不快，这小子居然学会跟自己玩心眼了。他忍住不问，自己是他的师兄，又是上级，好歹得有点架子。好不容易等到方木主动来找自己，开口的第一句话就把边平吓了一大跳：

"师兄，我需要一支枪。"

坐在吉普车里，方木感到腰间那个沉甸甸的铁家伙硌得自己很不舒服。刚才在枪房选枪的时候，方木没有选小巧的64式和77式，而是选了最大最重的54式，不为别的，就是因为这个家伙看起来踏实可靠。其实这也是一线干警的共识，关键时刻还是54式故障率最低，最好使。

带着枪是为了以防万一，方木却在心里暗暗祈祷不要用上它。

天使堂墙外的树上安装了高音喇叭，一个冷冰冰的声音在反复念叨："树立大局意识，积极配合政府工作，自觉搞好拆迁是每个公民应尽的义务……"

赵大姐看见方木的车停在门口，一直紧皱的眉头稍稍放松了些，挤出一个笑容迎上来。

"你来了？"她打开铁门，"把车停进来，别放在外面。"

方木心里有事，无意寒暄，听到这话也有点奇怪："为什么？"

"怕那帮王八蛋祸害你的车。"赵大姐朝树上的高音喇叭努努嘴，"附近有好几家不肯走的，窗户都被砸了。"

"没事。"方木拿起一个厚厚的文件夹，关好车门，"周老师在么？"

"在。"赵大姐自告奋勇，"你去吧，我帮你看着车。"

方木"嗯"了一声，看看面前的二层小楼，深吸一口气，大步走过去。

周老师正在一间宿舍里修理床铺。他对方木的来访颇有些意外，笑呵呵地问：

"你怎么来了？"

方木没有笑，直截了当地说："周老师，我想跟您谈谈。"

"好啊。"周老师察觉到方木脸色不对，示意他坐下，"关于廖亚凡么？”

“不。”方木一字一句地说，“是关于沈湘。”

周老师仿佛被雷击了一般浑身一震，手里的扳手“当啷”一声落在了地上。

周老师的反应让方木更加坚信自己的判断，他不动声色地问道：“您认识沈湘，对么？”

周老师仿佛失去了所有的力气，背靠着栏杆一点点滑坐在床上，半晌，才喃喃说道：“你怎么知道？”

“1月23日晚，您去龙峰墓园祭奠沈湘了，对吧？”

周老师哆嗦起来，片刻，他低声说道：“给我一支烟。”

方木掏出烟盒递给他，看着他颤抖着抽出一支，点燃后狠命地吸了两口。

“周老师，”方木盯着他失神的眼睛，“您到底是什么人？”

周老师的样子显得痛苦不堪，他微闭双眼，摇了摇头，似乎在努力摆脱某些难以回首的记忆。

“周振邦，男，1945年9月7日出生于C市，1964年考入北京师范大学心理专业，1971年7月分配至C市师范大学任教，1983年C市社会科学院心理研究所成立，周振邦被任命为主任。1999年，周振邦突然辞职，之后去向不明。”方木合上手里的文件夹，“不过据我所知，周振邦5年前改名为周国清，之后成立了天使堂孤儿院，而他本人，就坐在我面前。”

周老师苦笑了一下：“你居然调查得这么清楚。”

“我第一次在天使堂吃晚饭的时候，您曾经提起你去哈佛大学一座最高的白色建筑里听课的事情。”方木从文件夹里抽出一张图片，“哈佛大学最高的建筑是威廉·詹姆斯楼，外观酷似一座白色写字楼，而那里恰恰是心理学系的所在地。我在C市的心理学家中搜索周姓人士，很容易就找到了你的资料。”

“你既然查得这么清楚，又何必来问我。”

“我想知道的是，您和沈湘到底是什么关系？”

周老师没说话，又抽出一支烟，慢慢地吸。方木没有继续追问，而是耐心地等他开口。

一支烟吸完，周老师重重地呼出一口气，抬起头来说道：“小方，你想要知道的，我都可以告诉你。但是请你把这当作一个老人对他前半生所犯错误的一个忏悔。我不知道你听了之后是否会原谅我，但是请你相信，从我创办天使堂的那一天起，我就已经打算用自己的余生来赎罪。”

方木看着那双混浊的眼睛，此刻满是歉疚与痛悔的泪水。他轻轻地点了点头。

“好吧。”周老师捏紧双拳，仿佛在鼓励自己吐露一个难以启齿的秘密，“你听说过Skinner' s Box么？”

“斯金纳的箱子？”方木睁大眼睛，“你说的是伯尔赫斯·弗雷德里克·斯金纳么？”

“是的。”周老师有些惊讶，“你真的是个普通警察么？”

方木没有回答他。斯金纳是美国著名心理学家，行为主义学派最负盛名的代表人物。斯金纳反对仅用精神分析的方法探讨人的内心世界，主张预测和控制人的行为而不去推测人的心理过程和状态。他提出了一种“操作条件反射”理论，认为人或动物为了达到某种目的，会将一定的行为作用于环境。当这种行为的后果对他有利时，这种行为就会在将来重复出现；不利时，这种行为就会减弱或消失。由此，人们可以用这种正强化或负强化的办法来影响行为的后果，从而逐渐修正其行为，这就是行为修正理论。斯金纳最初将行为修正理论用于训练动物，并制作了著名的“斯金纳箱”。箱子里有控制杆、喂食盘、迷你踏板等装置，斯金纳把动物——例如鸽子、老鼠——放入箱子进行研究。据传，他还曾经把自己的女儿当作试验品放进斯金纳箱。

可是，这样一个备受争议的科学家，和这些案件有什么关系呢？

“八九十年代，那是一个思想遭受长期禁锢又猛然喷发的时期。”周老师眼神迷离，似乎在回忆一段伟大而热烈的年代，“我在‘文革’中浪费了太多的时间，一旦有了可以施展自己抱负的空间，我的激动之情是可想而知的。人生不过匆匆数年，哪个学者不想给后人留下传世的理论和经典呢？所以，我在担任心理研究所的主任后，选择了一个当时在我看来可能改变人类进化轨迹的课题——教化场计划。”

“教化场，什么意思？”

“斯金纳根据实验结果推论出人类没有所谓自由意志，纯粹受增强物控制摆布。这种理论虽然备受诟病，但是却让后世受益匪浅。治疗恐惧症和焦虑症的脱敏疗法和满灌疗法都是以斯金纳的行为理论为依据的。斯金纳梦想以行为工程学来建构人类社会，以行为理论来控制人类的行为。实事求是地讲，我对此很感兴趣，因为我在‘文革’期间看到了太多违背人们本性的行为，我很想知道究竟是什么引发了那次全民性质的集体失常。如果能找到那种神奇的力量，我们将彻底强化人类的社会性，以此构建一个更为美好的世界。我们设想建立一个在外部影响人类行为的场域，并把它命名为‘教化场’。”

“你的意思是……”方木突然感到一阵恶心，“用训练来培养人类的个性进而影响行为——就像训练动物一样？”

“我理解你的反应。”周老师痛苦地闭上眼睛，“我也知道这个计划是违背伦理的。但是对我而言，学术成就实在是一个太有诱惑力的东西。我当时想，即使我将来像斯金纳那样受到世人的唾骂，只要能为人类探索自身奥秘做出贡献，那也是值得的。所以，我还是决定启动教化场计划。”

不觉间，窗外的天色开始阴沉下来，大块乌云渐渐布满天空，一场大雪似乎就要来临。狭窄的宿舍里越发显得昏暗，两个人的脸都躲在阴影里，只有香烟上的红点若隐若现。

“整个计划只有我和我的助手才知道内情。我们首先选择了一些人作为实验对象，主要是一些普通人家的孩子。每年都有很多大学毕业生到心理研究所来实习，我从实习生中选出一些人来对这些实验对象进行跟踪，要求他们客观记录实验对象的日常生活，但并不告诉实习生任何关于实验的内容。同时，我在社会上秘密招募了一些志愿者，这些志愿者也是普通人，并且经过严格审查，确认彼此间没有交叉的社会关系。对实验对象跟踪研究一段时间后，我就安排志愿者在实验对象的生活中人为制造一些突发事件，例如目睹性行为、突然被陌生人拥抱、带至黑暗场所等。事件发生后，我要求志愿者签署保密承诺书，然后发给一笔报酬，从此再无瓜葛。然后，撤换掉所有负责观察实验对象的实习生，改派其他实习生跟踪记录实验对象在突发事件后的反应情况，当然，试验的目的和内容对他们也是严格保密的。这样，就可以确保实验的目的和过程无人知晓。”

“你在实验对象的生活中，人为地制造一些遭遇？”方木皱起眉头。

“对。”周老师艰难地吐出这个字，“这样可以让实验对象按照我们的设想去思考，去行动，换句话来讲——经历我们为他们选择的人生。”

方木抬头看看面前的老人，他佝偻着身子，低垂着头，仿佛一个做错了事的孩子，可是谁能想到他曾有过恶魔一般的心肠？

“后来呢？”

“第一批实验对象共有5个人，除了一个目睹性行为的孩子之外，其他人在试验过后并没有显现出剧烈的情绪反应，于是10年后，我们又选择了第二批实验对象。当时我的信心很足，我打算让这个计划长期进行下去，用20年到25年的时间来完成这个实验。如果实验能顺利完成的话，我将会在学术上取得任何人都难以企及的成就。斯金纳证明了奖赏对于建立良好行为的帮助，而我将证明惩罚对于塑造人的行为同样有效。可就在两年后，意外发生了……”

“什么意外？”方木急忙问道。

周老师长叹一声，额头对着床铺的栏杆轻轻撞击。

“我在看一份跟踪报告的时候，发现一个实验对象的情绪反应非常奇怪，比我设想的要强烈得多。由于这个实验对象是我的助手负责的，我就询问他实验的情况。他吞吞吐吐地不肯说，最后在我的再三追问下，他终于承认是志愿者出了问题——他没有按照计划行事，而是强奸了那个女孩子……”

“沈湘？”方木失声叫道。

“对。”两行眼泪“刷”地一下从周老师苍老的脸上滚落下来，“我震惊得无以复加，整整一天没有出办公室。我开始思考我的所作所为是不是真正的科学研究，也第一次萌发了放弃实验的想法。而之后发生的另一件事，让我彻底下了决心。”

“什么事？”

周老师已经无法回答了，他靠在栏杆上大声抽泣起来。方木看着面前哭泣的老人，说不清心里究竟是厌恶，还是同情。

良久，周老师终于恢复了平静，他用袖子擦擦眼睛，颤抖着说道：“有一个孩子在实验后，承受不住内心的恐惧，自杀了。那孩子，就是维维……”

“啊？”方木震惊得一下子跳起来，“赵大姐的儿子？”

“对。”周老师看着方木，似乎很希望他扑上来打自己一顿，“维维死后，我决定彻底放弃教化场计划。我销毁了全部实验记录，包括我辛辛苦苦写就的几篇论文。然后，我辞了职，因为我觉得我已经没有资格再做一个心理学家了。我改了名字，彻底脱离了原有的生活圈子，还在郊区买了一块地，建了一所孤儿院，把已经濒临绝境的赵大姐接了过来。我伤害了太多的孩子，我就要好好培养那些曾受过遗弃、受过伤害的孩子，以此来为我前半生所犯的错误赎罪。”

说完，周老师仿佛被抽走了全身的力气一般，无力地靠在栏杆上，但是从他的表情来看，将折磨自己多年的秘密一吐而出，似乎心中轻松了不少。

方木却无法轻松，他点燃了一支烟，强行命令自己的情绪尽快平复下来。眼前的老人曾是他非常尊敬的一个人，然而所有悲剧的始作俑者恰恰就是他。

一支烟吸完，方木打开文件夹，尽量用一种公事公办的语气问道："周老师，当年的实验记录您一点都没有保留么？"

"是的。"

"那您还能不能记得当年实验对象和志愿者的名字？"

"有些能记得。"

"那好。"方木抽出文件夹中的一张纸，又递给他一支笔，"把这张名单上您认得的名字标记出来。"

周老师戴上眼镜，拿过名单从上到下浏览了一遍，脸色微变，抬头问道："你从哪里得到这份名单的？"

方木面无表情地说："您先标记出来再说。"

周老师略一思索，在几个名字上画圈，又递还给方木。

被周老师标记过的名字分别是沈湘、谭纪、姜德先、蒋沛尧、马春培、夏黎黎。

见方木皱眉，周老师又追问道："这份名单是怎么回事？"

方木想了想，决定如实相告："警方怀疑谭纪杀死了蒋沛尧，而姜德先杀死了马春培。"

"什么？"周老师大惊，"蒋沛尧和马春培正是当年对应谭纪和姜德先的志愿者啊。"

方木脸色铁青："您让他们对谭纪和姜德先做了什么？"

"我想想，"周老师急得脸色大变，"按照计划，蒋沛尧把谭纪遗弃在散场后的电影院里；马春培和夏黎黎在姜德先的面前以父女的名义发生性关系……对了，夏黎黎呢？”

“夏黎黎6年前死于三期梅毒。”方木冷冷地说，“否则她也会被姜德先干掉。”

周老师的脸色惨白，他一把抓过方木手里的名单：“那，黄润华、曲蕊、申宝强、聂宝庆又是谁？”

“申宝强和聂宝庆是另外两起杀人案的死者，我们怀疑凶手是曲蕊和黄润华。”

“曲蕊、黄润华和谭纪、姜德先有什么关系么？”周老师似乎还抱有最后一丝希望。

“我们相信他们四个人是同伙，包括目前在逃的罗家海。”方木盯着周老师的眼睛，“就是沈湘的男朋友！”

周老师大长着嘴，目瞪口呆地看着方木，几秒钟后，他颓然跌坐在床铺上，年久失修的铁架床发出咯吱咯吱的呻吟声。

“也就是说……”周老师喃喃自语。

“也就是说，”方木替他把话说完，“教化场计划并没有终止！”

“不可能！”周老师一跃而起，情绪几近失控，“当年的实验记录都被我销毁了，他们不可能知道志愿者的身份！”

“没什么不可能！”方木向前迈了一步，逼近周老师的脸，“你当年的助手是谁？”

这句话好像提醒了周老师，他怔怔地盯着方木，可是很快他就恢复了平静。

“对不起，我暂时不能告诉你。但是请给我几天时间，我一定会把这件事弄清楚。”周老师言辞恳切，“这是我种下的孽根，请给我个赎罪的机会。”

方木盯着他看了几秒钟，缓缓说道："好的，随时跟我保持联系。"说罢，他就起身告辞。走到门口的时候，方木突然转过身，低声问道："当年强奸沈湘的志愿者叫什么名字？"

"王增祥，当时是自来水公司的一名员工。"周老师坐着没动，眼睛盯着房间的暗处，"对不起，我当年没有报警的勇气。"

隐忍了一整天的天空终于开始飘落雪花，雪越下越大，天地间很快就白茫茫一片。方木把车停在路边，打电话回专案组查王增祥的资料，并反复叮嘱一旦落实他的行踪，立刻实施24小时监控，因为罗家海的目标就是他。通话完毕，方木关掉手机，无力地靠在驾驶座上，想了想，又把手机打开。果真，边平的电话紧接着就打进来，直截了当地问他王增祥是怎么回事。方木说回去再谈。边平察觉到方木情绪异常，没有追问，嘱咐了一句"当心开车"就挂断了电话。

向前望去，天空低得仿佛要砸下来，这条郊区公路似乎一直通往乌云翻滚的天边。向后望去，不远处的天使堂已经彻底笼罩在一片雪雾中，无论怎么用力分辨，那星星点点的灯光也看不见了。

天使堂。教化场。

方木反复咀嚼着这两个词，忽然明白周老师为什么要将孤儿院命名为天使堂。天使有一对可以自由飞翔的翅膀，不受教化，不受玷污。

方木踩下油门，吉普车在这条雪雾弥漫的路上奋力前行。穿过郊区，市区里的辉煌灯火隐约可辨。刚才还连接天地的一片苍白忽然变成了暗哑沉闷的灰暗，重重地笼罩在同样灰色的城市上空，看起来，仿佛一口从天而降的大铁锅。

驾驶室里并不冷，方木看着眼前越来越近的城市，却不住地发起抖来。

他想到黄永孝，想到马凯，想到孙普，想到夏天……

这座城市，就是一个巨大无比、危机四伏的教化场。

第三十三章

所谓命运

"……Ok, I think we will creat a nicer world. Good bye." 杨锦程放下电话，脸上是掩盖不住的笑意。他向后靠在宽大舒适的皮椅上，眼盯着天花板，终于忍不住笑出声来。

距离登上人生顶峰的那一天，已经不远了。

想到这里，杨锦程不由得环视一下这间小小的密室，心中竟有几分不舍。这是杨锦程办公室里的一个小套间，除了他和自己的导师，没有任何人知道这间密室的存在。而当年那个伟大的计划，就是在这个密室里诞生和一步步实施的。杨锦程抚摸着略显陈旧的桌椅，心中不禁感慨，若干年后，这里也许就会像保存了斯金纳箱的威廉·詹姆斯楼地下室一样，成为后辈心理学家顶礼膜拜的圣地。

杨锦程痴痴地沉浸在自己的幻想中，但是很快他又恢复了平日的沉稳模样，在椅子上坐正，伸手打开了电脑。

显示器上出现了一个视频窗口，画面上显示的正是自己的办公室。他拖动窗口下方的进度条，看着自己在办公桌后滑稽地快速运动着，起身在室内走动，出门，又回来，再次出门。

忽然，杨锦程看到了自己要监控的那个人，他趁自己出门的时候溜进了办公室，左右看了看，然后大大咧咧地坐在了那张皮椅上，左右晃了两圈，脸上痴迷的表情跟刚才的自己毫无二致，而更可恶的是他居然拿起自己那个价值两万元的茶杯喝了两口。如果别人看到这一幕，几乎会以为那个悠然自得的人就是杨锦程本人。

杨锦程从鼻子里"哼"了一声，将这个视频保存后起身离去。

他走出密室，按动机关让墙上那排书架回归原位。书架中央有一个十分微弱的红色亮点，杨锦程知道那个摄像头还在工作着，他朝那个亮点微微一笑，做了一个V形手势。

整整身上的白大褂，杨锦程准备进行今晚的最后一次巡视，刚把手搭在门把手上，就听见走廊里传来一阵喧嚣。

两个保安员正扭住一个衣着寒酸的老人，而后者正在拼命地挣扎，嘴里不住地叫着。陈哲拦在他的身前，半是恼怒半是无奈地解释："对不起，没有预约不能见杨主任……"

"放手！"杨锦程的声音突然在身后响起，陈哲一回头，杨锦程站在办公室门前，满脸惊愕。

"杨主任，他……"陈哲急忙向杨锦程解释，可是杨锦程看都不看他一眼，急步走过去，一把抓住老人的手，连连摇晃了数下，才吐出几个字："周老师，您怎么来了？"

老人表情冷淡，杨锦程却是一脸的激动，他回头对陈哲和那两个保安员说道："今后，你们见了他，就要像见到我一样尊重，听到没有？"

两个保安员喏喏称是，陈哲也是一脸尴尬，搓了几下手说："杨主任，我去安排会客室……"

"不用了。"周老师依旧冷着脸，他把头转向杨锦程，"锦程，我想找你谈谈。"

杨锦程一怔，随即满面堆笑："好的，我们找个地方好好聊聊。"

金辉浴宫里人迹寥寥，由于警方最近严打卖淫嫖娼等违法活动，所以同往日里顾客盈门的情形相比，今天的生意显得格外冷清。

偌大的浴场里只有三个浴客。一个年轻人手握毛巾，脸冲着墙淋浴，另外两个浴客分别趴在两张床上搓澡。很快，其中一个中年男人搓好了，冲洗后跟另一张床上的老人打了个招呼，起身去了按摩房。

给老人搓澡的师傅用力搓了几下，无奈地拍拍老人的肩膀："老先生，您还得去桑拿房蒸蒸，搓不下来啊。"老人应了一声，费力地爬起来，进了旁边的木头屋子。

老人一进门，搓澡师傅就迫不及待地对在一旁休息抽烟的工友说："嘿，你刚才看见没有？"

“看见什么？”

“呵呵，这老头没有那个。”

“没有什么？”

搓澡师傅用手指指自己胯下：“没有男人的那杆枪啊。”

“是么？”工友来了兴趣，“这老头是个太监？”

“什么太监啊，我刚才实在没忍住，就问他了。”搓澡师傅眉飞色舞地说道，“老头还挺大方，一点没掖着藏着。他告诉我，他在‘文革’时挨过一枪，把那话儿给打掉了。”

“嘻嘻，那这老头这辈子可亏大发了……”

两个人的对话一字不落地传进了那个年轻人的耳朵里，他全身一震，似乎对这件事大感意外。随后，他就关掉水龙头，快步走进了桑拿房。

老人坐在桑拿房里的木椅上，双眼紧闭。年轻人关好门，慢慢地坐在他的对面，把目光投向他的下身。

老人似乎察觉到了他的目光，微睁开双眼，看见年轻人正死死地盯着自己的两腿之间。他显然已经习惯了这样的注视，宽容地微微一笑，重新闭上眼睛。

忽然，他觉得这个年轻人似乎在哪里见过，再睁开眼睛的时候，面前的木椅上已经空无一人。

更衣间里，已经穿戴整齐的罗家海看着手里的照片，西装革履的周振邦对着镜头自信地微笑着。这是Z先生一小时前交给他的。罗家海若有所思地收起照片，用毛巾重新把刀子包裹好，起身离去。

已经洗浴完毕的周老师披着浴袍走进包房，却被沙发上突然坐起的白面怪物吓了一跳。

“呵呵，对不起，吓着您了。”杨锦程撕下脸上的面膜，“怎么样，学生还没忘记您当年的老习惯吧，您说过，最舒服的事情就是痛痛快快地洗个澡了。”

他指指已经摆满丰盛菜肴的茶几：“您坐，今天咱们边喝边聊，一醉方休。”

杨锦程从茶几上拿起一瓶五粮液，冲周老师晃晃：“这也是您最喜欢的。”说罢，拧开盖子就要往杯子里倒。

周老师挡住他的手，表情冷峻：“我不是来喝酒的，我有话问你。”

杨锦程放下酒瓶，心里已经猜到了七八分。

“您说。”

“你是不是……”周老师顿了一下，“还在继续教化场实验？”

杨锦程的脸色微变，随即给自己倒了杯酒，一饮而尽。

“是，当年我复制了所有的资料。”

周老师捏紧拳头，脸色铁青：“你为什么没按照我的话去做？”

杨锦程不紧不慢地又给自己倒了杯酒：“我觉得，我继续这个实验，才是真正地听您的话。”

“你说什么？”周老师怒不可遏，“纯属胡说八道！”

“的确，您当年因为内心的负疚感放弃了实验。”杨锦程盯着周老师的眼睛，“可是您敢说您真正放弃了么？”

“你什么意思？”

“您刚才说您成立了一个孤儿院，我知道您想做什么。”杨锦程抿了一口酒，笑笑，“天使堂，教化场——听起来多么相像的两个词。其实我们做的事情也是一样的，我们都在教化别人，只不过，你用奖励，而我继续用我们曾为之努力的——惩罚。”

“一派胡言！”周老师跳了起来，“我怎么会和你一样？”

“坐下！”杨锦程的语调一下子升高，他猛地掀开周老师的浴袍，“您看，您从不避讳身体上的缺陷，到现在您依然是这样。”

“那又怎样？”

“您说过，只要相信那不过是三条海绵体，与男人的尊严无关，那么有没有这个家伙都无所谓，就像人有没有阑尾都无所谓一样。这么多年来您清心寡欲，把所有的精力都投入在科研上，却从未听您说过寂寞。换句话来说，您教化了您自己。”杨锦程朝包房外努努嘴，“您这样睿智、意志坚定的人都可以被教化，外面那些平庸的人，有什么不能被教化的？”

“你到底想说什么？”周老师依旧板着脸。

杨锦程硬把周老师拉坐在沙发上，把脸凑过去，盯着周老师看了几秒钟，缓缓说道：“您当年做得没错，同样，我现在做得也没错。您说过行为科学可以改变世界，我至今仍深信不疑。我们可以塑造人类的行为，强化人类的行为，当然，我们也可以消除它。就像斯金纳说过的那样，理想社会的管理者不应该是政治人物，而是宅心仁厚且掌握各种控制手段的行为学家。”

“你……”

“所以——”杨锦程大声打断周老师的话，同时伸出一只手，五指张开，而后慢慢攥成一个拳头，“未来不是掌握在军人和政客手里，而是我们——行为学家的手中。”

“可是你忽略了一个最基本的问题，人，永远只能是目的，而不能是手段！”

“科学发现的价值就在于它的实际运用，从人类发明科学这个词开始，它唯一的用处就是构建社会！”

“可是你有什么资格安排别人的命运？”周老师几近失控，“你以为你是神么？”

“说到命运，”杨锦程反而冷静下来，嘴边显出一丝微笑，“古希腊的俄狄浦斯终生都在跟自己的命运抗争，最后弑父娶母，仍然没有摆脱命运的安排；历代多少君王都在苦苦追寻长生不老的魔药，但是又有谁逃得过生命的终结？古往今来，人类一直忧虑是否真能掌控自我行为，如果答案是肯定的，那么，可以掌控到何种程度？”

杨锦程顿了一下，猛地张开双臂：“我可以回答这个问题，所以，在这种意义上，我，就是神。”

周老师瞠目结舌地看着杨锦程，半晌，才喃喃说道：“你会被后世唾骂、诅咒几百年、几千年……”

“无所谓。”杨锦程向后靠在沙发上，“爱因斯坦发明了世界上最不人道的武器——核武器，但是他依然是人类历史上最伟大的科学家。”

“好了。”周老师彻底绝望了，他知道自己已经不可能说服杨锦程，“我以老师的名义命令你，不，恳求你，放弃教化场实验，毁掉所有数据和成果！”

“不可能。”杨锦程直截了当地拒绝，“我们已经在教化场上付出了二十多年的心血，现在距离成功仅有一步之遥，我绝不可能放弃。”

“你知不知道已经有人为此送命了……”

“我当然知道！”杨锦程猛地站起来，“沈湘和她的那个愚蠢的男朋友对吧？没有任何科学成就是不需要付出代价就能取得的！而且，我付出的代价和承担的风险一点也不比他们少！”

他的脸上挤出一丝古怪的微笑：“我不妨告诉你，当年强奸沈湘的，是我。”

周老师震惊得无以复加，回过神来之后，狠狠地给了杨锦程一记耳光！

“你为什么要这么做？为什么？！”

杨锦程的脸上凸现出五个清晰的指痕，他吐掉一口血水，缓慢而清晰地说道：“您还记得么，在实验初期，大多数实验对象并没有如我们预期那样产生剧烈的情绪反应，您和我都很焦急。按照计划，我要安排王增祥在沈湘身上泼洒带有异味的污物，我觉得，那根本起不到什么震撼的效果。所以，我把王增祥支走，强奸了沈湘……”

情绪彻底失控的周老师抬手又要打，却被杨锦程一挥胳膊，摔倒在沙发上。

“您以为那是性欲的结果么？”杨锦程冲周老师大吼，“不！我是为了实验！我甘冒坐牢的风险，就是为了让实验对象出现我们预期的效果！”

他颓然跌坐在沙发上，双手猛地抱住头：“您以为这件事对我就没有影响么？我直到35岁以后才能重新享受性爱。我妻子病危的时候，我还坐在办公室里彻夜研究实验数据！”

忽然，杨锦程毫无征兆地大哭起来，几秒钟后，哭声又戛然而止。

“所以，请别怪我对您无理。”杨锦程擦擦脸，转眼间就恢复了冷漠的模样，“如果你有机会决定别人的命运，您会怎么做——我绝对不会放弃教化场计划。”

说罢，他又拿出一张面膜，展开来贴在脸上，整个人向后仰躺过去。

周老师呆呆地看着杨锦程，眼神空洞，过了几分钟，他苦笑一声：“你在干吗？这也是自我教化么？”

“这与教化无关。”杨锦程看着天花板，语调冷淡，“过段时间我要去参加一个国际研讨会，同时去国外一个科研机构商讨加盟事宜，如果成功，国外科研机构将给我提供上千万美元的科研经费。”

他突然坐起来，凑近周老师，被白色面膜覆盖的脸上挤出一丝僵硬的微笑。

“未来的人类领袖应该有一张完美的脸，不是么？”

周老师咬紧牙关看着面前这张呆板的脸，缓缓说道：“我想告诉你的是，教化场计划并非只有你和我知晓，已经有几个实验对象杀死了当年的志愿者。”

看着得意扬扬的杨锦程瞬间变得惶恐，周老师的心底涌起一丝快意，他冷冷地说：“你尽快找出泄露资料的人，然后把全部数据交给警方。”

想了想，周老师又低声加了一句：“这是你赎罪的最后机会。”说罢，他就起身离开了包房。

路边餐厅，二楼。

“做完了？”Z先生的瞳孔里映射出屋顶的灯泡，看上去双眼闪亮。

“是的。”罗家海垂下头，“做完了。”

“按照原计划？”

“对，在桑拿房里刺死他，然后把阴茎割下来塞进他嘴里。”

Z先生呼出一口气，看上去如释重负。

“那，你的事情呢？”罗家海问道。

“再说吧。等这段时间过去，我会让J和Q帮助我。”Z先生表情轻松，一把揽住罗家海的肩膀，“当务之急是先解决你的问题，然后你就可以了无牵挂地离开这里了，我打算……”

忽然，楼下传来了敲门声，一个外地口音大声嚷着：“老板，还营业不？”

Z先生示意罗家海不要出声，起身下楼。

Z先生的身影刚刚消失在楼梯口，罗家海就一跃而起，一把抓过Z先生那个从不离身的皮包，在里面翻找了几下之后，抽出一个塑料文件夹，迅速塞进了墙角的一个软垫下，随后又把皮包拉好，放回原位。

楼下传来Z先生的声音：“不营业了，抱歉。”来访者显然很不满，骂了几声后，加重货车的轰鸣声由近及远，渐渐消失了。

Z先生重新上楼，看见罗家海一动不动地坐在桌边，笑了一下说：“是不是一下子觉得心里空落落的？”

罗家海勉强笑笑，点了点头。

“呵呵。J和Q他们做完后，也是这种感觉。”Z先生坐在罗家海的对面，“不过你要往好处想，毕竟新的生活就要开始了。”

他从衣袋里拿出一张银行卡："这里有5万块钱，密码是6个0。明天一早，我开车送你去F市，然后你可以去任何你想去的地方。"

"谢谢。"罗家海接过那张银行卡，"然后——我们就不再联系了，是么？"

"对。"Z先生的表情凝重起来，"天下无不散之筵席，你在别处快快乐乐地活着，对我们而言，就是最好的消息了。"

罗家海无语，把银行卡小心地放进衣袋。

"那我先走了。"Z先生站起身来，指指桌上的一个塑料袋，"这里面有水和食物，你早点休息，我明天一早就来接你。"

几分钟后，Z先生的车消失在这条郊区公路上。躲在窗后窥视的罗家海放下窗帘，快步走到墙角，从那个软垫下抽出塑料文件夹，急不可待地打开来。

里面是所有关于教化场计划的资料，既有作为实验对象的沈湘、姜德先、谭纪、曲蕊、黄润华的资料和跟踪记录，也有作为志愿者的蒋沛尧、申宝强、马春培、聂宝庆、周振邦的资料。罗家海反复翻看，唯独没有任何关于Z先生的资料和实验记录。

这个文件夹一直在Z先生手里，始终秘不示人。难道，Z先生并不像他所说的那样也是一个实验对象？

今天晚上的目标周振邦显然不是当年强奸沈湘的人，Z先生为什么要骗自己？

罗家海的脸色越来越难看，冷汗已经开始顺着脸颊流淌下来，他渐渐意识到自己早就陷入了一个巨大的阴谋之中。

方木心不在焉地坐在家里的客厅里吃饭，不时瞄一眼摆在旁边的手机。

“你这孩子，吃个饭也不专心。”妈妈嗔怪着夹起一大块排骨放进他的碗里，“好好吃饭，工作的事情吃完饭再想。”

方木应了一声，低头扒饭，心思却无法集中在面前这顿丰盛的家宴上。

经过专案组的调查，当年强奸沈湘的志愿者王增祥虽然已经找到，但是他在5年前就已经死于晚期肺癌。以他为饵钓出罗家海的计划自然也就落空。现在唯一可以依靠的，就是周老师了。

周老师虽然没有透露当年的助手是谁，但是方木可以肯定他就是杨锦程。但始终在幕后策划，并在酒吧里消失的那个人却不可能是杨锦程，因为他如果把计划泄露给实验对象，无异于自我终结学术生命，而且他也没有必要杀死那些志愿者。

方木只希望周老师能够说服杨锦程交出所有实验资料和数据，并能向警方提供可能掌握教化场计划的第三人的线索。专案组经过权衡，此事由周老师出面，成功的可能性要大于警方。只要能证明姜德先和曲蕊的作案动机，案件的侦破就会顺利得多。

晚餐过后，妈妈端着一大堆碗筷去厨房洗涮。方木要去帮忙，妈妈却怎么也不同意。方木无奈，只能点燃一支烟，靠在厨房门口看着妈妈在水池边忙碌。忽然，他的脑子里冒出一个想法，沉吟再三，小心翼翼地问道：“妈，我给你领回来一个妹妹怎么样？”

“嗯？”妈妈立刻回过身来，目光锐利地打量着方木的脸，“你什么意思？”

“没，没什么。”方木一时心虚，转身想溜，妈妈一把抓住方木的胳膊，眼中有一丝笑意。

“是不是有女朋友了？快说！”

“哪有什么女朋友啊，”方木又羞又急，“没有没有。”

“快说实话，”妈妈却不放手，“领回来给妈瞧瞧。”

方木和妈妈正在撕扯，客厅里传来一阵铃声，接着就听见爸爸大喊：“小木，你的手机响了。”

方木趁机脱身，疾步走到客厅拿起手机，屏幕上是一个陌生的电话号码。

“喂，你好。”

听筒里先是一阵沉默，方木又“喂”了两声，对方还是一声不吭。方木以为又是那种吸金电话，刚要挂断，就听见了一个熟悉的声音：

“方警官，我是罗家海。”

Z先生把车停在车位上，拎起皮包要下车，忽然发觉皮包的手感不对，似乎轻了许多。他心头一凛，急忙打开皮包翻找，最后干脆把皮包里的东西都倒在驾驶座上，几秒钟后，他的脸色已经惨白如纸。

Z先生呆坐了一会儿，忽然想起了什么，急忙掏出手机拨打罗家海的电话号码，占线。

“操！”他用力关上车门，脚下一使劲，汽车飞也似的蹿了出去。

方木的大脑一片空白，他挥手示意爸爸把电视的音量关小，竭力用平静的语气问道：“你在哪里？”

“这个我暂时不能告诉你。我打电话给你，是想告诉你一件事。”罗家海的语气犹疑，似乎还不知道自己这么做是不是妥当。

“关于教化场？”

“你知道了？”罗家海大惊，“你……你怎么会知道？”

“这个你先别问。你先把你知道的情况告诉我。”

“好吧，现在，我也找不到可以信赖的人了。”罗家海似乎下定了决心，“你应该知道我越狱的事情，其实越狱是在姜律师的安排下进行的。随后，我在一间屋子里躲了一段时间，之后，一个叫T先生的人带我加入了一个组织。”

“T先生是谁？”

“他叫谭纪，是这个组织的成员之一。除了我，这个组织一共有5个人，分别是Z先生、J先生、H先生、Q小姐、谭纪。”

“他们分别叫什么名字？”方木感到自己的心脏都要跳出来了，“你一个一个说。”

“我手里有一份资料，从资料上看，H先生叫黄润华，Q小姐叫曲蕊，哦，对了，J先生就是姜律师。”

“Z先生呢？”方木急切地问，“Z先生叫什么名字？”

“这就是我给你打电话的原因。”罗家海的声音充满了疑惑，“资料里没有任何关于Z先生的记录。”

“靠！”方木小声咒骂了一句，“你继续说。”

“Z先生是这个组织的发起者，按照他的说法，他是教化场实验的试验品，在一个非常偶然的情况下得到了教化场实验的资料，而后按照资料召集了当年深受其害的其他试验品。”

“然后呢？”

“这些试验品都像沈湘那样有严重的心理疾病，而Z先生好像精通心理学。他带领我们排演一种话剧似的东西，反复几次后，大家的情况都有所好转。”

心理剧。这些试验对象应该都患有创伤后压力障碍症。

“除了排演话剧，你们还做什么了？”

“我们……每个话剧的结局，都是杀死那些当年伤害过他们的志愿者，他们把我救出来的目的，也是要帮我为沈湘报仇。T先生杀死志愿者后，把他扔到了一个迷宫里；伤害Q小姐的志愿者被我们装进一个玩具熊，挂在了一个超市里，不过那次是T下手杀人的；伤害过J先生的志愿者被我们扔在了他的母校；至于H先生，我们原本打算把那个志愿者扔在医院，后来的事情你应该都知道了。”罗家海迟疑了一下，“其中有些行动，我也参与了。”

“你们怎么联系？”方木用笔在纸上快速记录着，“在哪里杀人？”

“我们彼此间有一部专线联络的手机，每做完一次就重新更换一批电话卡。而杀人，就在郊区公路边一个小饭店的二楼，这是H先生去年盘下来的。”

“罗家海，”方木定定神，“你为什么要告诉我这些？”

话筒那边一阵沉默。良久，罗家海低声说：“我觉得不对劲，我和其他人，可能被Z先生利用了。”

“嗯？”

“他今天让我去杀强奸沈湘的人，可是当我看到那个所谓志愿者的时候，我发现他不可能是当年那个强奸犯，因为他压根儿就没有性能力。回来之后，我偷了Z先生皮包里的一份资料，里面有我们所有人的资料和实验数据，偏偏没有他的。我想，他压根儿就不是什么试验品，我们都被他利用了。”

“他让你杀的人，叫什么名字？”

“周振邦，是一个老头。”

“什么？”方木失声大叫，“你快说，Z先生长什么样子？”

话筒里传来咕咚咕咚喝水的声音。

“30多岁吧，中等个，看起来挺斯文……哎哟……”

电话那边的罗家海突然开始呻吟。

“你怎么了？罗家海，你怎么了？喂，喂……”

路边餐厅的二楼，罗家海全身颤抖着斜靠在桌子上，嘴里不时泛起一股苦杏仁味。他挣扎着举起手中的水瓶，又看看桌子上的塑料袋，终于再也支撑不住，重重地摔倒在地上。

手机跌落在地毯上，“啪”的一声合上了翻盖。

几乎是同时，楼下的门开了。几秒钟后，气喘吁吁的Z先生小心翼翼地爬上楼梯，一眼就看到了俯卧在地的罗家海。他看看罗家海手边打翻的水瓶，轻轻地笑了笑。

Z先生捡起地毯上的手机，查看了一下通话记录，又看了看自己的手表，小声咒骂了一句后，转身迅速下楼，再上来时，手里已经多了一个大塑料桶。

他把塑料桶里泛红的液体泼洒在房间的每一个角落里，浓烈的汽油味顿时布满了整个二楼。看到桌上打开的文件夹，他想了想，随手抽出一张，然后把文件夹扔在罗家海的尸体上。

把罗家海的全身都洒满汽油后，Z先生倒退着慢慢下楼，沿途都洒上了汽油。下到一楼后，一桶汽油也刚好用完。Z先生打开门，掏出打火机点燃了那张纸，那恰好是沈湘的照片的彩色复印件，少女清秀的面庞在火焰的吞噬下慢慢扭曲。

Z先生一扬手，那团燃烧的纸落向了地上那摊液体。

电话突然挂断后，心急如焚的方木立刻通知技侦部门查找持机者的位置，技侦部门很快就确认了罗家海的大致方位。方木打电话通知专案组即刻赶往该地点，自己跑下楼，发动汽车，拉响警笛疾驰而去。

根据技侦部门提供的情况，罗家海所处的位置应该在环城公路南出口以西15公里左右的地方。方木一边风驰电掣赶往该地点，一边反复拨打罗家海的手机。最初是无人接听，后来就是无法接通了。方木的牙咬得咯咯直响，一路猛踩油门。

罗家海显然是出了意外，他还活着么?

不祥的预感很快就演变为现实，刚过13公里，漆黑一片的路面前方突然出现了火光。方木的心一沉，一脚把油门踩到底。

这是一间路边餐厅，已经被烟熏黑的墙上还依稀可辨“饭店”二字。方木刚拉开车门，就感到一股逼人的热浪扑面而来。他把外套脱下来罩在头上，试着一点点靠近火场。

整个二层小楼已经彻底被熊熊大火吞噬，火舌从窗口翻卷而出，被它舔舐之处都变成一片焦炭，大片的玻璃被高温烤炸，火场里不时传出玻璃炸碎的清脆声音。方木感到喉咙滚烫，睫毛也似乎在一点点卷曲。

“罗家海……”呼喊声在冲天的烈焰前显得微不足道，方木扑倒路边，从地上捧起几把积雪摔到外套上，又连拧带拽地扯下一大把灌木枝，猫着腰一步步向小楼走去。

刚迈出几步，方木就被人拽住了。是边平。

边平的一只手遮挡在额头前，另一只手死死地拽住方木的袖子。

“你他妈不要命了？”

“罗家海在里面……”方木红着眼睛拼命挣扎，“他手里可能有重要证据……”

边平不知从哪里来的力气，一把将方木拽倒在地，方木要翻身爬起来，边平狠狠地踹了他一脚。

“都他妈烧成这样了，还能剩下什么？！”边平冲方木大吼，“你给我老实点！”

不知是边平这番话起了作用，还是方木彻底没了力气，他瘫坐在地上不动了。喘了半天粗气，方木低声说：“叫消防队来救火吧。”

在他身后，大火还在尽情享用着怀里这顿美餐，似乎决心要把一切都消灭得干干净净。

第三十四章

绝路

孩子兴高采烈地吃着冷包子，手拉着栏杆一下下晃动着身体。廖亚凡站在栏杆的另一面，伸手抹去他脸蛋上的一点碎屑。

“你从哪里弄来这么多汽水罐？”廖亚凡踢踢脚下一个鼓鼓囊囊的袋子，“该不会都是你喝的吧？”

孩子笑着不说话，脸上是自豪和羞涩的表情。

“谢谢你了。”廖亚凡莞尔一笑，伸手摸了摸孩子的头。

孩子仿佛受了鼓励，站直了身子大声说：“只要你需要，我还可以帮你，什么都行！”

廖亚凡苦笑了一下：“你帮不了我的。”

孩子急切地说：“我能我能，你说吧，让我帮你什么？”

廖亚凡轻轻地拍拍他的脸，月光下，孩子的面庞宛若象牙般洁白光滑。她看看孩子充满自信的眼神，又回头看看天使堂的二层小楼。

“我想离开这里。”

大火被扑灭后，警方迅速进入火场。这栋街边二层小楼已经几乎被完全烧毁，简单清理现场后，警方在楼上发现一具焦黑的尸体，其他的一无所获。

死者已被烧得面目全非，紧急送检后，通过DNA比对确认死者是在逃犯罗家海。法医在对罗家海进行初步尸检时发现死者呼吸道没有吸入式灼伤，也没有烟尘，怀疑死者被焚烧前已经死亡。经毒物检验后确认死者是死于氰化物中毒。

火灾原因也很快被查清，引燃物为汽油。结合死者之前曾与方木通话的情况，罗家海是被人灭口后焚尸灭迹。

由于死者系俯卧，因此身下部分衣物得以保存，警方在死者衣袋里发现了一张尚未完全烧熔的银行卡。在发卡行调取相关资料后，确认该卡的办理人使用了虚假的身份证明，而银行卡里只有10块余额。

罗家海曾承认火灾现场就是系列杀人案的第一现场，因此方木要求勘验部门反复勘验现场，希望能找到血迹和毛发等物证，然而勘验部门坦言现场被烧得一片焦黑，已经没有勘验价值。至于罗家海从Z先生处盗得的资料，在现场也没有发现。

一场大火，把一切都烧得干干净净。

“什么？”周老师一脸惊愕地站起来，“有人要杀我？”

“对！”方木一脸凝重，“那天晚上您去哪里了？”

“我在一家浴池洗澡……然后就回天使堂了。”

“您，是不是……”方木斟酌着，“没有性能力？”

“是的。”周老师很痛快地承认，“你还记得我腿上曾中过一枪么？生殖器被完全毁掉了。”

明白了，罗家海应该在浴池里近距离接触过周老师，确认他不是当年强奸沈湘的人，由此产生了对Z先生的怀疑。

“是谁要杀我？”

“是罗家海。”方木犹豫了一下，“有人告诉他，当年是您强奸了沈湘。”

“这……这到底是怎么回事？”

“罗家海加入了一个互助杀人组织，组织成员就是当年教化场计划的实验对象，为首的一个人叫Z先生，就是他告诉罗家海，是您强奸了沈湘。”

“那罗家海呢，你们抓住他了？”

“罗家海死了。”方木铁青着脸，“我们相信是那个Z先生杀了他灭口，并销毁了所有证据。”

周老师脸色煞白，双眼无神地盯着方木，片刻，他颓然跌坐在椅子上，双手抱头，死命地撕扯着自己的头发。

“怎么会这样，怎么会这样……”

忽然，他猛地抬起头来：“Z先生是谁，你们调查清楚了么？”

方木没有回答他，而是意味深长地盯着周老师的眼睛："您当年的助手，就是杨锦程，对吧？"

周老师瞪大了眼睛，他很快就明白方木的言外之意，一个劲儿地摇头："不可能，不可能是他，我是他的老师，他怎么会……再说，那天晚上他一直跟我在一起。"

"那你们去浴池的事情，还有谁知道？"

"当时……"周老师皱着眉头回忆，"我们在研究所里……周围的人……"

他用力地捶捶自己的脑袋："好像好几个人都知道我去找他，但是，应该不会有人知道我们去浴池啊。"

方木不说话了，沉默着吸烟，一支烟吸完，他站起来。

"我们去找杨锦程谈谈。"

杨锦程似乎对他们的来访早有心理准备，既没有寒暄，也没有起身让座，只是坐在桌子后面，轮流打量着方木和周老师，静等对方开口。

方木也索性直奔主题："杨博士，我需要有关教化场的所有资料。"

杨锦程扫了周老师一眼，摘下眼镜慢条斯理地擦着，重新戴好眼镜后，他轻轻地说："不可能。"

周老师一掌拍在桌子上，激动得满脸通红："锦程，这件事已经不是科学伦理那么简单了！有人掌握了教化场计划，而且显然要杀死所有知情者。这个人已经派人来杀我，如果你不交出所有数据，尽快让警方破案的话，连你自己也有危险！"

杨锦程似笑非笑地看着万分激动的周老师，似乎觉得他很滑稽，却丝毫不为其所动。

"我不想再重复了——不可能。"

气得发狂的周老师还要开口，方木抬手阻止了他。

“杨博士，教化场的资料和数据涉及几起系列杀人案，我不妨告诉你，幕后指使者叫做Z先生，他已经销毁了证据，你手里的资料是我们唯一的希望。此外，”方木提高音调，“这个人应该就在你的身边，我希望你能给我们提供一些线索，及早将他找出来。”

“对不起。”杨锦程摇摇头，“我帮不了你。”

方木盯着杨锦程看了几秒钟：“杨博士，我有权要求你配合警方……”

“但是我没有必须配合你的义务！”杨锦程打断了方木的话，“如果你们要硬来的话，请相信我有一万个办法让你们空手而归！”

方木的双手按在桌面上，上身前倾，居高临下地凝视着杨锦程，杨锦程半仰着头，毫不退让地回望着他。片刻，方木缓缓说道：“杨博士，我希望你能再好好考虑一下。”

说完，他就转身拉着周老师向门口走去，刚拉开门，就听见杨锦程在身后叫了一声：

“周老师！”

周老师满怀希望地回头，看见的却是杨锦程面无表情的脸。

“周老师——这可能是我最后一次叫您，请相信我，”杨锦程一字一顿地说道，“我会让心理学变得更加伟大。”

周老师苦笑一下，转身拉开门走了出去，方木跟在他身后，想了想，回过头来说道：

“你不是想让心理学变得更加伟大，你只是想让你自己变得伟大。”

心理学的伟大毋庸置疑，然而，在心怀恶念的人手中，再伟大的科学也只是更残酷的凶器而已。回去的路上，方木突然想起了孙普。

孙普在地下室里活活烧死了乔教授，其实，那也是针对方木的一场心理剧——创伤场景的重新组织。只不过大多数治疗师用它来救人，而孙普却拿它来害人。

当时的孙普和此时的Z先生，是多么的相像！

Z先生显然非常熟悉心理剧这种治疗手段，他知道心理剧的所有主要技术都应该配合受创伤者的特别需要。只是他将治疗性的仪式——这个心理剧的最后阶段篡改成了杀人灭口。Z先生应该很清楚，这不仅不会帮助姜德先他们摆脱心理疾患，更可能造成再度创伤。

方木捏紧方向盘的手渐渐用力。必须尽快找出这个Z先生，一刻也不能再等了。

抱有同样想法的，除了警察，还有一个人。

咄咄逼人的来访者消失在门外，杨锦程像泄了气的皮球一样瘫软在座椅上，刚才还不动声色的脸上呈现出一副惶惶不可终日的恐惧表情。

看来周老师并不是吓唬自己，的确有人掌握了教化场的秘密，而且就如方木所言，这个人就在自己身边。

杨锦程坐着发了一会儿呆，忽然一跃而起，端起面前昂贵的茶杯，将里面的冷茶一饮而尽，然后起身按动开关，走进了密室。

他要尽快找出这个人。在出国之前，绝不允许再发生意外。

偌大的会议室里，只有郑霖、边平和方木三人围桌而坐。会议室里烟雾缭绕，每个人面前的烟灰缸里都插满了烟头，而每张隐藏在烟雾后的脸，都写满了沮丧。

“事情就是这样。”方木掐灭烟头，静等两位领导开口。

边平看看郑霖：“老郑，你有什么看法？”

郑霖阴沉着脸，把烟头狠狠地按在烟灰缸里：“申请搜查杨锦程吧。”

“没用。”方木摇摇头，“杨锦程说得对，他绝对有办法让我们一无所获。”

“那他妈怎么办？”郑霖突然爆发了，“杨锦程肯定就是那个Z先生！除了他，谁还会对心理剧那么在行？他怕教化场计划泄露出去，所以就杀人灭口！”

边平看了方木一眼：“我觉得老郑的分析有道理。”

方木马上说：“那他为什么要对那些人进行心理剧治疗呢？”

郑霖一时语塞，求助似的望向边平。

边平略略沉吟了一下，开口说道：“这样可以让那些实验对象对他产生信任，进而按照他的要求去杀死那些志愿者。这么做有一个好处，那就是即使将来姜德先他们发现杨锦程在利用他们，也不敢去告发，否则无异于自寻死路。”

方木摇摇头：“不，我觉得杨锦程这么做的可能性不大。按照周振邦的说法，整个计划的知情者恐怕只有他和杨锦程。杨锦程完全没必要告诉那些……”

郑霖打断方木的话：“这恰恰说明了杨锦程要杀周振邦的动机！将来有一天杨锦程公布了科研成果，知情者要么死了，要么永远不敢开口，他就能永远高枕无忧了！”

“那他为什么要杀罗家海？”

“罗家海跟其他人不一样。我们没有证据抓姜德先和曲蕊，却有证据抓罗家海，罗家海一旦被捕，难保不把他供出来！”

郑霖分析得头头是道，方木却始终坚持自己的想法。边平一看气氛紧张，急忙打圆场道：

“你们别激动。罗家海曾说Z先生精通心理学，而且能掌握杨锦程和周振邦的行踪，他即使不是杨锦程，也很可能是心理研究所的人。杨锦程不提供线索，我们以此为范围展开调查总归是没错的。”

郑霖把拳头攥紧，骨节咯咯作响：“总之我决不会让鲁旭白白送命！”

“方木，”他把头转向方木，“你继续盯着周振邦，暂时别让他露面。Z先生如果是杨锦程，他迟早还会对周振邦下手。如果不是，那这个Z先生肯定还会有所行动。”

方木应了一声，起身往外走。边平问道：“你去哪儿？”

“医院。”方木头也不回地说：“我去看看谭纪。”

谭纪恢复的情况很不乐观，丝毫没有醒转的迹象。鉴于他的特殊身份，警方专门安排人员保护谭纪的安全，除了他的父母和专案组以及医疗人员之外，任何人都不准靠近他，以防其他团伙成员杀人灭口。

方木坐在床边，久久地凝视着那张似乎永远不会醒来的脸。跟其他植物人的痴肥不同，谭纪消瘦得厉害，和初见时已然判若两人。医生介绍说，谭纪正在一点点衰弱下去。

也许用不了多久，谭纪就再也没有被灭口的危险了。不知道这样的结局对他会不会更好一些，如果他知道被Z先生利用了，恐怕死也不会甘心。

在某种程度上，他和黄润华、罗家海一样，既可恨，又可悲。

既是恶魔，又是羔羊。

门口突然传来一阵喧嚣，能听见警察大声的喝止和一个年轻女子的苦苦哀求：

“我求求你们，就让我进去看一眼，站在门口看就行……”

方木起身走到门口，看到披头散发的曲蕊正在和两个负责保护谭纪的警察撕扯着。看见方木，曲蕊马上认出这是当晚来抓她的警察之一，撕扯的动作略有缓和，脸上的表情却更加哀怨。

方木盯着她默默地看了几秒钟，突然开口说道：“脱下外套，把身上所有的东西都掏出来。”

所有的人都愣住了，但是曲蕊很快就明白了方木的意思，疯狂地把羽绒服和挎包都从身上脱下来甩在地上，又把裤子的口袋都翻出来，以示身无旁物。

方木朝又要拦住她的警察使了个眼色，缓慢而严厉地说道："不能靠近他，更不能触碰他，你听懂没有？"

曲蕊飞快地点头，伸手抹平头发，又把脸上的泪痕擦了又擦，宛若一个急于赴约的少女。

方木略一侧身："进来吧。"

病房并不大，方木走了几步就已经到了谭纪的床边，再回头，曲蕊却依然站在门口，一只手捂在嘴上，死死地盯着床上一动不动的谭纪。

她全身颤抖，好像一个正在发病的疟疾病人，成串的泪珠从眼中滚落，哭声却被她死死地捂在嘴里。她似乎不能相信，又似乎不敢上前确认，只是小心翼翼地一点点向前挪动着脚步，目光却始终没离开那张形容枯槁的脸。

被拼命压抑的悲痛终于从指缝间挣脱出来，狭小的病房里渐渐响起一个女人轻细却尖锐的哭声，那声音宛如垂死者的指甲在抓挠玻璃，既恐惧又绝望。

有好几次，她向床上的人伸出手去，似乎想触摸到爱人熟悉而陌生的脸，又想拼尽全力抓住他，把他从可怕的命运中拉回来。可是每次接触到方木警惕而冰冷的目光，那急切的眼神又变得怯懦，直至完全绝望。

终于，曲蕊再也无力支撑自己的身体，背靠墙壁滑坐在地上。

"对不起……对不起……"

5分钟后，方木把曲蕊的衣物递给呆坐在走廊长椅上的她，想了想，又递过一包面巾纸。

"谢谢。"曲蕊感激地笑笑，"我该怎么称呼你？"

“我姓方。”

“谢谢你，方警官。”

方木看着她重重地擤着鼻子，举手投足间已没有初见时的优雅。

“有没有什么想跟我说的？”

曲蕊惨然一笑：“我知道你指的是什么。谢谢你能让我看谭纪一眼，但是，对不起，我没什么好说的。”

方木无语，沉默着点燃一支烟，看着她慢慢地穿上外套，突然说道：“罗家海死了。”

曲蕊全身一震，穿衣服的动作也停了下来，可是很快她又咬着牙，缓慢而艰难地把手臂伸进袖子里。

“是Z先生杀了他。”

曲蕊面无表情地一个个系好扣子，整理一下挎包，站起来向方木稍稍欠身，头也不回地走掉了。

方木目送那略带踉跄的背影消失在走廊的转角处，又看看病房门口来回巡视的警察，忽然感到一阵深深的哀伤。

天使堂。

已是深夜，二层小楼里灯光尽熄。然而树上的高音喇叭兀自喋喋不休，不知道能有几个人安然入梦。

在那单调冰冷的噪声中，楼门的轻微吱呀显得微不足道。狭窄的门缝中，一个纤弱的身影迅速闪出，疾步穿过空旷的院子，直奔外墙而去。

听到那细碎的脚步声，另一个小小的身影在墙外站了起来，他显然已经在寒风中等了好久，脚有些酸麻，身子在微微地颤抖着。

廖亚凡手扶栏杆，胸口不住地起伏，她端详着面前的孩子。月光下，廖亚凡的眼睛闪闪发亮。

“你真的能带我走么？”

第三十五章

计中计

方木和周老师在一家小酒馆里相对而坐。方木把谭纪的情况向周老师简单介绍了一下，周老师始终面无表情地盯着窗外，面前的酒瓶已经空了大半，菜却一口都没有动。

良久，他才哑着嗓子问道："谭纪……还能醒过来么？"

方木犹豫了一下："希望很小。"

周老师咧了一下嘴，不知是苦笑还是想哭。他操起面前的酒瓶，咕咚喝了一大口，方木想伸手去抢，已经来不及了。

几天没见，周老师竟像苍老了10岁一般，以往睿智明亮的眼睛变得呆滞无神，本来就瘦削的身体更显得弱不禁风。

方木看着一线残酒顺着他的下巴流到皱巴巴的衣服上，不忍再看下去，劈手夺过了酒瓶。猝不及防的周老师把一口酒呛在嗓子里，撕心裂肺地咳嗽起来，紧接着，就手扶桌角哇哇大呕。

方木急忙掏出100块钱扔在桌子上，扶着全身瘫软的周老师出了酒馆。

周老师在外面的雪地上吐了很久，吐出来的却只是酒和胃液，看来他已经一整天没吃东西了。好不容易等他吐完，方木又买了一瓶矿泉水搀着他喝下去，冰冷的水似乎让他清醒了一些，也能站住了。

坐在车里，满头冷汗的周老师渐渐停止了发抖，脸色也好了一些。方木见他已无大碍，低声说："我送您回去吧。"周老师没有吭声，靠在座椅上发呆。方木叹口气，发动了汽车。

一路上，两个人都没有说话。快到天使堂的时候，周老师突然开口问道："我能为你们做点什么？"

方木减慢车速，想了想，苦笑一声："我们都什么也做不了，何况您了。"

周老师不再说话，呆呆地看着前方。

不远处，一辆黑色本田吉普车里，一个穿着黑色皮衣的男子放下望远镜，咧嘴笑起来，由于缺少了几颗牙齿，那张脸显得狰狞不堪。

入夜，这片地处郊区的社区一片漆黑。几日前，天使堂和附近的民宅忽然莫名断电，电力部门检修后发现是人为破坏。是谁做的，大家心知肚明，也报了警，可是断电仍不时发生。有些居民不堪其扰，已经纷纷签署协议搬走了，留下来的，也是早早就关灯休息。

一片死寂中，一辆黑色的吉普车悄然滑行在路面上，最后无声地停在天使堂的墙外。几个黑影从车中鱼贯而出，翻过围墙，直奔二层小楼右侧而去。

锅炉房的门上只缠绕着一段铁丝，为首的黑衣男子掏出钳子，几下拧开，迅速闪了进去。

几秒钟后，幽暗的手电光在狭窄的锅炉房中亮起，另一个黑衣男子用手电筒上下照着锅炉，嘿嘿地笑了笑，伸手关闭了进水阀。

几个人虚掩好门，刚要离去，就听见天使堂的楼门吱呀一声响了。他们急忙缩在角落里，一边提心吊胆地看着轰鸣声渐高的锅炉，一边窥视着楼门前的动静。

一片昏黄的灯光从楼门里倾泻而出，一个晃晃悠悠的小小身影出现在门口，解开裤子开始往院子里撒尿。

几个人松了口气，为首的黑衣男子却一跃而起，另一名男子急忙拉住他："武子，你干啥去？"

叫武子的男子拉下一直蒙在脸上的口罩，缺少牙齿的嘴像一个嚅动的黑洞："你们先出去，我去办点事就回来。"

孩子撒完尿，闭着眼睛往回走，刚走进门，却突然被凌空抱起，刚要大叫，就听见一个恶狠狠的声音在耳边说："周老头在哪个房间？"

孩子挣扎着，咿咿呀呀地说不出话来，只能拼命挥舞着手臂。男子紧张地观察着周围的动静，又看了孩子一眼——长长的绒线衣袖子里，伸出了两根手指。

男子哼了一声，狠狠地把孩子朝墙上摔过去，沉闷的"扑通"一声后，孩子蜷缩在地上再无声息。

男子猫着腰，沿着楼梯迅速跑上二楼。刚一上楼，就看见靠近楼梯的一间房里亮着灯，开着门。男子屏住呼吸，小心地挪到门边，迅速往里看了一眼。房间很小，只有一张床，能看见被子里正睡着一个人。男子想了想，悄悄地走到旁边的房间，轻轻地推开门，里面是6张上下铺，孩子们姿态各异，睡得正香。

连看了几个房间，都是如此。

男子暗暗点头，知道那个开着门的房间就是自己要找的地方。

他拉上口罩，从衣袋里拿出一个啤酒瓶，点燃了塞在瓶口的布条。骤然亮起的火光中，男子戴着口罩的脸微微抽搐，似乎满怀快意。

正当他要把手里的瓶子扔进房里的时候，床上的人忽然一下子坐起来，一脸期待地冲着门口喊道："维维，是你么？"

男子一下子傻了，那是个女人！

女人也呆在原地，刚要开口大喊，男子一个箭步蹿进房里，一把卡住女人的脖子，低声喝道："别出声！周老头在哪儿？"

女人喘不过气来，脸憋得通红，她一边跟男子厮打，一边挣扎着要爬起来。

男子一只手拿着燃烧瓶，只能用另一只手跟女人撕扯，很快就被这女人挣脱，女人退到床头，呼救声刚刚出口，就听见楼下传来一声震天动地的"轰隆！"

刹那间，整个小楼都在爆炸声中摇晃起来，摆在桌上的相框也哗啦一声摔在地上。

男子慌了神，勉强站定后把手里的瓶子往地上一丢，转身就逃，房间里腾地一下烧起来。

几分钟后，吓傻了的孩子们被统统赶到院子里站着，几个稍大点的孩子在周老师的带领下冲进去救火。惊魂未定的赵大姐被拉出来，不顾身上的衣服还在冒烟，一把拉住周老师的胳膊：

“老周，有人要杀你！”

研究所的员工们发现这几天杨锦程主任很奇怪，一直把自己锁在办公室里不出来，就连每天固定的几次巡视都免了。所以当同样几天没露面的陈哲助理出现在研究所里的时候，好几个人都围上去打探消息，陈哲笑而不答，径直去了杨锦程的办公室。

他没有敲门，拧开门把手就大踏步走了进去，一屁股坐在杨锦程面前，似笑非笑地看着他。

奇怪的是，杨锦程似乎对他的无礼并不感到意外，而是端端正正地坐在椅子上，面无表情地跟他对视着。

这种态度让陈哲始料不及，对视了足有半分钟后，他顶不住了，定定神说道：“杨主任，我想跟你谈谈。”

“你说吧。”杨锦程慢条斯理的样子，好像在面对一个问诊者。

陈哲有些恼怒，索性开门见山：“我要求你把研究所主任的位子让给我，并且把你刚刚完成的科研成果转给我。对了，”他略显得意地笑笑，“如果你已经拿到了下星期参加国际研讨会的机票的话，最好也一并交给我。”

杨锦程听完，却并不答话，而是摘下眼镜慢慢地擦着，擦完，重新戴好。

“我为什么要这么做？”

“因为这个——”陈哲把一个厚厚的文件夹拍在杨锦程面前，“教化场。”

他原以为杨锦程听到这三个字会吓得魂飞魄散，可杨锦程却只是淡淡地笑了笑，伸手掂掂文件夹，轻声说道：“我可以叫你Z先生么？”

陈哲脸色一变，随即又恢复了镇定：“既然你知道了，那我们就别废话了。”

杨锦程收敛了笑容，镜片后的双眼也变得咄咄逼人：“你是怎么知道我电脑的密码的？”

“密码是Skinner's Box1990。”陈哲的眼神毫不退让，“破解这个密码足足花费了我一年左右的时间，直到我发现书架上那本斯金纳的《超越自由与尊严》——那是你翻阅次数最多的一本书。另外，斯金纳卒于1990年，对吧？”

杨锦程眯起眼睛：“你到底是什么人？”

“7年前，我只是一个心理学专业本科毕业生，却做梦都想到这里来工作。我报名来这里实习的时候，被研究所拒绝了，而我的同学却被批准了。我感到很奇怪，因为我的学习成绩要比他好很多啊。更奇怪的是，他的实习尚未结束就被退了回来。后来他跟我说起实习的事，说每天的任务就是记录一些普通人的日常生活。当时我并没有在意，而是努力考取了研究生，毕业后顺利进入研究所工作。做了你的助理后，我发现所里有一些非常奇怪的制度，很多实习生一夜之间就换了新面孔。这让我意识到当年我的同学所参与的，也许是一个秘密的心理实验。”陈哲的面色渐渐凝重起来，“我知道这个实验是你一手操控的，所以，我就决心一定要弄个清楚。”

杨锦程不动声色地听完，又看看面前的资料袋：“为什么要杀人？”

陈哲马上闭起嘴巴，上下打量着杨锦程。

杨锦程轻蔑地笑笑：“你觉得我会告发你么？”

陈哲有些尴尬，但是很快他的脸上又恢复了自信。

“从我拿到教化场资料那一天开始，我就知道我的机会来了。”他拿起那个文件夹向杨锦程晃了晃，“这些资料可以让你身败名裂，也可以让我平步青云。我将会取代你成为这家研究所的首脑，也将会获得前所未有的学术地位和声誉。但在此之前，我要保证所有知情者都闭上嘴。”

“杀人灭口。”杨锦程若有所思地点点头，“你能保证姜德先他们不告发你么？”

陈哲笑起来，似乎对方说了什么令人难以置信的话。

“哈哈哈，告发我？那就大家一起完蛋！”他突然逼近杨锦程，“就像我肯定你不敢告发我一样。”

杨锦程盯着那张因为激动而略显扭曲的脸，慢慢说道：“你想要什么？”

“你的位子！论文！”陈哲几乎喊了出来，“还有那张机票！”

杨锦程的嘴突然撇了一下，随即上扬，变成了一个笑的表情。

“你笑什么？”陈哲惊讶地看着杨锦程的脸，“别笑了。”

“哈哈哈。”杨锦程捂着嘴，笑得全身发抖。

“你他妈是不是疯了？”陈哲脸色煞白地站起来吼道，“别笑了！”

杨锦程连连摆手，似乎眼前的人是一个让人哭笑不得的小丑。好不容易止住笑，他开口问道：“你知不知道教化场的实验目的是什么？”

陈哲一愣，不由自主地说道：“PTSD的成因与心理剧治疗。”

杨锦程笑笑：“你的确是个很聪明的人，而且心也够狠。如果当年我和你一起进行这个实验的话，可能效果会好很多。不过可惜的是，你的聪明没用对地方。”

他指指桌子上的文件夹：“我没打算永久保留这个秘密，教化场计划在几十年后肯定要公布于众，如果顺利的话，可能还要更早。所以，你所做的一切，对我没有害处，也威胁不了我。”

杨锦程没有理会目瞪口呆的陈哲，起身走到书架前，抽出那本《超越自由与尊严》扔在桌子上。

“我建议你好好看看这本书，也许你就会理解‘教化场’这二个字的真实含义。”

诧异、惊慌、绝望的表情在陈哲的脸上依次闪过，好像一个拿着头奖彩票去兑奖的人发现彩票上被蹭掉了一个数字。

“如果我现在就公布于众，你就会身败名裂！”他不甘心地大吼。

杨锦程并不回应，而是微笑着指指那本书：“好好看书吧。你会发现，历史将给我们一个公正的评价，例如爱因斯坦、斯金纳，还有我。”

他慢慢踱向门口：“你从我这里什么都得不到，当然，我也不会告发你。下周我就要去国外参加研讨会了，也许很久才会回来。我会向上面建议接替我的人选，不过请相信我，那个人绝对不是你。”

杨锦程环视一圈办公室：“既然你这么喜欢坐在这里，我就允许你在这里再坐一会儿，不过，我警告你，不要碰我的杯子。”

说罢，他就拉开门向外走，刚迈出一步，又转过身来。

“对了，有件事忘记告诉你了。”杨锦程对陈哲充满揶揄地一笑，“周振邦没死，前天我们还在一起聊过天。”说完，他就把面如死灰的陈哲扔在办公室里，转身出去了。

一出办公室，杨锦程的脚步骤然加快，对周围鞠躬致意的员工视而不见，径直进了会议室。

会议室里空无一人，杨锦程登上讲坛，在桌面下摸索了一阵，很快拽出一个门禁刷卡器。他从衣袋里掏出一张卡片，轻轻一刷，随着“嘀”的一声，讲坛下的隔板露出一道缝隙。

杨锦程拉开隔板，猫腰走进了地下，穿过一条20余米的过道后，面前又是一道装着门禁系统的门。

打开那扇门，杨锦程又回到了办公室的密室里。

周振邦走后，杨锦程秘密改造了密室，当时只是为了不时之需，没想到几年后果真派上了用场。

电脑屏幕上清晰地显示着办公室里的影像，陈哲背靠在办公桌上，依然是一副失魂落魄的样子。

杨锦程悠然自得地坐下，静静地欣赏着对手的败相。

他并非要全然击败陈哲，而是给彼此都留一条路。在杨锦程看来，最理想的结局是：陈哲就此离开这里，而杨锦程无需告发他，仍然按照原计划出国，然后加盟新的科研集团。

杨锦程知道，如果把陈哲逼急了，结果只能是两败俱伤。各退一步，海阔天空。

但是他忽视了一点：如果一个人满心以为自己能获得百万大奖，结果只得到50万的话，他是不会甘心的。

画面上的陈哲突然动了起来，他站起身来，环视着这间装修考究的办公室，脸上是混合着仇恨和决绝的复杂表情。随后，他攥紧拳头，仰头紧闭双眼，似乎在为自己打气。

几秒钟后，陈哲掏出一张电话卡塞进手机里，随后按下了一串数字。

杨锦程的眉头皱起来，不由得起身贴近屏幕，同时把耳机塞进耳朵里。

电话似乎接通了，而陈哲的声音也迅速变得焦虑、恐惧：

“喂，是周先生么……你不用知道我是谁……我想告诉你的是，有人要杀你……那你可千万不要告诉别人是我说的……是，是杨主任……对，所有的事情都是他策划的，他就是Z先生……我？我只是他手里的一颗棋子……我要离开这里了，否则他不会放过我的，好了，就这样。”

合上电话，陈哲从鼻子里重重地“哼”了一声，重新换好电话卡后，他转头看了那张空空的座椅一眼，眼中杀机顿起。

杨锦程万万没想到陈哲会来这么一手，他目不转睛地看着陈哲拉开门出去，脸上的肌肉突突跳动。

片刻，杨锦程叹了口气，从表情看，似乎有一点惋惜，但是很快，这点情绪就消失在脸上那些硬冷的线条中。

他回到办公室，掏出手机拨通了陈哲的号码。

“陈哲么？你到我办公室来一下，我改主意了。”

周老师捏着手机坐在花坛上，突然觉得全身无力。身下的凉意很快透过衣服传遍全身，本来就酸胀的双腿，此刻更是动弹不得。

已经变形的锅炉横躺在地上，锅炉房也只剩下一片残砖断瓦。天使堂的二层小楼虽然没塌，但是靠近锅炉房的一侧墙体也已经被炸开了一条触目惊心的裂缝。几个大一点的孩子请了假，领着其他孩子清理现场。没有人说话，也没有人喊饿，满身灰尘的孩子们悄悄地搬运着碎砖，不时偷偷看看一脸木然的周老师。

不知什么时候，厚重的乌云又开始慢慢聚集在头顶，深灰色的天幕下，天使堂的二层小楼似乎摇摇欲坠。

周老师的脑子里一片空白，他不去想失去采暖设备的小楼还怎么住，也不去想医院里的赵大姐和二宝。

没有天使堂了。

周老师抬头看看铅灰色的天空，突然笑了笑。

杨锦程阴沉着脸把手里的东西一样样摆在桌子上。

“这个U盘里是全部研究资料和数据，还有我打算在国际研讨会上宣读的论文，你可以署上你的名字；这个是我写给省里领导的推荐信，相信他们会尊重我的意见；这是我的辞职信，你可以一起送上去；对了，还有这个……”杨锦程从抽屉里拿出一个信封，“下星期的机票。”

陈哲的脸上是难掩的喜色，行动间却依然充满谨慎。

“你为什么又决定放弃了？”

“我从未想过要放弃。”杨锦程的脸宛如一块铁板，“但是相对于其他东西，我更尊重我的专业！”

陈哲眯起眼睛，上下打量着杨锦程。

“你要的不外是名利与地位。”杨锦程垂着眼皮，“好，这些我都可以给你。但你要答应我一个条件：聘请我做研究所的顾问。一来，我可以辅助你完成这个计划；二来，我虽然退居幕后，但是我可以亲眼见证我的科研成果对世界的改变。”

陈哲点点头：“好，我答应你。”

“那，我要的东西呢？”

杨锦程的话已经让陈哲完全没有后顾之忧，他爽快地从衣袋里拿出一个U盘递给杨锦程。

“所有的资料都在这里。”

杨锦程抬头看了陈哲一眼，脸上是将信将疑的神色。

“呵呵，你还不相信我？”陈哲笑起来，“我不会留后手的。现在把这事泄露出去，损害的不是你的名誉，而是我的。”

杨锦程苦笑了一下，神色黯然。

陈哲拍拍杨锦程的肩膀：“行了，老杨，别苦着脸了。你要结果，我要名利——我们这叫各取所需。”

杨锦程一侧身，闪开他的拍打，又颇为伤感地在办公室内环视一周。

“陈哲，我希望你遵守承诺，让教化场实验的成果能应用于世。”

“我更希望你叫我陈主任。”陈哲俯视着杨锦程的眼睛，“当然，如果你舍不得这里，我可以允许你再坐一会儿。”

杨锦程看着陈哲布满揶揄笑容的脸，艰难地站起身来。

“不了，我想一个人静一静。”他的手慢慢离开那张宽大的座椅，似乎颇为不舍，“这里的东西都留给你了。不过，我可以拿走这个杯子么？”

陈哲看看那个价值不菲的茶杯，脑海里立刻浮现出杨锦程高傲的样子。

“我警告你，不要碰我的杯子。”

陈哲把手按在杯子上，轻轻地说道：

“不。”

方木拎着一大袋食品疾步登上省医院住院部的三楼，走进烧伤科313病房，赵大姐却不在自己的病床上。方木想了想，转身去了普外科。

赵大姐果真在二宝的病床边。她的整只右臂都包裹着厚厚的纱布，脸上也有些烧伤的痕迹，即使这样，她还是费力地用另一只手给二宝擦着身子。

方木放下东西，一把抢过赵大姐手里的毛巾。赵大姐看是方木，虚弱地笑了笑，靠在床头上看方木给二宝擦身。

头缠绷带，手臂上打着夹板的二宝看见袋子里的食品，立刻咿咿呀呀地上去抢。方木不敢用力按他，在后背上草草抹了两把就任他去大快朵颐。

赵大姐看看袋子，半是感激半是埋怨地说：“怎么买了这么多东西？”

“你们要住好几天院呢，”方木把毛巾丢进脸盆，“得增加点营养。”

“那可不行。”赵大姐看着二宝狼吞虎咽的吃相，苦笑了一下，“我明天就回去，家里一大堆事呢，老周一个人可应付不过来。”

“没事，你安心养病。”方木把毛巾拧干，搭在床头，“我明天去帮他。对了，你怎么跑到二楼去住了？”

“这段时间，拆迁的人不停地来捣乱。”赵大姐一脸痛苦地按按自己的右臂，“老周和我分睡在两个楼层，也好照应孩子们——查清是谁干的了么？”

“分局已经立案了。”方木顿了一下，“初步怀疑跟拆迁有关。”

赵大姐突然有些局促不安，看着方木，嘴唇嚅动着，似乎有话要说。

“怎么？”

“方木，周老师不让我告诉你，但是我觉得还是跟你说说比较好。”赵大姐终于下了决心，“有人要杀他。”

“嗯？”

赵大姐把那天晚上有人闯进她房间的事情一五一十地讲给方木听，方木的脸色越发凝重，正要打电话回专案组，衣袋里的手机却响起来。

是周老师。

电话接通，周老师却不说话，方木接连“喂”了几声，才听见周老师异常低哑的声音：

“小方，帮我照顾好天使堂，照顾好孩子们……”

方木的心一沉：“周老师，您在哪里？”

“……我自己种下的恶果，我会自己解决。”说完，电话就挂断了。

方木急忙回拨过去，周老师却已经关掉了手机。

赵大姐看见方木脸色大变，也急得不行：“老周怎么了？”

“周老师那边可能出事了。”方木站起身就往外跑，一路狂奔至停车场，刚发动汽车，就看见一身单薄病号服的赵大姐踉踉跄跄地跟着跑出来。

“你跟着来干什么？快回去！”方木吼道。

赵大姐拉开车门跳上车：“开车！”

方木无奈，一踩油门，吉普车箭一般蹿了出去。

刚开过两个路口，方木突然掉头，同时拉响警笛，朝相反方向开去。赵大姐一看离天使堂越来越远，急得大叫：“你这是往哪儿开啊？”

方木咬着牙一言不发，死死地盯着前方，脚下的油门一踩到底。

他已经知道周老师在哪里了。

周老师推开研究所一尘不染的玻璃门，径直走向电梯。门口的保安员刚要起身查问，却赫然发现这个衣衫褴褛的老头就是杨主任口中“见了他，就要像见到我一样尊重”的那个人，慌忙把一个抬手阻止的动作变成了敬礼。周老师目不斜视，电梯门一开就迅速闪了进去。

他轻车熟路地找到了位于顶层的主任办公室，推门走了进去。杨锦程半靠在座椅上，脸上覆盖着面膜，正在闭目养神。

周老师一路走来，每接近研究所一步，心中的恨就增加一分，看到杨锦程脸上的面膜，那份仇恨瞬间就达到了顶点。

你毫不留情地杀了这么多人，却那么在乎你那张脸！

周老师走到办公桌前，盯着那张惨白的脸慢慢说道："你不是要杀我么？我来了。"

侧对着他的杨锦程毫无反应，细细去听，轻微的呼吸声似有似无——他睡着了。

周老师没想到会这么顺利，一咬牙，绕到杨锦程背后，从衣袋里掏出一根细细的铁丝。

那曾是他最优秀的学生、最得力的助手，然而此刻周老师的心中没有半点犹豫，他把铁丝从杨锦程的头上慢慢套下，双手猛然发力，死死地勒住了杨锦程的脖子！

沉睡的躯体突然开始痉挛，似乎要挣脱这致命的绞索。周老师的手上越发用力，直到那身体逐渐瘫软下去。

周老师的眼中渐渐盈满泪水，他凑到杨锦程的耳边喃喃说道："没有教化场了，也没有天使堂。如果科学家把自己当作神，他创造出来的，只能是地狱……"

随着舌骨折断的轻微声响，杨锦程已经再无声息。

良久，周老师才放开手里的铁丝，站直身子，长出了一口气。他如释重负，又似乎万念俱灰。

伸手抚平杨锦程额上的乱发，周老师盯着那张永远不会醒来的脸，颤抖着去揭开他脸上的面膜，刚掀起一角，就听见房门被猛地撞开了。

方木平端手枪，疾步闯了进来。

"不要动！"

几乎是同时，周老师一步跨到落地窗前，反手打开了窗户。

"你别过来！"

方木看见瘫软在座椅上的人，又看见他脖子上缠绕的铁丝，心底一片冰凉。

“那是……杨锦程？”

手扶窗框的周老师点点头。

方木心头大乱，他放下枪，刚要开口，就听见身后传来一声尖叫。赵大姐以手掩口，惊恐万状地看着杨锦程的尸体，看见站在窗边的周老师，更是急得要冲过去。

“你们都别过来！”周老师放开一只手，大半个身子危险地挂在窗外。

方木一把拉住赵大姐，把枪插进枪套，张开五指冲着周老师。

“周老师，您别激动，您先下来，事情还没有到不可挽回的地步，我会帮助您的，相信我。”

周老师惨然一笑：“我没想挽回。”

大股冷风从周老师身后呼呼地灌进室内，周老师头发纷乱，身上破旧的衣服被风吹得鼓起来，在铅灰色的天空下，宛如一个即将被摧毁的破败的玩具。

方木死死地盯着周老师的手，小心翼翼地踏出一步，立刻就被周老师的表情阻止。

“周老师……”方木几乎在恳求，“您千万别做傻事。”

“傻事？”周老师苦笑着摇摇头，“我这辈子造过的孽，何止是傻事！你觉得杨锦程罪无可恕，其实我跟他，没有分别……”

“可是你也要想想天使堂，想想那些孩子啊！”

“我没有资格再回天使堂了。”两行泪从周老师的眼中流淌下来，“我是一个罪人，我一直把他们当作我换取内心平静的工具。可是到头来，我还是害得他们无家可归……”

“我知道，我知道！”赵大姐突然疯了似的叫起来，“周老师，我那天听到了你和方木的谈话……我不怪你，我知道你一直在赎罪……真的，我原谅你了……”

周老师愣住了，片刻，一丝略显欣慰的笑容在他嘴角浮现。

“谢谢你，小赵。你让我在临走前还能有一丝安慰。”

“周老师！”方木和赵大姐同时大叫。

“你们听我说！”周老师的语气骤然严厉，“小赵，天使堂已经不可能保住了。如果可以，希望你能尽量让孩子们有一个新家，能吃饱穿暖，能有书读，将来可以自食其力就行。能做到么？”

已经泪流满面的赵大姐哽咽着说不出话来，哀哀地看着周老师。

“能做到么？”

赵大姐艰难地点点头。

“那好。”周老师又把头转向方木，“帮我照顾好廖亚凡，照顾好孩子们。我知道我犯了死罪，但是我没有别的更好的办法来解决它。从此不会再有教化场了……”

“周老师！”方木激动得语无伦次，“您马上下来，不然我……不然我……您不见得一定会被判死刑的！”

“方木，你还不明白么？我并不是无法面对法律和刑罚。”周老师深深地看着方木，“我无法面对的是我自己的内心。”

他用手指指杨锦程的尸体，一字一句地说道：

“其实，我们都该死。”

说完，周老师的脸上呈现出安详的微笑，他看看方木，又看看赵大姐，松开了抓在窗框上的手。

方木狂吼一声，扑上去抓他，无奈距离太远，他扑到窗口的时候，只能眼睁睁看着周老师张开双臂，向坚硬的大地落下去……

方木撇下失声尖叫的赵大姐，转头冲入了走廊，撞开听到动静前来察看的员工，一路沿着消防通道狂奔而下。

不要死！千万不要死！！

楼下已经围聚了几个人，方木推开他们，扑倒在周老师的身前。周老师面色安详，后脑处流出的血已经把雪地染红了一大片。他的眼睛半睁半闭，身体微微痉挛，随着每一次抽搐，都有大股血沫从嘴角慢慢涌出。

“叫救护车！”方木抬起头声嘶力竭地狂喊，“救命啊！”

围观者开始手忙脚乱地拨打手机。方木俯身看着周老师越来越苍白的脸，一句完整的话也说不出来：

“挺住……挺住……救护车就要来了……”

忽然，方木感到周老师的手动了一下，他急忙握住那只冰凉的手，专注地盯着周老师的脸。

周老师的嘴嚅动了几下，却什么也没说出来，手上的力量却在一点点加大。

方木的眼泪终于流下来。

“我知道。”他用力捏捏周老师的手，“我保证。”

那只手的力道骤然松懈下去，周老师微笑了一下，慢慢合上双眼。

救护车很快赶到，急救员确定周老师已经死亡，同时把昏厥的赵大姐抬上救护车进行急救。

方木脱下外套盖在周老师的身上，又摸出手机，拨通了专案组的电话。

“我是方木，我在心理研究所，就在刚才，周振邦勒死了……”

“研究所主任助理陈哲。”

一个冷冰冰的声音突然在身后响起，方木的心脏狂跳起来，他猛地回头——

身着白大褂，双手插兜站在自己面前的，是杨锦程。

杨锦程面无表情地看着震惊不已的方木，低声说：“跟我来吧。”

第三十六章

尘土归尘土

杨锦程静静地站在办公桌前，盯着死者脖子上的铁丝看了一会儿，轻叹口气，从衣袋里掏出一个U盘连接在电脑上，点击了几下鼠标后，把显示器转向了方木。

“你自己看吧。”

那是两段视频。第一段视频里，助理陈哲来送文件，见杨锦程不在办公室里，四下张望了一下，就大大咧咧地坐在办公桌后，在那张宽大的座椅上晃来晃去，还举起杨锦程的茶杯喝了一口。

第二段视频就是周老师勒死陈哲的全部过程。

方木默不作声地看完，又走过去掀开死者脸上的面膜，不错，的确是那个一直在杨锦程身后卑躬屈膝的陈哲。

“他就是你们一直要找的Z先生。”

“我为什么要相信你？”方木盯着杨锦程的眼睛，“你有证据么？”

杨锦程笑笑，脸上疲态尽显：“你应该知道我的答复的。不过你可以拿陈哲的照片给姜德先和曲蕊，看看他们的表现你就会知道我说的是对还是错——你跟别人不一样，我相信你有这个分辨能力。”

“那周老师又为什么杀了陈哲？”

“你可以去搜搜陈哲的口袋，那里应该还有一张电话卡。”杨锦程指指陈哲，“他打电话给周老师，说我是Z先生，让周老师来杀我。”

“后来呢？”

“陈哲对我的位子垂涎已久——你在刚才的视频里也看到了——甚至学我的样子敷着面膜，用我的杯子喝水。但是很不幸，我在我的杯子里下了麻醉剂，这倒霉的家伙睡死过去，当了我的替死鬼。”

“你在你自己的杯子里下麻醉剂？”

“对。因为我严重失眠，需要睡一觉，只不过还没来得及喝而已。”杨锦程把身子转向方木，“你觉得这理由成立么？”

方木脸色铁青，向前逼近一步：“你用什么说服我这不是你一手策划的？”

“我并没打算说服你。”杨锦程毫不退让地回望着方木，“但是你同样无法证明这是我策划的，不是么？”

方木盯着他看了几秒钟，缓缓说道：“你知道周老师要来杀你，所以想办法诱骗陈哲喝下你杯子里的水，等他昏迷后，你又在陈哲的脸上覆盖了面膜，然后静等着周老师来杀人。这样，你既除掉了陈哲，又逼死了周老师，对么？”

杨锦程似笑非笑地看着方木，既不肯定，也不否认。

楼下突然传来警笛声，杨锦程走到窗前看看，回头说道：“警察来了。他们走进这间办公室后，我就什么都不会说了。你还有什么要问的么？”

方木一言不发地盯着他，牙咬得咯咯作响。

失败，彻底失败了。

“那好。”杨锦程笑笑，“我最后奉劝你一句，不要针对我本人进行任何形式的侦查活动，你自己也清楚，那是毫无价值的，顶多是浪费你我的时间。”

方木感觉全身的血液一下子都涌到头顶，他猛地伸手到腰间打开枪套……

“不不不。”杨锦程的表情仿佛是在面对一个鲁莽无知的孩子，“这屋里还有第三只眼睛呢，你不会那么愚蠢吧？”

房门被猛地推开，边平和郑霖大步走进来，见到对峙的方木和杨锦程，两个人都不由得愣住了。

“方木，这是……”

方木忽然举起一只手，示意边平不要再问下去了。他仿佛已经失去了全身的力气，摇摇晃晃地穿过惊讶不已的同事们，慢慢向门口走去。

“方警官！”杨锦程突然在背后叫了一声，似乎饱含悲怆，“其实周老师的死，我也很难过。”

方木没有回头，也没有停步，径直走了出去。

C市科学院心理研究所杀人案已侦查终结，现场发现的视频资料证明周国清（原名周振邦）就是杀死陈哲的凶手。鉴于犯罪嫌疑人周国清已经畏罪自杀，案件撤销。

教化场系列杀人案陷入僵局，由于缺少证据，姜德先和曲蕊被依法监视居住，如果在12个月内找不到有力证据的话，对二人的强制措施只能撤销。

医科大学附属医院附近的一间茶室里，方木和姜德先、曲蕊相对而坐。

曲蕊一直无动于衷地看着窗外，马路对面，住院部灰色的大楼静静伫立。而姜德先始终不肯和方木对视，但是随着方木的讲述，脸色已几近死灰。

“整个事情的经过就是这样。”方木把陈哲的照片摆在桌子上，“他就是Z先生，对吧？”

曲蕊只扫了照片一眼，就继续观望着住院部的大楼。姜德先则盯着照片看了很久，从他脸上的表情，方木已经肯定了心中的判断。

“你为什么要告诉我们这些？”良久，姜德先艰难地开口。

“不为什么。”方木又点燃一支烟，“作为律师，你应该知道我们依然没有证据起诉你们。但是这已经无所谓了，我只是觉得，应该让你们知道真相。”

三个人重新归于沉默。

忽然，曲蕊站起身来，冲方木和姜德先笑了一下。她已经瘦得脱了相，那笑容在脸上是说不出的诡异与凄凉。

“探视时间到了。”

说完，她就抓起手包，匆匆走出了茶室。

隔着玻璃窗，方木目送着形销骨立的曲蕊穿过马路，跑进住院部的大楼。

“方警官。”

“嗯？”方木回过头，姜德先第一次直视自己，似乎有话要说，又似乎欲言又止。

“你说吧。”方木明白他的意思，“我没带任何录音设备。”

姜德先苦笑，目光投向窗外。

“其实，杀了人之后，我并没有觉得轻松。而且我相信，其他人也一样。”

方木面无表情地看着他，心下一片宁静。

“我们会承担这一切的。”姜德先低声说，“请给我和曲蕊一点时间。”

方木把烟头按熄在烟灰缸里，长出了一口气。

“你随便吧。”

说完，方木起身离开了茶室。

C市火车站的站台上，背着书包的廖亚凡一脸焦急地四处张望着，不时看看手腕上的塑料电子表。

随着一声尖锐的汽笛，又一列火车进站了。成群的人拖着大包小包的行李跳下火车，又有成群的人拖着大包小包的行李拼命挤上车。站台的广播喇叭里反复念叨着：“和谐春运，安全出行，请各位旅客……”

调度员的哨子已经响起，一个男列车员冲廖亚凡不耐烦地吼道：“你到底上不上车？”

廖亚凡最后看了一眼人潮如织的进站口，咬咬牙，转身跳上了已经徐徐开动的列车。

智·苑小区。

杨锦程的家里已经是一片狼藉，衣物、书籍资料散落在房间的各个角落里。满头大汗的杨锦程正努力地把一个塞得满满的行李箱封好。

身后，杨展的卧室里正传来一阵紧似一阵的摔打声，有玻璃瓶扔在墙上的碎裂声，也有“咔啦咔啦”拼命摇动门锁的声音。

脸色铁青的杨锦程又操起一个行李箱，把书房里摆放的各种荣誉证书一股脑塞进去，刚拉好拉链，就听见门铃响了。

杨锦程透过门镜一看，是邻居。

杨锦程小声咒骂了一句，拉开门，一脸不耐烦地问道：“干吗？”

“我说杨博士，你们家都闹了好几个小时了，我连电视都看不了了……”

“你去物业投诉我吧！”杨锦程打断他的话，当着他的面关上了房门。

刚走回客厅，又听见杨展在卧室里声嘶力竭地大叫：“放我出去！放我出去！”

心烦意乱的杨锦程大吼一声：“你他妈给我闭嘴！”

卧室里的喊叫声戛然而止。杨锦程松了口气，抬手抹抹额头上的汗珠，拉过一把椅子取下妻子的遗像，简单擦拭后，小心地放进一个塞满泡沫塑料的盒子里。

突然，他的鼻子里窜入一股焦煳味。杨锦程吸吸鼻子，立刻意识到这味道是从儿子的卧室里传出来的。

杨锦程手忙脚乱地掏出钥匙，打开房门一看，一身外出打扮的杨展正用打火机烧着床单。

杨锦程彻底失控了，他一把揪住儿子的头发，狠狠地扇了他两记耳光，又一脚把他踹到墙角。

“你他妈到底要干什么？”

嘴角流血的杨展从墙角挣扎着爬起来，冲着父亲声嘶力竭地吼道：“我不走！我不要出国！”

已经红了眼睛的杨锦程顺手操起桌上的鱼缸，朝儿子狠狠地砸了过去。

鱼缸撞在杨展头顶不足半米的墙上，顷刻间就粉身碎骨，鱼、水和玻璃碎片落在杨展身上，孩子吓得尖叫一声，双手抱头，缩在墙角瑟瑟发抖。

“你他妈再闹，老子就打死你！”说完，杨锦程怒气冲冲地抓起还在冒烟的床单，起身去了卫生间。

把床单塞进洗手盆里，余怒未消的杨锦程返回客厅整理行李，嘴里依旧叫骂着：

“没脑子的臭大粪！老子辛辛苦苦为了什么？还不是他妈的为了你！我上辈子到底造了什么孽？养活了你这么个一无是处的废物……”

他翻检着地上的书籍资料，有的直接丢弃，有的放进行李箱里，丝毫没察觉到杨展已经像幽灵一样悄悄地站到了自己身后。

他更没看到杨展手里握着一支转轮手枪。

满脸泪痕的杨展无声地抽噎着，通红的双眼里漫出无尽的绝望与仇恨。

他慢慢地举起枪。

“砰！”

“砰！”

站台上负责维持秩序的警察已经注意这个小孩好几天了。他每天都会准时出现在站台上，然后在准备上车的旅客中东张西望，好像在寻找什么人。

第四天，当这班列车开走后，他似乎彻底放弃了寻找。静静地在站台上站了一会儿之后，他到食品车那里买了一个汉堡和一罐可乐，坐在长椅上慢慢地吃完。之后，孩子把易拉罐的拉环套在手上，翻来覆去地端详了半天，紧接着，又把罐子远远地掷了出去。

空可乐罐在地上轱辘着，最后落到站台下，静静地躺在铁轨中间。

警察看见孩子向自己走来，脚步从容，面色平静。

尾声

一些城市背面的镜头

C市《城市早报》2月6日所载新闻节选：

……杨某供称，其所持枪支已丢入我市最大的人工湖——北湖中，警方迅速组织潜水人员进行打捞，截至发稿前，仍未发现该枪支。目前，本案正在进一步侦查中。

3月10日所载新闻节选：

……鉴于杨某枪杀其父时不满14周岁，不构成犯罪，且没有别的直系亲属，C市公安局决定将杨某送至C市少年犯管教所执行收容教养……

3月22日所载新闻节选：

……公司副总侯某等七人因涉嫌爆炸罪被市公安局依法逮捕后，恒金地产立即发表声明，声称侯某等人的行为属个人行为，与恒金地产无关。据悉，其中一名武姓男子还将面临故意杀人罪（未遂）的指控……

周老师死后一个月，姜德先与妻子协议离婚，名下所有财产交割给其妻。三天后，姜德先的前妻和女儿移民新加坡。

一星期后，谭纪在医科大学附属医院静静地死去。翌日，姜德先和曲蕊来到C市公安局投案自首。至此，教化场系列杀人案全案侦查终结，已移送C市人民检察院起诉。

C市某小学。黄昏。

空无一人的操场上，夜色正一点点吞噬着红土跑道和塑料草皮。校园东北角的秋千架下，一个小小的身影若隐若现。

夏天坐在秋千上慢慢摇荡，空洞的眸子里一片漆黑，无半点闪亮。他轻声哼着歌，曲调古怪，歌词含混，听起来更像一个梦呓者的喃喃自语。

在他的脚下，反复碾着一只小狗的尸体。随着秋千的摇摆，毛茸茸的小狗在夏天的鞋底翻来滚去。

C市的公路上，深夜。

方木驾驶着吉普车，不停地在大街小巷来回巡视着，每当看到年轻女孩的身影，他就放慢车速，看清后又重新加速。

手机在仪表盘上不停地振动、鸣叫，方木无动于衷地看了一眼屏幕，随手把手机扔向了后座。

昏黄的路灯在他脸上忽明忽暗，方木神色疲惫，目光却依然锐利、焦虑而执着。

C市少年犯管教所的门口，二十几名被收容教养人员正往一辆卡车上搬运着成筐的玻璃珠子。搬运完毕后，卡车轰轰地开走。所有人员列队，看守清点人数后，喊着号子跑了回去。

漆黑一片的卡车车厢里，一个装满玻璃珠子的大筐突然摇晃起来。随着成串的珠子噼里啪啦地落在地上，一个头顶木板的孩子从筐里站了起来。

卡车在一个路口等红灯，重新开动后，执勤的交警吃惊地睁大了眼睛，他发现卡车车厢的门敞开着，一个个大筐正在车厢里摇摇欲坠。

他拉响警笛，发动了摩托车，径直追了上去。

一个小小的灰色身影迅速跑过马路，钻进了一条小巷。

再出来的时候，他已经换上了一身明显不合体的便装，沿着马路慢慢地走。

天使堂的院墙已经被拆掉，二层小楼也千疮百孔。各种重型建筑装备正向外运送着残砖断瓦。昔日生机盎然的菜地里已经堆满了建筑垃圾，只在那些缝隙中能看见一丝拼命挣扎的绿。

尘土飞扬的拆迁工地上，孩子呆呆地看着面目全非的天使堂，全然不顾脸上、身上已是厚厚的一层沙土。

尖厉的哨音在工地上响起，正在施工的工人们纷纷退到马路边。一个叼着烟卷、神气活现的司机驾驶着拆迁车轰隆隆开近天使堂的二层小楼。工人们摘下帽子，拄着工具，一边嬉笑交谈，一边耐心等待着。

拆迁车长长的摇臂缓缓摆动，下方坠着的大铁球也随之挥舞起来，司机找准角度，操纵铁球向小楼狠狠地砸去。

“轰！”二层小楼晃了一下，大块碎砖散落下来，却并没有坍塌。

围观的工人们开始“欧欧”地起哄，司机吐掉烟卷，又一次挥动着铁球砸了过去。

“轰！”

小楼再也坚持不住，随着一阵可怕的断裂声，彻底倒了下去。

随着楼体的坍塌，厚重的尘土迅速卷起，刚才还兴高采烈围观的工人们纷纷躲避。

只有孩子一动不动，目不转睛地看着尘土扑面而来。

几分钟后，尘埃落定。

工人们三三两两地回到工地干活。孩子擦掉脸上的尘土，长长地呼出一口气，抬脚走向院子里那棵最高的树。

春天已经到了，沉寂一冬的大树也开始渐渐焕发生机，枝头随处可见刚刚绽开的绿芽。孩子爬到一个树杈处，伸手从一个废弃的鸟窝里掏出一个黑色塑料袋。

他慢慢地滑到树底，又背靠着树干坐了下来。

塑料袋里是一个被几层报纸包裹着的物件，外面还缠绕着黄胶带。孩子耐心地拆开胶带和报纸，那支乌黑的转轮手枪露了出来。

孩子熟练地打开弹仓，把六发子弹和弹壳一股脑倒在手心里。覆铜钢弹壳依旧黄澄澄的，凉滑如新。孩子扔下子弹和弹壳，小心翼翼地抚摸着冰冷的枪身，又扳下击锤连连扣动扳机。毫无阻滞的转动和清脆的空枪敲击声让他很满意。孩子把玩得兴致勃勃，他发现这个漫长的冬天并没有让这支枪锈蚀。

孩子肮脏的脸上绽露出一丝笑容。

不远处的工地上，人声鼎沸，机器轰鸣，每个人都在认认真真地捣毁这个曾经的天堂。没有人注意这个孩子，更没有人注意到他手里拿着的家伙。

孩子一动不动地看着那片废墟和忙碌的人群，片刻，他低下头，在地上散落的子弹和弹壳间翻找着，最后挑出一颗子弹塞进弹仓。

他拨动弹仓让它旋转起来，然后“啪”的一声甩回枪身。

四周似乎一下子静了下来，只听见小鸟在头顶的树枝上愉快地叽叽喳喳。孩子吸吸鼻子，仿佛嗅到了那个好看的女孩子身上的味道。

孩子面向已经不存在的天使堂，平静地抬起右手，把冰冷的枪管顶在自己的太阳穴上。

咔嗒。

咔嗒。